一　茶

藤沢周平

文藝春秋

目次

一茶

一

　丘を少しのぼると、伐り開いた斜面を覆っているうす紅いろのものの正体がはっきりした。桃の花だった。近づくと花は三分咲きほどで、まだ蕾《つぼみ》のほうが多かったが、昼近い時刻のきらめくような日の光を浴びて、艶《えん》に見えた。

「このへんで、いいよ」

　弥太郎は、立ちどまると父の弥五兵衛を振りむいて言った。弥五兵衛は、弥太郎を江戸まで連れて行ってくれる隣村の赤渋村の男と話しながら、ひと足遅れて歩いてきたが、ちらと弥太郎を見あげると、首を振ってもう少し行こうと言った。

　丘の道は、ある程度登ってしまうと、平らなところが続いたり、僅かにくだる個所があったり、それほど険しい登り道ではなかった。だが弥五兵衛は、右手に手拭いを摑んで、首筋や、はだけた胸元のあたりを、しきりにぬぐいながら歩いていた。

疲れているようにみえた。

「でも、きりがないよ」

父親が追いつくのを待って、弥太郎は少し強い口調で言った。どうせ郷里を出ると決めたのだから、いさぎよく別れたいという気持もあったが、一方では、そう言わなければ、父親がどこまでもついてくるような気がしたのだった。

「そうだな」

弥五兵衛は立ちどまって、またひとしきり胸元に流れる汗をぬぐった。それから不意に眼がさめたような顔になって、弥太郎の顔を見つめると、ほんとだ、きりがないなと呟《つぶや》いた。

ほんの少し、待ってくれるかねと弥五兵衛が言うと、赤渋村の男は手を振って微笑し、腰の煙管《きせる》をさぐった。

弥五兵衛は、弥太郎の袖を摑んで、道わきの雑木林の端を伐り開いた畑の中に引きこんだ。雪が消えて間もない畑の土は、乾いて脆《もろ》くなっている。弥太郎の草鞋《わらじ》ばきの足が、踝《くるぶし》まで土に埋まった。

弥太郎はうつむいていた。父親が、どこかで別れの言葉を、それも改まった口調で言い出しそうな気がして、弥太郎はそのことを少しうっとうしく感じていたのである。そのときが来たようだった。

弥太郎を江戸に奉公に出すことは、誰にすすめられたわけでもなく、父親の弥五兵衛が決めたことだった。弥五兵衛は、何度も親戚の家家をたずねて相談し、長い間逡巡していたようにみえたが、最後にそういう形で後妻のさつと、生《な》さぬ仲の弥太郎との間の不和にひとまずけりをつけたのであった。

だが、むろん弥五兵衛は、その処置に満足し、これで家の中が平穏になると喜んでいるのではなかった。切羽《せっぱ》つまって、そう決めたことである。決めた後にも、父親の苦渋が尾を引いている。十五の弥太郎には、おおよそそういう父親の立場がわかっていた。だが弥太郎は同時に、別れるときに父親がそのことを言い出すのではないかと恐れてもいた。てれくさかった。別れの言葉は簡単にしてもらいたかった。

「あのな」

弥五兵衛はそう言った。だが、そのままいつまでも黙っている。弥太郎が顔をあげると、放心したような父親の横顔が見えた。父親がみている方に、弥太郎も眼をやった。

ゆるやかな山畑の傾斜の下に、丘は一たん落ちこみ、そこから北の鼻見城山に這いのぼる斜面がみえた。日に照らされているのは、寺坂、普光寺、塩之入の村村らしかった。通り過ぎてきた牟礼《むれ》の宿は、谷間のような丘のくぼみの端に、わずかに人家がのぞいているだけだった。途中の丘に遮《さえぎ》られて、柏原《かしわばら》の方は見えなかった。

澄んだ青い空が、北に続いているだけである。

「身体に気をつけろ」

不意に弥五兵衛は、弥太郎にむき直って言った。ぎごちない微笑をうかべている。

「はじめての土地では、水に馴れるまで用心しないとな。それからな……」

弥五兵衛は、弥太郎をのぞきこむようにして、ちょっと口籠ってから言った。

「お前は気が強い。ひとと諍《あらそ》うなよ」

弥太郎は、父親がお前はひねくれているからと言おうとしたのかも知れないと思ったが、素直にうなずいた。

弥五兵衛は、低い声でぽつりぽつりと訓戒めいた言葉を続け、最後に時どき便りしろ、辛抱出来ないときは、遠慮なく帰って来い、と言った。

「では、ひとが待っているから、行くか」

と弥五兵衛が言った。それで別れの儀式が終ったようだった。弥太郎がほっとして道ばたにいる連れを振り返ったとき、後で奇妙な声がした。振りむいた弥太郎から顔をそむけて、弥五兵衛が言い直した。

「ほんとうはな……」

言い直したが、まだ喉がつまった声になっていた。

「江戸になど、やりたくはなかったぞ」

「………」

「わかるな」

弥五兵衛は、弥太郎からそらした眼を、凝然《ぎょうぜん》と北の空にむけていた。口を少し開き、みひらいた眼から涙が溢《あふ》れるのを隠していなかった。弥五兵衛の顔には、愚人に似た放心した表情があらわれている。

父親の横顔を、尾をひいて走った涙が、日焼けした首までつたい落ちるのを、弥太郎は少し当惑した気分で眺めた。

二つのとき、母に死なれた弥太郎が、新しい母を迎えたのは、八つのときだった。新しい母は几帳面《きちょうめん》な性格で働き者だったが、弥太郎にとってやさしい母親ではなかった。弥太郎はよく叱られ、時に殴られた。二年後に、弟が生まれると、義母のさつはまた少し変ったようだった。弥太郎に対する物言いから、以前はあった遠慮がきっぱりと失せ、刺すような言葉で罵《ののし》った。反抗すると折檻《せっかん》がきびしくなった。さつは、いつのまにか家の中心にどっしりと坐っていた。またそれだけの働きがある女だった。

そういう義母に、弥太郎ははじめはおびえるだけだった。生母を失った子を不愍《ふびん》がる祖母に、甘え放題に甘えて育った弥太郎にとって、新しい母は突然にあらわれた加害者にほかならなかったのである。

義母は、弥太郎がこれまでやったこともなかった仕事を無造作に言いつけ、しぶったり辛がったりすれば激しく叱責《しっせき》した。怠けたり、仕損じたりすることを許さなかった。弥太郎には、日向からいきなり寒い場所にほうり出されたような驚きと恐れがあった。

弥太郎は、義母の顔色を読むのがうまくなった。機嫌をとったり、叱られる直前に不意におどけたりした。それでも叱責から逃げきれないときは、居直ってふてくされることも覚えた。そういうとき弥太郎は、叱られても叩かれてもテコでも動かない構えを示した。誰に言われたのでもない、生得《しょうとく》の血にうながされてそうするのだったが、そうしていると、弥太郎は自分の心が少しずつ拗《ね》じ曲って行くのを感じるのだった。

弥五兵衛が、弥太郎にむかって江戸に行くかと言ったのは、去年の秋のことである。そのとき弥太郎は、生死にかかわるほどの熱病を患い、漸《ようや》く治って床に起き上がったばかりだった。

父の言葉を聞いたとき、弥太郎はそれが一番いいかも知れない、と思っていた。住み馴れた家を出て、知る人もいない他国で暮らすということには、言いようのない不安があったが、一方父の言葉が、行き場なく閉ざされていた心に一条の光をあてた気もしたのであった。絶え間ない弥太郎とさつの衝突は、家の中の空気を救いようもなく暗くしていた。それでも祖母のかながいる間は、家の中がそれなりに釣合いがとれていたのだが、かなは暑さが衰えはじめた八月に死んでいた。

　義母のさつと弟の仙六が一組で、弥太郎と祖母が一組になっていた。そして父親の弥五兵衛は、どちらにつきようもなく孤立していたのだが、かなが死ぬとその釣合いは失われて、弥五兵衛はどちらにつくか決めねばならなくなったのだった。父親の提案は、きりもない家のなかの不和にけりをつけようとするものだったが、彼がどちら側についたかを示してもいた。

　弥太郎は、江戸に行くと言った。父親が向う側についたことは淋しい気がしたが、それが当然だとも思った。十五の弥太郎を外に出すことは出来るが、さつをどこにやることも出来るわけがなかった。

　そして父親と話している間に、弥太郎は江戸に行くのも悪いことではない、と思いはじめていたのである。父親の口を洩れる江戸という町の名には、不安と同時に弥太郎の心を躍らせるものがあった。噂に聞くだけだったその町が、不意に身近なものになった驚きと喜びがあった。むろん弥太郎はその気持を隠した。それは父親に言うべきことではなかった。

　弥太郎が承諾したあとで、父親はかえって迷ったようだった。人にも相談し、家の中でも思い悩むふうに見え、めずらしく不機嫌な顔を家の者に見せたが、弥太郎の決心は変らなかった。江戸に行くことが、自分にとっても家の者にとっても一番いい方法だと思い、そう思うと、家の中の重苦しい空気もだんだんに気にならなくなるようだった。

――義母だって、そんなに性悪《しょうわる》な女というわけじゃない。

そう思ったのは、今朝のことである。朝、赤渋村の男がやってくるのを待って、弥太郎は家を出た。夜は明けたばかりで、村を貫く北国街道の往還には人影がなかった。道わきの家家の軒下には、まだ雪が消え残っていて、明け方の光に青白く見えた。

さつは仙六を背負って、村外れまで送ってきた。諏訪神社の前を通りすぎ、幾分くだりになる道を歩くと、右手に低く平地がひらけ、そのなかを流れる鳥居川が見えてきた。そこが柏原村のはずれだった。

さつは寝不足らしく、腫《は》れぼったい顔をしていた。長い旅にそなえて、弥太郎は昨夜早く床についたが、さつは旅支度をととのえるために、遅くまで起きていたようだった。背中の仙六はまだ眠っていた。

「それでは、気をつけてな」

立ちどまると、さつはそう言った。弥太郎は、うんと言ったが、そのときは冷淡な気持になっていたのである。さつはぎごちない微笑をうかべて、弥太郎の旅支度を上から下まで見眺めたが、不意にさっと顔をそむけると手で顔を覆った。

しばらく歩いてから、弥太郎は後を振り返った。鳥居川は薄青い靄《もや》を吐き出し、川岸の粗い雑木林と田をぼんやりかすませていた。靄は平地一帯を覆っていたが、奥に行くほど白さを増し、そこにある二之倉、熊倉、赤渋の村村も、靄の上にわずかに突き出ている黝《あおぐろ》い杉の梢で所在が知れるだけだった。背後の黒姫山は、いつものように、気まぐれな雲に包まれて見えなかった。平地からみると、柏原の村は小高い丘の上にある。

飴色《あめいろ》の朝の光が地を這ってきて、平地と丘の上の村をおずおずと染めはじめていた。その中に、仙六を背負ったさつが、まだ立って見送っているのが見えた。

義母だって、そう悪い人間というわけではないのだ、と思ったのはそのときだった。さつは骨身を惜しまない働き者で、じっとしていることが嫌いな性分《しょうぶん》だった。外の仕事でも、家の中のことでもきっちりと手順を決め、そのとおりに仕事が片づけば機嫌がよかった。

だが弥太郎は、手順どおりに物事を運ぶということがもっとも苦手だったのである。小さいころ庭の掃除をしたり、外に使いに行ったりしたときでも、途中で虫でも花でも、気持を惹きつけるものがあると、言いつけられた仕事を忘れて、いつまでもそれを眺めた。鍬《くわ》を持って田畑を手伝うようになってもその性分は改まらなかった。街道を駕籠が通ったり、多人数の武家が通ったりすると、鍬の手を休めて姿が見えなくなるまで見送った。

弥太郎は、そうしたぼんやりしたひと刻《とき》に、いろいろな考えに耽《ふけ》るのが好きだったのだが、万事きちんとしたことが好きなさつは、そういう弥太郎にいつも心を苛《いら》立《だ》てたに違いなかった。さつからみれば、弥太郎はやることは愚図なくせに、意固地で可愛げのない子供だったのだろう。

――性分の違いだ。

と弥太郎は思った。悪人でも鬼でもない証拠に、さつは弥太郎の江戸行きが決まった頃から、急に無口になり、弥太郎に対する物言いが優しくなった。朝、寝坊したからといって、口汚く罵ることもしなかった。長男である弥太郎を外に出すことについて、やはり思い悩むふうがみえ、勝ち誇ったいろは見えなかった。いよいよ江戸に行く日が近づくと、さつは新しく反物を買ってきて、幾夜か遅くまで夜なべをした。藍無地の袷《あわせ》から肌襦袢、手甲《てっこう》、脚絆《きゃはん》にいたるまで、さつは自分で仕立てて弥太郎に着せ、送り出したのであった。

気質が合わないための、無用の諍《いさか》いだった、と弥太郎は思いはじめていた。それは、家を離れて、はじめてわかったことだった。江戸に行くと決めたことを、弥太郎は悔《くや》んでいなかった。行き場のない袋小路から抜け出した解放感がある。そして、父にも言えないことだが、俺は百姓仕事が好きではなかったとも思った。

柏原から古間《ふるま》、さらに牟礼と北国街道を南下してくる間、弥太郎はそうした考えにふけり、父が別れを惜しんで、どこまでもついてくる様子なのを、少し煩わしくも思っていたのである。一緒にいる赤渋村の男にも体裁が悪かった。

涙を流してつっ立っている父に、どう挨拶したものだろう、と弥太郎は当惑していた。父親が涙を流すのを見たのははじめてだった。間が悪く、しばらく声が出なかった。

「心配はいらないよ」

ようやく弥太郎は言った。俺も、もう子供じゃないからな。笑いながらそう続けようとしたとき、弥太郎は不意に自分も顔が歪《ゆが》むのを感じた。

眼の前に、父親の横顔があった。鬢《びん》にぞっくりと白髪がふえ、眼は虚《うつ》ろにあらぬ方を眺めている。長い間なにかに耐えてきた孤独な男の顔だった。

弥太郎の眼に、思いがけない涙が盛りあがってきた。父の顔の向う側に、暗い柏原の風景が見えた。人も村落もおしつぶすような暗い雲の下で、弥太郎は八つの子供になっている。髪をふり乱して追ってくるさつの拳を遁《のが》れようとして、泣き叫んでいた。そこだけが、光をあてたようにはっきり見えた。実際には、さつはいつもそうして弥太郎を追い回していたわけではない。言いつけられたことを、逆らわずにちゃんとやれば、機嫌もよく笑顔も見せたのだが、なぜかいま弥太郎は、盲《めし》いたようにほかのことが見えなくなっていた。

俺は、鬼のような継母にいじめられて育って哀れなままっ子だ。そしてついにいま、家を追われて江戸に行くところだ。自分から誇張してそうも思った。すると涙はいくらでも出て、うつむいた眼から滴《したた》った。ひどく甘美な涙だった。そして不思議なことに、弥太郎はそういう哀れな自分を、父親に見てもらいたい気もしたのである。親子は、連れの赤渋村の男に背をむけて、しばらく涙を流した。そして涙が出つくすと、いくらかさっぱりした顔になって、せわしなく別れの言葉をかわした。

父親に別れて、丘の上の道をまたしばらく行くと、左右の雑木林が急にと切れて、眺望が開けた。

弥太郎は思わず足をとめた。丘は眼下に急になだれるように落ちこみ、そのはるかな下からひろびろとした平野がひろがっている。野はかすんで、その中を鈍く光って川が流れていた。

「あれが千曲《ちくま》川だ」

と連れの男が言った。男はいたわるような微笑をうかべていた。

弥太郎はうなずいて、もう一度眼の下にひろがる風景に眼を戻した。信濃国水内《みのち》郡柏原村。そこには冬は早くやってきてたちまち大雪を降らせ、空を巻く意地悪げな風を吹かせて、いつまでも居据わる。三月の声を聞いても、日の光は薄く、空気は底冷えして、朝から雨が降りやまない日には、日暮れになって雪がちらついたりするのだ。

だが眼の前にあるのは、まぶしい春だった。牟礼までの街道では、山の斜面にまだぶ厚く雪が残っている場所があったが、ここでは雪はどこにも見当らなかった。あたたかくかすむ平野の向うに、遥かにつらなる山脈に残る雪が見えるだけである。その雪も煙るような陽光の中にあった。

麓のあたりに、白い花が見えた。そしてそこまでなだれる斜面の樹樹は、すでに白い柔毛《にこげ》を光らせていた。

「普光寺は、その山の陰だ」

と男は言い、ひとりごとのように、さて行くかと呟《つぶや》くと、坂を降りはじめた。軽快に旅馴れた足どりだった。丘はそこで枝わかれして、右手からのびる隆起が東に張り出し、男が指さした方角の眺めを塞《ふさ》いでいる。道は、その丘の張り出しの中腹をゆっくり巻いて、東の端で消えていた。

後に続いて降りかけて、弥太郎はもう一度男が指さした方角を見た。普光寺の方は見えなかったが、はるかな空に山影と思える黝いものが見えた。そのあたりは、山とも空とも見わけがたいぼんやりした光に包まれていて、薄墨で刷《は》いたような山《さん》巓《てん》は、翼のように漂い浮いているように見えた。

——あの山の向うに、江戸があるのか。

と弥太郎は思った。するといつものぼんやりした不安と心が躍るような気分が襲ってきた。

弥太郎はいそいで坂道を駆け降り、赤渋村の男を追った。さっき桃畑のそばで泣いたことはきれいに忘れていた。悄然とした後姿を見せて、牟礼の方に引返して行った父親のことも、ほとんど忘れかけていた。

二

「おやるかね」

不意に庭先で声がして、開けはなした縁側の先に男が一人現われた。家に入って一服しようとしていた弥五兵衛は、男の顔をみると、あわてていろりの脇から立った。外にいるのは赤渋村の男だった。

「ああ、これは」

弥五兵衛はうろたえていた。うろたえて煙草盆を踏みつけたので、盆がひっくりかえり、もうと灰かぐらが立った。弥五兵衛は、みじめなほどにうろたえていた。縁側に出ると男に、ここからでいいから上がってくれ、と言い、今度は台所の方に行きかけ、またふり向いてすすめた。

「えま、お湯《よ》わかして、お茶入《え》れるで」

男は、いやここで結構です、と言って縁側に腰かけた。台所で大急ぎでお湯をわかしながら、弥五兵衛はそこから大声で、いつ帰ってきたかと訊いた。

赤渋村の男は、つい今日の昼過ぎ、江戸から帰ったばかりだった。男の家は赤渋村で僅かな田畑を小作しているだけだったので、田仕事は家の者にまかせて、男はほとんど一年中江戸に稼ぎに行っていた。村に帰るのは盆暮れの二度ぐらいだったが、今年は女房が身体をこわしたので、雪が消えるころを見はからって帰ってきたのである。

「で？　なにか、消息は？」

恐縮する男に、無器用な手つきでお茶をすすめると、弥五兵衛は男をじっと見た。

弥五兵衛は蓆《むしろ》の上に膝をそろえて坐り、膝頭を太い指で摑んでいた。

男は、黙って首を振った。

「はあ、だめだったかね」

弥五兵衛は言うと、暗い顔になって、凝然と動かなくなった。

弥太郎の消息が知れなくなってから、三年たっていた。弥太郎が最初に奉公したのは、江戸谷中にある市川という書家の家だったが、赤渋村の男がその年の暮れ、帰国する前に寄ったときは、弥太郎はもうそこにいなかったのである。

だが奉公を変った先はわかっていた。市川家には、弥太郎の亡母の家の親戚である赤渋村の富右エ門から出た作治という男が奉公していた。弥太郎を江戸に呼んだのもこの男だったが、作治は弥太郎の奉公先が変ったことを弥五兵衛に伝えてくれるように、男に言い、新しい奉公先も言った。わけをたずねた男に、作治は「あれは、わがままで」と言って苦笑しただけだった。

赤渋村の男は、ある懸念に駆られて作治が言った神田橘町の米屋をたずねた。弥太郎はそこで糠《ぬか》で髪も肩も黄色くして働いていたが、男に呼び出されると、なつかしそうな顔をした。元気に見えた。だが翌年、男は江戸に出るのが遅くなった。女房が神経痛を病んで、屋根の雪おろしも出来なかったので、雪が消えるまで待って、江戸に出かけたのである。そして男が、弥五兵衛に託された手紙を持って、橘町の米屋をたずねると、弥太郎はもうそこにいなかったのである。米屋では、弥太郎の行方を知らなかった。

赤渋村の男は、一たん出稼ぎ先に落ちついてから、谷中にいる作治をたずねた。だが弥太郎は作治にも、なんの便りもしていなかったのである。弥太郎は、江戸の人ごみの中にふっと消えてしまったようだった。

赤渋村の男は几帳面で情のある人間だったので、その冬信濃に帰るときも、米屋と作治の奉公先に立ち寄った。だが弥太郎の消息は依然として不明だった。男は国に帰ると、弥五兵衛にそのことを告げた。

　毎年江戸に稼ぎに出かけるその男が、弥五兵衛には頼みの綱だった。男が江戸に行くときになると、弥五兵衛は弥太郎の消息を探ってくれるように、くどいほど頼みこむ。だが、消息が知れないままに、これで三年たったわけだった。

　作治の奉公先や、次にいた神田の米屋には、いまも連絡をつけているし、仕事がひまなときは、つとめて人が集まる両国広小路、浅草の観音さま、上野などに出かけてみるが、見つからない、と赤渋村の男は言った。弥五兵衛は、頭を垂れて男の言うことを聞いていた。

　男が帰ったあとも、弥五兵衛は縁側に腰をおろし、膝を抱えこんでぼんやりと外を眺めていた。薄闇が庭を包みはじめている。日が照っている日中は温かかったが、夜の気配とともに肌寒い空気が寄せてくるようだった。

　外で馬がいなないた。弥五兵衛はそれで眼が覚めたように顔を上げ、立ち上がって外に出た。

　弥五兵衛は、村では中どころの自前百姓だが、宿の家家のならわしで、ひまな時には馬で駄賃かせぎをしている。そのための鑑札を持っていた。今日も午過ぎから隣の野尻宿まで荷を運び、帰って一服したところに赤渋村の男がきて、馬を外に置いたまま忘れていたのである。

弥五兵衛が馬を厩《うまや》に入れ、飼葉をこしらえていると、さつが帰ってきた。仙六を連れている。仙六は背に籠を背負っていた。さつは十歳の仙六を遊ばせて置くようなことはしなかった。

「えま、この先で会ったども」

さつは赤渋村の男のことを言った。

「どげでした？」

「………」

弥五兵衛は返事をしないで、黙黙と藁《わら》を刻んだ。

「なあ？」

「わかるわけがねえ」

ぐいとむき直って、弥五兵衛は言った。

「三年たっている。わかりゃーしねこて」

激しい口調だった。さつは薄闇の中に仁王立ちになった夫の姿を黙って見つめたが、やがて仙六を促すと家の方に去った。

その背を、弥五兵衛は刺すような眼で見送った。さつは働き者で、村のほめ者だった。弥五兵衛は、いまだに時おり、いい後添《のちぞ》えをもらったと村の者に言われることがある。事実さつが来てから、弥五兵衛の家は暮らしに余裕が出来て、二年前には僅かだが田をふやした。

だが弥五兵衛は、いま働き者の、万事に手落ちのない妻を憎んでいる自分を感じた。牟礼のはずれで泣いた弥太郎の姿を思い出している。

——生きてはいるだろう。

弥五兵衛は、わずかにそう思い、気を取り直すように、暗い厩の中の飼葉桶を手で探った。馬が鼻を鳴らして寄ってきた。

三

その家を出ると、弥太郎は狭い境内を抜けて本所松倉町の通りに出た。そこで立ちどまって左右を見たが、日暮れ近い道には、まばらな人影が動いているだけで、狭い路地から出てきた弥太郎を見咎《とが》めた者はいなかった。

弥太郎はうつむいて、湯屋の脇をとおり、大横川から西に本所に流れこんでいる北割下水《わりげすい》の方にむかって歩き出した。弥太郎は股引きの上に、綿入れ半天を着て、その上から帯をしている。素足に古びた草履をつっかけ、寒そうに見えた。歩きながら、弥太郎は時どき懐に手を入れて、そこにしまってあるものを確かめた。

割下水に突きあたって、さてどちらに行こうかと思案したとき、弥太郎は後から声をかけられた。振りむいた弥太郎を見て、男は苦笑しながら言った。

「そんなに驚くことはありませんや。あたしですよ」

そう言われて、弥太郎は漸くふだんの顔色に戻った。男の顔に見覚えがあった。四十ぐらいの年恰好で、顔色が悪くどこか眼の光が鋭いその男は、さっき弥太郎が出てきた家の中で、点者《てんじゃ》を勤めていた男だった。だがいまは着るものが違っていた。

さっきは、男は十徳を着て、俳諧の宗匠といった恰好で澄ましこんでいたのだが、いまは縞《しま》の袷を着流して、ただの町人のように見えた。手に風呂敷を下げているのは、そこに十徳が入っているのかも知れなかった。その風呂敷も、唐草の模様が、眼を凝らさなければわからないほど古び、袷も袖口がすり切れて糸が垂れさがっている。

「あんたに会うのは、今日が五度目ですな。一緒に帰りますか」

男は鋭い目をほそめ、他意なさそうに笑って、先に立つと割下水に沿って西に歩き出した。飄飄《ひょうひょう》とした歩きぶりで、弥太郎がついてくるものと決めているように、後を振りむかなかった。それで方角が決まって、弥太郎は男について行った。

——よく、おぼえている。

と弥太郎は思った。

男はさっきの家で点者を勤めていたが、その家で歌仙や点取り句会の集まりが開かれていたわけではない。家は、そばにある天王社の、もと別当が住んだ家で、いまは空き家になっていた。そこで昔はやった三笠付けが行なわれ、金がやりとりされたのである。

三笠付けは、貞享《じようきよう》から元禄にかけてはやった句合わせの遊びである。はじまりは、俳諧の宗匠が下の句を一句出し、諸人に上句をつけさせて一句の戯《ざ》れ歌をつくる前句付けである。たとえば「暑いことかな、暑いことかな」という下句に対して、「日盛りを笠もかぶらで行く御坊」と上句をつける遊びだった。

しかも前句付けはむつかしいといわれ、上の句の初めの五句を出題して、中七、下五をつけさせて一句にする形に変った。遊びではあるが、集まった句に点をつけ、点の高下によって品物や金を与えたので市民の射倖心をあおり、やがて昼夜考えこれのみを業とす、と言われるほどはやった。これが三笠付け、あるいは冠《かむり》付けと呼ばれる遊びだった。俳諧の宗匠の中には、三笠付けの看板を出す者もいた。

しかし出題に応じて、中七、下五をつける者は一句ごとに五文、あるいは十文と付け銭をそえなければならなかったので、幕府はこの遊びを賭けごとと見なし、元禄十五年に町触れを出して禁止した。

だがたびたびの禁令にもかかわらず、三笠付けはやまず、かえって正徳のころには全国にひろまった。そしてその間に、形式も次第に堕落して、上句三句、中七、下五、二十一句を全部示して、どれとどれを組みあわせたものが秀句かをあてさせるようになり、さらに年代が享保にさがると、単に数字をあてさせるだけの賭けごとに変った。

点者金元と呼ばれる興行主が、一から二十一までの数のうち、三つだけ書き抜いて封印をする。そして句拾いを使って、一から二十一までの数を書きこんだ紙を、市中で売らせるのである。応募する者は、句拾いから買った紙に、料金十文をそえて渡す。このようにして集まった紙を、点者金元ととう判付けと呼ばれる立会人が一たん封印し、句拾いが集まっている座で開いて、とう判付けが改める。さきに封じた数三つに、全部あたっている者を巻頭一勝と呼び、二両の賞金をあたえたが、点者と言い、巻頭と呼んでも、それは句合わせの遊びとはまったくかけ離れた賭けごとに過ぎなかった。

巻頭一勝の数が多いときは、賞金が集まった付け銭を上回ることもある。そういうときとう判者は列座の句拾いに気づかれないように当たり数をほかの紙と引きかえた。いかさまである。この数字賭けは、寛政年代に入ると、さらにクジに変化する。

こうした悪質化する三笠付けの興行に対して、幕府はほぼ博奕《ばくち》と同様の処罰を科していた。享保十一年の定め書では、三笠付点者、同金元、ならびに宿をした者は遠島、句拾いは家財取上げの上、手下におとす。三笠付けをやった者は、家財家蔵取上げ候ほどの過料、家蔵これなき者は、五貫文あるいは三貫文の過料、と明示していた。三笠付けの点者金元ならびに宿を訴え出た者は、同類であっても罪をとわず、銀二十枚を褒美にあたえる。句拾いを捕えた者には、五両から三両の褒美をあたえるという触れも出ていた。

それでも三笠付けはなくならず、しかも近年になって、元禄のころにはやったような、古風な句合わせが復活していた。むろん付け銭を集め勝句に賞金を出すところは、幕府がいう賭けごとにまぎれもなかったが、数をあてるただの博奕よりはましだった。

そうなった理由のひとつは、たびたびの町触れで、句拾いを雇って派手に金を集めるようなことが出来なくなったということもあるようだった。だがそれだけでなく、一方に明和から天明にかけて、蕪村、太祇《たいぎ》、蓼太《りょうた》、暁台《ぎょうだい》などが活躍した俳諧の復興、同じ時期に、前句付けから独立して、人気を得た川柳の流行などが、本来句合わせである三笠付けを復活させたかも知れなかった。町にはおびただしい発句、川柳の愛好者がいて、雑俳集の武玉川《むたまがわ》、誹風柳多留《はいふうやなぎだる》、誹風末摘花《すえつむはな》などの川柳集が読まれていた。

ともかくそれは行なわれていた。弥太郎が知ったのは一年ほど前である。一年前に、弥太郎は鳥越にある筆屋に奉公していた。そこの、川柳と女遊びに日を暮らしている道楽者の息子に、面白いところに連れて行ってやると連れて行かれたのが、三笠付けの宿だったのである。弥太郎は、いつものようにおれは筆屋にはむかないと思って間もなくその店をやめたが、三笠付けの集まりには、その後も行った。

集まりは、ご法度《はっと》の遊びだからひそかに行なわれていた。三笠付けを興行する金元は、その日集まった人びとに、この次はいつ、どこで行ないます、と告げる。一回ごとに宿を変えて、用心深かった。点者が高点を得た句を次次と披露する。最後にその日の勝句を披露すると、普通ならわっとどよめくところを、集まった者はわずかに身じろいでざわめくだけで、声を立てなかった。そういう人眼を忍ぶ遊びだった。

弥太郎の懐には、ご法度の遊びで手に入れた一両がある。大金だった。付け銭は、一句十文で、二句。〆て二十文だった。その中の一句が勝句となって、一両が手に入ったのである。男が言ったように、弥太郎はこの集まりにこれまで五度出て、そのうち三度勝句を得ている。点者は、いつもいま前を歩いている男だった。

「あんた、前句付けがよほど好きと見えますな」

不意に、男が振りむいて言った。弥太郎は、眼をあげて男を見たが、黙った。好きというほどのことはなかった。金が欲しくて行ったのである。ちょっと頭をひねるだけで、身体を使うこともなく、手軽に金が入る遊びに惹きつけられている。その遊びがご法度だということは知っていたが、弥太郎はやめられなかった。

男は足をゆるめて弥太郎と並ぶと、やわらかい口調で言った。

「前に、おやんなすったことがあるでしょう、あんた」

「三笠付けですか」

「いやさ、俳諧のほう」

「いえ、はじめてです」

「はじめてだって？」

男は疑わしそうに、弥太郎の顔をのぞきこんだ。だが、弥太郎は本当のことを言ったのだった。

柏原は、北の野尻、南の古間《ふるま》とともに、栄えている宿駅である。この三宿から、南の善光寺、北の新井宿まで、北国街道の行程は一日。従って北から、あるいは南から来る客は三宿のどこかに泊った。参覲《さんきん》の加賀の藩主の行列も、柏原に泊った。

そして、不思議に柏原には文人墨客が足をとめた。野尻は商人客が多く、古間には渡世人が泊るとも言われた。そういう土地柄から、柏原では旅の俳諧師が通ると、本陣の中村家に泊めて土地の者が寄り集まり、句会を開くなどということがあった。中村家の当主六左エ門は、私塾を開いて近隣の子供たちに読み書きを教えたので、弥太郎も塾に出入りし、大人たちが句会に興じるのを見ている。

弥太郎が江戸に来る二年前には、長月庵若翁という俳諧師が、長い間中村家に逗留した。高名な俳諧師だという若翁を囲んで、土地の者はしばしば句会を開き、歌仙を巻いたりした。その時は、父親の弥五兵衛も、中村家に出かけて連衆《れんじゅ》に加わったのである。

そういうことを見聞きはしたが、弥太郎は俳諧を誰かに習ったことはなかったし、これまで発句ひとつ作ったこともなかった。

「はじめてだとしたら……」

男はまたちらと弥太郎を見た。

「あんた、大したものだ」

「……」

「付けた句が、ぴったりと決まっていたな。今日もそうだが、この前のもだ」

「……」

「この分だと、あんたはいまにほかの連中に嫌われるぜ」

弥太郎は男の顔を盗み見た。男は、そのことを警告するために、さっき声をかけたのかと思ったのである。いつも成績がよくて、賞金をひとりじめにする男が、調べてみると俳諧師崩れで、席に出てくることを婉曲《えんきょく》にことわられたという話を聞いている。

だが、弥太郎を見返した男の顔には、好意のようなものが浮かんでいた。男は弥太郎の視線にうなずいて、微笑した。

——ほめられているのだ。

弥太郎は、不意に胸のあたりがカッと熱くなるのを感じた。

江戸に来てから、人にほめられたのははじめてだと思った。行く先先で罵られ、嘲《あざけ》られてきた。愚図で気が利かず、信濃の百姓だと言われた。

「今日の上句は、じつは葛飾派の歌仙から借りたんだ」

「………」

「ところが、あんたの付けた句の方が、もとの付句よりもよかった」

男は言って、何がおかしいのか面白そうに笑い出した。葛飾派が何か、弥太郎にはわからなかったが、男が言う意味はぼんやりとわかった。悪い気はしなかった。擽《くすぐ》られるような気分がある。

笑いやむと、男は立ちどまって、露光というものだと、自分で名乗った。

「ま、俳諧の宗匠ということになっている。ちょっとあたしのところに寄らんかね。話がある」

四

露光は、そこから道を右に折れると、源光寺の前を通りすぎ、次の華厳寺という寺に入った。華厳寺は浄土宗で、小石川伝通院の末寺だが、広い境内《けいだい》は人影もなくひっそりしていた。

露光は、自分の家のような気やすい表情で、境内を横切り、庫裡《くり》の横手にある浅い雑木林の方にむかった。丈高い樫や欅《けやき》にまじって、葉を落とした小楢《こなら》や栗の雑木が疎《まば》らに生えている。赤らんだ日射しが林の中に射しこみ、歩いて行くと足もとに落葉が鳴った。

「ここを、くぐる」

垣根のところまで行くと、露光は弥太郎を振りむいてそう言い、手本を示すように、自分から先に柴垣に穿《うが》たれている穴をくぐった。弥太郎も穴をくぐり抜けた。

そこは裏店《うらだな》の裏手のようだった。羽目板の裾に苔が這い上がり、そこに嵌《はま》っている古びた窓障子が歪んでいる。どこからか小便臭い匂いが洩れてくる。柴垣と建物の間の湿った土を踏んで、二人は木戸の方に回った。

軒が傾いているようなその裏店の、真中あたりに露光の家があった。露光は井戸端で足をとめ、そこで米をといでいた肥った中年女と何か話し、笑い声を立てた。

愛想のいい男のようだった。

「さあ、入ってくれ」

家に入ると、露光は外に立っている弥太郎に声をかけた。

「ほかに誰もおらん家だ。遠慮せずに上がってくれ」

日が残っている外から家に入ると、家の中は真暗で、しばらく何も見えなかったが、やがて雑然とした部屋の中が見えてきた。

露光は万年床を押入れに押込もうとしていた。床のそばに飯が残っている鍋があり、そのそばに椀と箸がころがっている。そうかと思うと、破れ行燈《あんどん》の下に、古びた書物が数冊散らばり、書物の間にひからびた柿の種と蔕《へた》がはさまっている。

露光は、床をあげ、散らばっていた胴着や襦袢をまとめて押入れにほうり込むと、まだ立っている弥太郎に、坐ってくれ、と言った。

「そうだ、お茶を貰ってある。お茶を入れるか」

一たん腰をおろした露光は、そう言うと慌しく台所に立った。ついでに鍋と箸、椀を摑んで行った。間もなく台所の方から、薪が燻《いぶ》る匂いがしてきた。

「じきに、湯がわく」

露光は戻ってきて弥太郎とむかい合うと、そう言った。弥太郎は、はじめてまともに男の顔を見た。痩せて頰がこけているが、額が広く眼のあたりに精悍《せいかん》な感じが漂う男だった。露光も、弥太郎をしげしげと眺めた。それから言った。

「こないだから、一度聞こうと思っていたのだが……」

「……」

「あんた、いま仕事は何をしていなさる？」

「いろんなことを……」

弥太郎は口籠った。いまは左官の手伝いをしているが、筆屋を出てからそれまでには人には言えないようなことをして喰いつないでいる。いまの仕事も、夏の大地震で倒れた金持ちの別宅を建て直すまでで、それが終れば、置いてもらっている左官の親方の家も出なければならない。そう言い含められている。

弥太郎のあいまいな返事に、露光は口を噤《つぐ》んでいた。そのまま弥太郎を見つめている。

「いまは左官の手伝いをしています」

仕方なく弥太郎は言葉を続けた。近ごろ身についてきた自虐的な気分が、頭を持ち上げてきていた。この男に、まともな人間に見られようとしても無理だし、そう見せる必要もない。

「それも、いまかかっている家が出来上がるまでの仕事で、その先はわかりません」

「そんなことだろうと思った」

露光は言って微笑した。すると、眼がやさしくなった。やさしい笑いが意外だったが、弥太郎はそれで男に心をゆるしたわけではなかった。男に呼びとめられたときから続いている警戒心を、弥太郎はまだ解いていなかった。

男は俳諧師だと名乗ったが、本物の俳諧の宗匠が、ご法度の賭けごとで点者を勤めたりするものだろうか。男が何者で、自分の家へ連れてきて、何を言うつもりか、それがわかるまでは油断できないと思っていた。

「知った上で来ていると思うが、さっきのあれは、ご法度の遊びです。見つかると、あなたもわたしも、手が後に回るんだ」

男は言ったが、ちょっと待った、湯がわいたようだと言って、台所に立った。露光という男が、台所に立ち、戻ってきて欠けて黒ずんだ茶碗に、茶を注いで出す間、弥太郎は顔を伏せ、身体を硬くしていた。男が何を言おうとしているのか、まだわからなかった。

「そこで、だ。ところであんた幾つになる?」

坐り直した露光は、不意に話を変えた。

「二十五、六か、な」

「いえ、二十です」

「ほう、はたち……」

露光に見つめられて、弥太郎は深く顔を伏せた。いつもの手垢のついた恥辱感が、それでも平気ではいられなくて、ちくりと胸を噛んだ。

弥太郎は、いつもいま露光が言ったように、五つ以上はふけてみられる。それは横鬢《よこびん》にふえた夥《おびただ》しい白髪のせいだった。若白髪にしても、そのために弥太郎を二十だと見る者はいない。

「二十なら、あんたこれからだ」

「で、お話というのは何ですか」

露光の傷《いた》ましそうな眼に、反撥するように弥太郎は言った。べつにいたわってもらわなくともいい、と思っていた。

「ああ、そう。その話」

露光はひと口茶を啜《すす》ってから、また笑顔になった。

「これといった仕事もなく、さっきのような危ない場所に首を突っこんで暮らしているのだったら、知り合いにあんたを世話しようかと、ふっと思ったものでな」

「知り合い？　どういうひとですか」

警戒するように弥太郎は言った。男は奉公先を世話してくれるつもりらしいが、弥太郎はこれまでのいきさつから、自分は奉公には向かない人間だと思っていた。

いまのように行きあたりばったりの、日雇い仕事に入るまで、弥太郎は十指にあまる奉公先を転転としている。

「馬橋《まばし》の油屋で、大川という家です。そこから人を頼まれていてな」

「馬橋というと、下総《しもうさ》ですか」

男の言う奉公先が、江戸の内ではないことが、弥太郎の心を惹いた。江戸人の意地の悪さには懲《こ》りている。

「下総たってあんた、松戸の先だからそんな遠いところじゃない。いいところですよ、宿を一歩はずれれば、のんびりした景色で」

「………」

「大川という家は、そのあたりじゃ聞こえた金持ちでね。旦那が立砂といって俳諧に凝っています。旦那芸だが、たしか今年の春点者に推されたはずだから、ご本人もただの道楽とは思っていないようだ」

「………」

「あんたをそこへ世話しようかと思ったのはですな。三笠付け、ありゃあんた賭けごとですよ。その三笠付けで、あんたの付けっぷりがあまりに見事なもので、少し俳諧を勉強してみたらどうかと思ったもんでね」

「俳諧、ですか」

男の言うことはわかった。だが、弥太郎はまだ十分に意味を摑みかねて、貧しげな俳諧師の顔をみた。男は、まだ弥太郎を誤解しているかも知れなかった。弥太郎が、ご法度を承知で三笠付けの興行をのぞきに行くのは、金がめあてで、俳諧が好きなわけではなかった。

「あんたにはひらめきがある。むろん、本物の俳諧はあんなもんじゃないが、本式に習ったらうまい句を作りそうな気がする。立砂のところに奉公しながら、習ってみるといいな。口添えはあたしがして上げるよ」

男は熱心に言った。間違いなかった。男は弥太郎に俳諧をすすめているのだった。それも見こみがあると言っているのだ。男は、彼のような俳諧師になれと言っているのだろうか。

「暗くなったな。灯を入れよう」

露光は言ったが、油があったかな、と心細い呟きをつけ加えた。いつの間にか、部屋の中は相手の顔がはっきり見えないほど薄暗くなっていた。

行燈に灯がともると、部屋の中は急に明るくなったが、同時にあたりの貧しさも照らし出した。大地震の名残りなのか、窓の下の壁がざっくりと剝がれて、中の粗《あら》壁《かべ》がむき出しになっている。粗壁はなおも崩れ続けて、その下の畳のへりに、小さく土くれを積み上げていた。畳も色がさめた灰色で、一面に毛ば立ち、あちこち擦り減って中の糸が見えている。

弥太郎は、男にほめられて一とき膨らんだ気持が、急にしぼむのを感じた。寒ざむとした気分が弥太郎を包んできた。露光という男は、妻子もないひとり暮らしのようだった。それでもこの程度の暮らしだとすると、露光のおだてに乗って、俳諧師を志したりするのは考えものだという気がした。

「家ン中か」

弥太郎の視線を理解したらしく、露光はへ、へと笑った。それから瘦せた肩をそびやかして、冷えた茶を飲んだ。

「あたしはしょっちゅう旅に出てるんだ。ここは江戸に帰ったときの仮りの塒《ねぐら》でね。なに、寝る場所さえあればいいのさ」

相模、下総、安房《あわ》と、旅の先ざきに馴染みになった俳諧好きの旦那衆や、僅かだが弟子と決まった人間もいて、江戸から行く俳諧師を大事にもてなしてくれる。そこで歌仙を巻いたり、句会の点者を勤めたり、何日も逗留してから、次の土地に行く。そのときには草鞋銭のほかに、かなりのお礼をもらうから、ひと回りして江戸に帰ると、当分は何もしないで喰っていられるのだ、と露光は言った。

露光が話したことは、弥太郎の心を動かした。弥太郎はその話で、柏原で見た長月庵若翁と、彼に対する村人のなみなみでない尊敬ぶりを思い出していた。

「それじゃ喰って行けますね」

「むろん喰えるさ」

露光は言った。

「喰えないと思ったかね」

「いえ、はじめてそういう話を聞いたもので」

「旅はいい。気が晴ればれする」

露光は言ったが、不意に気づいたように、腹がへったな、うどんでも喰いに出るかと言った。弥太郎は同意したが、露光がこっちの懐にある一両をあてにしているような気もした。うどん代はこちらが持たなければなるまい、と思うと少し気が重くなった。

「あんた、女は嫌いかね」

外に出て、裏店の木戸を出ると、露光が言った。弥太郎は黙っていた。深川の根付師の家に奉公に入ったとき、兄弟子に誘われて一度だけ大新地という岡場所で、女を買ったことがある。奉公の方は手が無器用で見込みがないと追い出されたが、そのときの女の白い顔はいまも思い出すことがある。

女は嫌いではないが、あれからそういう場所に足を踏み入れたことはない。大新地で会った色が白く、眼が少し吊上がった女は、決してやさしくなかったし、またもう一度そういう場所に行く金もなかった。

「安い女のいるところを知ってるんだがな。安いが別嬪《べっぴん》ぞろいだ」

露光は熱心に喋った。その女を買う金も、俺に出させるつもりかも知れない、と弥太郎は思った。

すると、露光が自分を家まで引っぱってきたのは、結局三笠付けでせしめた一両にたかるつもりだったに違いない、という気がしてきた。江戸という土地は、そういう油断ならない土地なのだ。露光は、いちはやく俺の百姓面を見抜いて擦り寄ってきたのだ、と弥太郎は思った。

だが弥太郎の中に、露光の言葉で火をつけられた部分があった。大新地の女は、年増で態度が悪かったが、弥太郎に開いてみせた身体は、かがやくばかりに白かったのだ。うどんを喰って、女を買って、それでも金は残ることは残る。

「露光さん、さっきの話ですが……」

弥太郎は、暗い道で男の顔をのぞきこんだ。

「馬橋に、私を必ず連れて行ってくれますか」

「ああ、いいよ」

露光は、弥太郎が気抜けしたほど無造作に請け合った。

「もう半月ほどすると、あたしはまた出かけるから。そのとき連れてって頼んでやるよ」

五

馬橋の村はずれで、弥太郎は西北の空を眺めていた。頭上は青空で、まぶしい光が降りそそいでいたが、西から北にかけて、地平線にひろがってじっと動かない暗い雲があった。弥太郎はその雲を見ていた。

青い空から、まだちらちらと降るものがある。灰だった。灰は畑の青物にも、家家の屋根にも、村はずれの窪地に傾いた松林の上にもうっすらと積もっている。浅間山が焼けたのだという噂があった。

灰が降りはじめたのは、一昨日の六日の夜からだった。その日の夕方、西北の方に遠雷のような音がとどろいたのを、人びとはさほど気にしなかったのだが、夜になると灰が降った。昨日は朝から曇りで、それは降灰のせいでもあったらしく、一時は空が夜のように暗くなった。終日休みなく灰が降り、その間に前の日と同じ雷のような音が、時どき無気味にとどろいた。

浅間山が焼けたらしい、と言ったのは、今日の昼ごろ、流山の方から小金の宿を回ってきた旅の男が言ったことである。男の話によると、灰は藤岡宿で八寸、高崎城下では一尺四、五寸も積もったということだった。空は今朝になって晴れ、鳴動する音も聞こえなくなったが、僅かながら、灰はまだ降りつづいていた。

「何を見てるね」

声をかけられて、見ると露光が立っていた。露光は脚絆、草鞋の旅支度で、背負い袋と半合羽を背に、菅笠をかぶっている。弥太郎がしばらくでしたと言うと、露光はうんとうなずいただけで弥太郎とならぶと、西の方を見た。

「ああ、あんたは信州だったな」

「浅間山が焼けたというのは本当ですか」

「本当だとも」

露光は弥太郎を見て、あきれたという表情をした。

「さすがに、このへんはのんびりしてるな。江戸じゃ大変な騒ぎです。灰は降る、川の水はすっかり硫黄くさくなっちまうし、海の方まで黄いろに濁ったらしいな」

これ、いるかね？　と露光は、親指を立てて立砂のことを聞き、いると言うと、弥太郎をうながして村の方に歩き出した。

「津波が来やしないかと、大川の川っぷちの家が騒いでな。佃島の連中なんか、みんな陸《おか》に上がってしまったらしいが、なに、水が濁ったのは浅間山のせいです」

「信州は、どうなんでしょうか」

「さあ、そこまでは聞いてないが、沓掛《くつかけ》、軽井沢、峠からこっちで坂本、横川、安《あん》中《なか》といったあたりはひどいんじゃないのかね。灰なんてものじゃない。石が降っただろうさ」

「……」

「だが、あんたの村は、善光寺のまた北だっていうから、そこまで焼石が飛びやしない。心配しなくともいいよ」

「はい」

弥太郎は、赤渋村の男と軽井沢の宿を通りすぎたとき、雑木の疎林の間から見上げた、無気味に大きかった浅間山の斜面を思い出していた。そのときは、雪が残る五合目あたりから上は、霧のような雲が動いていて見えなかったのである。何かをたくらんでいるように、顔をかくして静かだった山が、火を噴いたのだ。

「それよりも、田んぼを作っている百姓が大変さ。穂孕《ほばら》みの稲が、こう灰をかぶっちゃ不作は疑いなしだな。ひょっとすると、秋からは喰いものがなくなって、江戸はえらく暮らしにくくなる」

露光は弥太郎を見て笑った。

「そう思ったから、思い立ったが吉日で江戸を逃げ出してきたのさ」

危険を察知した鼠が巣を移すように、露光は江戸を逃げ出してきたというのだ。なんと用心深い男だろう、と弥太郎は感心したが、腑に落ちない気分もあった。

「するとこれからずっと、このへんで暮らすんですか」

「そうはいかないさ」

露光は笑った。前歯が一本欠けて前に見たときよりもひとのいい笑顔に見えた。

「上方に行く。そのために金を集めに来たのだ」

「金集めですか」

「そう。このへんをひと回りして、上方に行ってくると触れれば、餞別《せんべつ》がいただける。うまく集まったらそのまま上方へ行って、あちらで一、二年暮らしてくるさ」

露光は気楽な口ぶりで言った。

弥太郎は、去年の秋、露光に連れられて、はじめて馬橋に来た日のことを思い出していた。露光は事もなげに言ったが、奉公人を頼まれていると言ったのは嘘だったのか、それとも何かの手違いがあったのか、弥太郎を引きとることを、主人の立砂が承知するまで、ひと悶着《もんちゃく》あった。

露光は狼狽して、いろいろ言葉をつらねたあげく、立砂にむかって手を合わせた。卑屈な姿だった。坐っていた廊下の隅から、その姿を眺めながら、弥太郎はそうまでして約束を果たそうとしている露光を有難がる気持とは別に、旅歩きの俳諧師がどういうものであるかも覚ったのであった。ひと月ほど過ぎて、露光はもと御家人だった人間だと立砂から聞いたとき、その感じは強まった。

だが気楽そうな露光の言葉を聞いていると、彼がそれでも俳諧師で暮らしているわけもわかるような気がした。旦那衆の句を添削しながら、彼は時には機嫌とりめいたことも言うのだろうが、その旦那衆は、彼が旅に出ると言えば餞別をくれるのだ。そういうひと筋縄でない繋《つな》がりを摑んでいるから、旅に出ようと思い立てば、身軽に出られる。

「どうですかな、奉公の方は……」

露光は、身ぎれいにしている弥太郎に、はじめて気づいたというふうに、じろじろと上から下まで眺めた。

「うまくいってますか」

「はい、おかげさまで。世話して頂いて有難いと思っています」

実際今度は長く続きそうだ、と弥太郎は思っていた。主人の立砂は鷹揚《おうよう》な人間だったし、同僚の奉公人も、村か近在からきている者ばかりで、みな百姓くさかった。ここでは、誰も信濃の百姓とは罵らなかったし、粗忽《そこつ》に少しぐらい油をこぼしても、大声で咎める者はいなかった。

浅間が焼けたばかりでなく、今年は春から雨ばかり降った。作物の出来がいいわけはなかった。露光が言うようなことが、くるかも知れなかった。考えてみれば、いいときにいい店に世話してもらったのだ。行きずりの人間に奉公先を世話してくれた露光には、やはり礼を言わなければならないのだ。たとえ露光が、うどんと女をたかった帳尻を合わせるために、約束を果たしたとしてもだ。

「今度のお店は、長くいられるような気がします。旦那もおかみさんも親切な人だし」

「そうか。そいつはよかった」

露光は真実嬉しそうな顔をした。

「で、あれは教えてもらってますかな。俳諧の方は……」

「はい。ぼつぼつ……」

いまのところは、立砂が人をあつめて句会を開くときに、部屋の隅で聞くのを許してもらったり、また立砂の師匠だという今日庵元夢という葛飾派の俳諧師が来たときに引き合わせてもらったりした程度だったが、弥太郎はそう答えた。

「あんたにはひらめきがあるんだから。なおあたしから頼んであげます」

露光がそう言ったとき、丁度油屋の前に来た。露光は笠を取りながらよそゆきの顔を作った。

六

大川橋を渡って、青物河岸にかかると、元夢は、気づかわしそうに弥太郎を振りむき、これから訪ねて行く夏目成美《せいび》のことを言った。

「成美さんに気に入られるように振舞わんとな。俳諧で喰って行くつもりなら、まず頼むところを定めないとやってはいけん。無論立砂は、いつでもあんたの面倒をみるつもりらしいが、あんたは江戸に住みたいと言う。わたしは江戸に住んでいるが、あんたの面倒をみる力はないのだ」

元夢はやや不機嫌に言った。元夢は神田橘町に住居があった。

露光の口添えがあったせいか、大川立砂は弥太郎に目をかけた。二年ほど前から、句会の席にも加えてくれたが、それからしばらくすると、自分の師匠である今日庵森田元夢に弟子入りさせ、正式に歌仙の方法もならい、句も添削してもらえるようにはからった。むろん油屋に奉公したままだったが、弥太郎はそのとき一歩俳諧の道に踏みこんだ気がしたのであった。

夏のまだ暑さが残っているころ、弥太郎は立砂に、江戸に戻って俳諧を勉強したい、と申し出た。そのときには、いずれ俳諧師として身を立てる決心が固まっていた。江戸に出て十年、あらゆる奉公をしくじったが、俳諧というもので、はじめて人がましい扱いを受けたという気持があった。それは闇にさしこんできた微かな明るみにみえた。

立砂は時どき弥太郎の句をほめ、元夢を迎えて歌仙を巻いたりするときに、執筆《しゅひつ》役をまかせたりした。子供の頃、本陣の中村六左エ門から、読み書きひと通りを学んだことが、俳諧という世界でことごとく生きてくるようだった。そういうとき弥太郎は、自分はただの油屋の奉公人ではないと思うことがあった。

だが、それは歌仙とか句会があるときのことで、それが終れば、弥太郎はまた、これといって先に見込みもない一奉公人の立場にもどる。句をほめても、立砂はそれで弥太郎の手当てをふやしてくれるわけでもなく、俳諧師として身を立てることに力を貸すというわけでもなかった。

弥太郎は、二十五になっていた。心の中に焦りがあった。それは江戸の市中を転転としながら、次の奉公先を探していたころの焦りとは少し違っていた。そのころは目先の喰うことしか念頭になかった。先のことなど考えたことがなかった。だが、いまは生涯の仕事らしいものが見えていた。だが実際には、そのものになる手続きもわからず、いつまでたっても田舎の油屋の奉公人でいるしかなかった。そこから焦りが生まれてくる。喰えるだけでは満足できなくなっていた。

——俺は、もう若くない。

弥太郎は時どきそう思った。そう思うと、心が煎《い》られるように落ちつきを失った。江戸に戻り、勉強していずれは俳諧師になりたい、と立砂に申し出たのは、そういう焦りにたえられなくなったときだった。そのときの立砂の驚いた顔が、まだ眼に残っている。

「俳諧師になるって?」

立砂は真実眼をまるくして驚いていた。その表情をみて、弥太郎は自分が何かひどい誤算をしているらしいことを覚ったが、後には引けなかった。そのときも、一たん口に出したら、それで通すかたくなな性癖に嵌《はま》っていた。

「江戸に戻って、どうやって喰べる?」

五年間奉公してもらった手当てが、少し残っている。とりあえずはその金を頼りに暮らし、無くなったらまた考えよう、と弥太郎は思っていたのである。馬橋にくるまでの、放浪に近い暮らしを思い出し、喰うだけなら何とかなるような自信もあった。

だが、立砂に改めてそう問われると、弥太郎は急に心細い気分に襲われた。浅間山が焼けて以来、連年天候が不順で、あちこちで飢饉の噂が絶えなかった。江戸も例外ではなく、三年前には、百文で六合五勺から七合買えた米が、天明も七年となった今年の五月にはついに百文二合五勺に騰《あが》り、市内では六日にわたって米騒動があったと聞いている。五千人の人間が暴動に加わり、米屋はむろん、酒屋、質屋を含めて八千軒の店が壊されたという。

一番悪い時期に、江戸に戻ることになるかも知れないという気がしたが、弥太郎は黙っていた。

「まて、まて。元夢さんにも相談してみよう」

頑固に口を閉じている俳諧師志望の奉公人をみて、立砂はもてあましたように言った。

元夢は弥太郎に会うと、立砂よりもっとあからさまな言葉でたしなめた。俳諧などということは、金も地位もある人間がやることだ、とのっけからそう言った。道楽とは言わなかったが、それに近い言葉を口にした。

何も持たない人間が、俳諧をやりたくてその道に入っても、点者と呼ばれるようになるのがまずむずかしいし、なればなったで、俳諧の宗匠などというものは、掃いて捨てるほどいる。その中で張り合って生きて行くのは楽なことではない。

「ま、芸が確かで名前が売れ、宗匠の中の宗匠といった人間になれば、旦那がつくから楽に暮らせる。金も頂けるし、着る物ももらえる」

「………」

「もっともそうなると主持ちの太鼓持ちといったぐあいでな。旦那の機嫌をとりむすび、俳諧という芸を売って暮らすわけだの。俳諧といえばやかましいが、もともとは遊びだからして、それでいいとも言える。楽をして喰えれば結構なことだ」

「………」

「だがそういう人は限られておる。ほかの多くの人間は、弟子はおろか、家も妻子も持たず、旅渡りして喰いつないでいる。好きならそれも仕方ないようなものだが、ほら、もと御家人だった露光さんが、あのざまだ」

と言って、元夢は同席していた立砂に顔をむけ、そう言えば近頃あの人の顔を見ませんな、と言った。上方に行ったままです、と立砂が言い、二人はしばらく小声で露光の消息を話し合った。弥太郎が知らない人間の名前も出、割下水の素丸《そがん》さんの方にも音信がないらしい、などという言葉も出た。

内輪話が済むと、元夢は弥太郎にむき直って、考え直す気はないかね、と言った。俳諧師になるのも、それで喰うのも容易なことではない。このまま油屋で奉公をつづけ、いずれは女房も持たせてもらう方が、利口ではないかというのであった。

元夢は、もっぱら暮らしのことを言った。飾りのないことを言っている、と弥太郎は思った。だが、弥太郎の心は動かなかった。

――結局、うまく行っても露光のようになるわけだ。

と思ったが、それでも油屋の奉公人で終るよりはいいという気がした。

そう思う気持の底に、立砂にも元夢にも、まだ言っていないことがあった。弥太郎は立砂に、芭蕉の猿蓑集《さるみの》という六巻二冊から成る書物を借りて読んでいた。句会の席でも、しばしば名が出てくるこの高名な元禄の俳諧師たちの歌仙集は、弥太郎には高尚に過ぎ、十分に呑みこめないものもあったが、その巻六に収められている幻住菴記《げんじゆうあんのき》という文章の中に、弥太郎の心を強く惹きつけるくだりがあった。

もう何度も読んで、記の終りの方にあるその一節を、弥太郎はそらで覚えている。かくいへばとて、ひたぶるに閑寂を好み、山野に跡をかくさむとにはあらず。やや病身人に倦《うん》で、世をいとひし人に似たり。倩《つらつら》年月の移こし拙《つたな》き身の科《とが》をおもふに、ある時は仕官懸命の地をうらやみ、一たびは仏籬《ぶつり》祖室の扉に入らむとせしも、たどりなき風雲に身をせめ、花鳥に情を労して、暫く生涯のはかり事とさへなれば、終に無能無才にして此一筋につながる。

ある時は仕官懸命の地をうらやみ――終に無能無才にして此一筋につながる、と呟くと、弥太郎はそこに自分のことが書かれているような気がするのだった。

決心を変えない弥太郎に、立砂は暇をくれた。ただ暇をくれただけでなく、元夢と相談して、江戸に戻ったあとのことまで心配してくれようとしているのは、五年間おとなしく勤めた奉公人を憐れんだためで、俳諧師として見込みがあるからということではないようだった。

その証拠に、訪ねようとしている夏目成美の隠宅の近くまできても、元夢はまだ諭《さと》すような口調で言っていた。

「はっきり言って、あんたの句は、やっと歌仙に加われるほどになったかと思うほどのものでな。まだ何とも言えん。勉強したいというなら、わたしがこれから引き合わせてやる人たちに、いろいろきくといいが、これでは喰えないというときは、また馬橋にいくことだ」

七

成美の隠宅は、北本所の東江寺境内の中にあった。東江寺は上野東叡山の末寺で、多田《ただ》満仲を刻んだ六寸の銅像を薬師に祀《まつ》っているので、多田薬師と呼ばれていた。千坪に余る広い寺域は、黒ぐろとそびえる森林に覆われ、それは大川の向う岸からも目立ったので、寺域は多田の森とも呼ばれている。

隠宅は、幹の太い欅や、楢、かえで、えごの木などが林をつくっている一角にあった。柴垣をめぐらした閑静な建物だったが、間数もあり、人も四、五人はいそうな感じだった。開け放した座敷から、庭の草をむしっている年寄の姿が見えるし、元夢と弥太郎を迎えた女と、座敷に茶を運んできた女とは別人だった。

成美は、元夢の話を聞きながら、眼を垣根の先の林にむけていた。そこには梢を洩れる午後の日射しが、欅の白っぽい樹皮の上や、地上に斑《まだら》な光を投げかけている。

弥太郎は、時どき眼をあげて、成美の顔を盗み見た。成美は四十前後の年恰好で、面長で、艶のいい顔をしていた。広い額や、引き緊った唇のあたりに、内側に沈潜している才気がうかがわれる。

――反対側の人だ。

弥太郎は、何となくそう思った。眼の前にいるのは、富豪として知られる蔵前の札差井筒屋の当主で、俳人としては蓼太、白雄《しらお》、暁台と交わりのある高名な作者だった。油屋の奉公人から、いま求めて流寓《りゅうぐう》の暮らしに戻ってきた弥太郎が、あらゆる意味で及びもつかない人間だった。

だが、弥太郎が感じている反対側の人という意味は、そういうことではなかった。弥太郎の眼に映っているのは、もっとも洗練された江戸人だった。そして自分はまぎれもない田舎者だということだった。成美の前に坐っているだけで、田舎育ちの土臭さが匂い立つような気がしてくる。

――これっきりの人だ。

元夢はああ言ったが、この人と縁がつながることは恐らくあり得ない。弥太郎はどことなく醒めた気持でそう考えていた。すると塵ひとつ落ちていない畳に坐っているのが、ひどく辛くなってくるようだった。

「ほう、俳諧師に？」

不意に成美が言って、弥太郎に眼をむけた。切れ長の、濁りのない眼だった。商人の眼ではなかった。その眼に、弥太郎はいきなり心の中をのぞきこまれたような気がして、眼を伏せた。

笑われるかと思ったが、成美は笑わなかった。柔かい口調で、成美は問いかけてきた。

「あなた、俳諧は好きですか」

「はい」

弥太郎はうつむいたまま答えた。そして衝きあげてきた恥ずかしさに、耳まで真赤になった。俳諧師になるなどという考えが、いかに大それた望みかということが、はっきり見えた気がした。俳諧というのは、眼の前にいる成美のような人間のやることなのだ。

元夢が言ったことは正しかった。

だが、成美は柔かい口調のまま、意外なことを言った。

「勉強なさるといいな。ここにはいろんな人の句集、俳書、ほかの書物も沢山ある。いつでもきて、ごらんなさい」

弥太郎が顔をあげたとき、成美は眼を元夢の方に移していた。

「で？」

「根岸の二六庵が空き家になっていますので、そこに住まわせようかと思っています。もっとも、それには割下水のお許しをもらわないといけませんので、こちらのご挨拶が済みましたら、これを連れて……」

元夢は弥太郎を振りむいた。

「向うに回ろうかと思って来ました。ついでに弟子入りのことも願ってみようと思いましてな」

「ああ、それがよろしいでしょう」

成美は低い笑い声を立てた。

「割下水は、そういうことはきちんとしないとうるさい人でしょうから」

二人が割下水と言っているのは、南割下水わきの長崎町に住む溝口素丸のことだった。素丸は其日庵三世を名乗り、其日庵山口素堂を祖とする葛飾派の総帥《そうすい》の立場にいた。幕府御書院番を勤めた五百石の旗本で、謹厳な老人である。元夢、またいま上方に旅している二六庵竹阿は、其日庵二世長谷川馬光（初代素丸）の弟子で、当代の素丸とは同門だった。

元夢は、素堂のもうひとつの庵号である今日庵を継ぎ、竹阿とともに葛飾派の古参として好遇されているが、素丸に対しては、日ごろ葛飾派宗家に対する礼を尽くしていた。弥太郎を二六庵に住まわせることも、むろん素丸の承諾をとるつもりだったし、また自分の手もとから離すについては、成美への依頼とは別に、葛飾派の正統を継ぐ素丸に入門させるのが穏当だろうと考えているのであった。どこの派にも属していなかったが、成美はそういう派内部の事情はよく理解しているらしかった。

弥太郎のことはそれぐらいで、成美と元夢はそのあと葛飾派の俳諧や、上方に行っている竹阿のことに話題を移した。

不意に林の中で、蜩《ひぐらし》が鳴いた。その声に驚いたように、元夢は坐り直した。

「おや、もうこんな時刻ですか。ではわたくしは割下水に参らねば……」

「ちょっとお待ちなさい」

成美は手をあげて、元夢が挨拶しようとするのをとめた。

「この間、巣兆《そうちょう》から麦水の句集を貰いました。落葉掐《かく》というのです。わたくしははじめて読んだので、面白かった。もう、お読みになっていますか、落葉掐」

「先年死んだ金沢の麦水ですな。いや、まだ読んでおりません」

「蝶々や昼は朱雀の道淋し、でしたかな。例の虚栗《みなしぐり》調ですがとてもいい。ちょっと待ってください。お見せしましょう」

成美は手を鳴らした。縁側に現われた若い女に、成美は何か言いつけようとしたが、考えが変ったらしく手招ぎして女をそばに呼んだ。成美が下から手をのばすと、女がその手を握った。

「あ、いまおそばになかったら、結構ですよ」

元夢があわてて言ったが、そのときには成美は半ば立ち上がっていた。弥太郎はそのときになって、漸く成美の足が悪いのに気づいた。女の手を杖にして立ち上がりながら、成美の顔は朱を刷いたように染まった。

立ち上がると、一寸の間成美は女にささえられながら、息をととのえた。その間に、顔色はもとに戻った。

「なに、すぐ取って来ます。ちょっと待って」

成美は少し冷たい口ぶりでそう言うと、女に手をひかれて歩き出した。不自由なのは右足だった。成美の身体は、ひと足ごとに歪んだ。そして座敷を出て行った。

「あんたには言っていなかったが、成美さんは痛風で足がお悪い。気の毒だ。ほかに不自由というものがない方なのにな」

元夢が、半ばひとりごとのように言うのを、弥太郎はほとんど聞いていなかった。初対面の自分の前で、不自由な足を隠さなかった成美に、少し度胆をぬかれていた。やがてそれは静かに心をゆさぶってきた。

——人は、あのように生きるべきなのだ。

貧しさも泥くささも、卑屈な心さえも、隠すことはないと、成美の踊るようだった身体が言ったような気がした。

俳諧師になりたいなどと言ってきた男が、じつは信濃の百姓に過ぎないことを、成美はいち早く見抜いたに違いなかった。蔑《さげす》まれないのが不思議だったが、そのわけが呑みこめたように思った。好きなら、なればいいと成美は考えているのだ。

座敷に招き入れられたとき、すぐに感じた成美との間の距離、ひややかで埋めようもないと思ったその空隙が、急に縮むのを弥太郎は感じた。

八

弥太郎は、成美の隠宅で昼飯を馳走になると、外へ出た。脇の下に風呂敷包みを抱えている。中味は服部南郭の唐詩選国字解で、成美からの借り物である。

成美は、若い時からの脚疾を理由に、三十四の時一たん家督を弟に譲ったが、翌年弟が急死したので、また家業に戻っていた。依然として札差井筒屋の主八郎右衛門としての多忙な暮らしが続いていた。十六で井筒屋の家督を継いだ成美は練達の商人でもあった。成美が家督を継いでから、井筒屋の身代は伸びていた。

多忙な井筒屋の当主は、月に何度と日を決めて多田の森の隠宅に出かけ、そこで俳人成美に戻る。

弥太郎はその日をねらって、隠宅に出かけた。蔵前の井筒屋の門前も通り過ぎたことがあるが、中に入る気はしなかった。店の中にいる成美は別人のような気がしたのである。

昼とか、日暮れとか、なるべく飯刻《めしどき》を目がけて行った。成美は黙って飯を出してくれる。それで一食が助かった。まだ馬橋から持ち帰った金が、少し残っていたが、それは細く長く保《も》たせなくてはならないのだ。

元夢の口ぞえで、弥太郎は根岸にある二六庵に住むことが出来た。去年の秋だから、もうそれから半年以上になる。

弥太郎はそこで、成美から借りてくる俳書、歌仙集、発句集、ほかに成美にすすめられた和漢の書物を読んだり、日本橋の書肆《しょし》の隅で見つけた古本の千字文を手本に文字を手習いしたり、また葛飾派の句会があるときは、出かけて末席に連なったりした。今年の正月には馬橋に行ってきた。

元夢はすぐにも素丸に弟子入りさせたい考えで、弥太郎にも素丸にもそう言ったが、弥太郎はまだ正式には入門していなかった。すでに元夢の弟子で、葛飾派の一門に加えられているのだから、素丸の弟子を標榜するのはいつでもいいという気持だったが、有体《ありてい》に言えば誰にも縛られることのない一人の立場が気に入っていた。師を持たずに大成したという成美に影響されてもいた。

それに葛飾派は、元祖の素堂が甲州出身の郷士、二世長谷川馬光が、幕府の小十人組に勤める武家、三世素丸が幕府御書院番というふうに、代代武家が頭領の座を占め門人も武家が多かった。句会の席には、どことなく窮屈な感じが漂う。そのへんにも、弥太郎が葛飾派を敬遠する理由があった。

だが素丸は、弥太郎が入門しないことについて、べつに何も言わなかった。空き家になっていた二六庵に留守番に入りこんだ男に、誰も注意を払わなかったのである。

弥太郎は、江戸に来てからはじめてとも言える、のんびりした毎日を送っていた。つましく暮らせば、一年ぐらいは暮らせる金があった。働くこともいらず、本を読んだり、手習いをしたり、句作に耽ったりしていればよかった。昨年の秋には、連俳の秘書といわれている白砂人集を成美に借りてきて筆写したりもしている。そういうことも勉強だと思っていた。

そうしていると、弥太郎は自分が一人前の俳諧師になったような気がしてくるのだった。二六庵に住みこむと同時に、弥太郎は圯橋《いきょう》という号を名乗った。前には菊明とか、菊明坊一茶とか、ほかにもいろいろな号を使ったが、漢の張良が怒りを我慢した故事にちなむ今度の号は、これから俳諧師になろうとしている自分にふさわしいように感じていた。

弥太郎は、根岸近辺から谷中あたりまで足をのばして歩きまわり、知り合いになった寺で、歌仙や句会が行なわれると顔を出して、新しい号を使った。だが、わかりにくいと言われて一茶と名乗ることもあった。そういうとき、弥太郎は大ぴらに二六庵竹阿の弟子だと名乗ったが、むろん竹阿には会ったこともないのである。

春の日射しが、弥太郎に降りそそいでいる。歩いて行くと、あちこちの垣根の内から、不意に強く花の香が匂ったりした。

——やはり、江戸はいい。

弥太郎はそう思っていた。虐《しいた》げられ、嘲られた記憶だけが残る町だったが、住みなれた場所を歩いている気楽さがあった。行き交う間も、特別に弥太郎を注目したりはしない。さっさと通りすぎる。馬橋ではそうでなかったと、改めて気づくようだった。立砂には眼をかけられたが、やはり窮屈だったのだ。そして馬橋の春は、埃《ほこり》っぽかった。

——これで一人前の俳諧師と呼ばれるようになれば、言うことはない。

唐詩選の包みをしっかり抱えて歩きながら、弥太郎はそう思った。

弥太郎は、自分なりに句作に打ち込んでいたが、まだ成美に添削してもらったことはなかった。成美の前に出ると、ふだんおれは俳諧師と思ったり、二六庵竹阿の弟子と人に吹聴《ふいちょう》したりしていることが気恥ずかしく、穴があれば入りたいような気分になる。句も、これが俳諧師になろうという男の作かと言われるのが恐く、さし出しかねていた。

ただ、成美の話を一刻聞いて帰る。成美の話は、几董《きとう》、大江丸、巣兆といった成美と親しい当代の宗匠たちの話だったり、白雄の弟子で鈴木道彦という秀才のことだったり、また芭蕉やその一門の、元禄の俳諧師たちの話だったりする。話はついで和漢の書物に移り、まだ読んでいなかったら読んだらいい、とその書物を貸してくれる。成美の知識は該博で、底が知れなかった。

成美は、弥太郎にそういう話をするのをいやがってはいないようだった。楽しんでいるように見えた。成美の話には、奇妙に弥太郎の気持を酔わせるものがあった。それで、隠宅を出てくるときには、弥太郎はまた、おれは俳諧師という気分になっているのである。

弥太郎は、多田の森を出て東に歩いていた。番場町と荒井町の間を通りすぎると、道の両側は表町に変る。そこから露光の家がある華厳寺脇の裏店まで、そう遠くはない。

――帰っているだろうか。

弥太郎は、露光のことをそう思った。弥太郎が江戸にもどって、由緒ある二六庵に住んでいることを知ったら、露光は驚くに違いなかった。一応は葛飾派の句会にも顔を出す身分になっていると言えば、露光はまた驚くに違いなかった。

弥太郎は、そういうことを考えながら、江戸に来てから数度、露光の家をたずねているが、戻っていなかった。最後に行ってみたのは、今年の正月過ぎだった。それから三月《みつき》あまりも経っている。

弥太郎は、通い馴れた感じさえしてくる裏店の木戸をくぐった。近づくと、露光の家の戸が開いている。弥太郎は一度立ちどまり、それから小走りに走って、露光の家の土間に駆けこんだ。

「露光さん、露光さん」

弥太郎が呼ぶと、部屋の中で人が動く気配がして、赤ん坊を抱いた三十半ばの女が出てきた。肥って色の浅黒い女で、胸をひろげて、抱いている赤ん坊に乳首をふくませたままだった。弥太郎は茫然と女を見た。

「あんた、だれ？」

「ここは露光さんの家じゃありませんか」

「変なことを言うね。ここはあたしの家だよ。露光さんて、誰だい？　それより、あんただれ？」

「わたしは圯橋という者です。一茶とも言いますが……」

「え？　名前が二つもあるの。で、露光っていうのは誰のこと？　そのひとがどうしたっていうのさ、いきなり人の家に飛び込んできて、あんた」

女は身体も顔も動かさずに、畳みかけるように言った。細い眼が、瞬きもせずに弥太郎を見据えている。言い方が、以前奉公した古手屋の内儀に似ていた。こういう女は苦手だった。弥太郎は辟易《へきえき》しながら言った。

「この家に、露光という人が住んでいたんですが、どうしたか知りませんか」

「知らないね、そんな人」

女はにべもなく言った。それで眼の前にいる女が、露光と何のかかわりもないことがはっきりした。

「あたしら大工でね。ここが空いてるからって聞いて引越してきたんだ。もう二月《ふたつき》になるよ。怪しいと思ったら、大家さんに聞いてみたらいいじゃないか」

なぜかどこまでも喧嘩調子な女の応対に、弥太郎はほうほうの体《てい》でその家を飛び出した。女は大家に聞けと言ったが、聞くまでもなかった。大家は、いつまで経っても帰って来ない露光に業を煮やして、ほかの人間に貸してしまったのだ。考えてみれば、それは当然の話だった。あの露光が、何年も店賃《たなちん》を前納めして行くはずがない。これで露光は江戸に戻ってきても、住む家がなくなったわけだ。

それにしても、露光はどこをうろついているのだろう、と弥太郎は思った。馬橋の立砂にも、元夢にも何のおとずれもないということだった。露光はもと幕府の御家人で、葛飾派に属していると立砂に聞いていたが、葛飾派の句会の席で、露光の名前を聞くこともなかった。

——生死も知れない。

ふとその感傷が胸を横切った。それが旅回りの俳諧師の運命かという気がしたのであった。

だが根岸の二六庵に戻ったとき、弥太郎からその感傷は脱け落ちていた。部屋の中が薄暗くなったので、弥太郎は机の前から立って縁側に出た。二六庵は、成美の隠宅とは違ってひと間だけだった。ほかに台所と手洗いがついているだけの住居である。部屋を出ると、すぐ縁側だった。

――手紙を書こう。

眼の前にひろがる雑木林は、白い粉を吹いたような嫩葉《わかば》をつけ、日没の光がその林に斜めに射しこんでいた。嫩葉と細い幹の群が、じっと動かずに光を浴びている。その光景を眺めながら、弥太郎は柏原の家を思い出していた。父母と仙六を思い出していた。

卒然と郷里を思い出させた詩句が、机の上の、成美に借りてきた書物の中に記されていた。

返照　閭巷《りよこう》に入る　憂え来《きた》るも誰と共にか　語らん
古道　人の行くこと少《まれ》に　秋風　禾黍《かしよ》を動かす

江戸で俳諧師になったと書こう、と弥太郎は思っていた。昨日、しばらく会っていない元夢からとどいた手紙に力づけられていた。元夢の手紙は、一別以来の消息を記し、そのあとに、橘町の庵に、大切な客を迎えて歌仙を巻くので、おいでの上執筆役を勤めて頂きたいと記していた。

弥太郎は縁側に蹲《うずくま》ったまま、頬を手ではさんだ。はじめて郷里に便りする気になった自分に昂《たかぶ》っていた。これまでも、郷里のことを思わなかったわけではない。だが放浪に近い日日を送っている自分を、どう書きようもなかったのだ。泣きごとを書き送るぐらいなら、江戸の町裏で野垂れ死ぬほうがましだと思っていた。

だがいまは書けると思った。ともかく、元夢が執筆役を頼んでくるほどの人間になったのだ。そのことも書こう。飛脚を頼めなくとも、赤渋村の男をたずねればいい。あの男は、いまも江戸に来ているだろうか。

――いまに……。

おれは、世に知られる高名な俳諧師になるだろう。熱い頬を押さえながら、弥太郎はそう思った。露光のことは忘れていた。

九

その露光が、ひょっこり二六庵に現われたのはほぼ一年後だった。世が寛政と改まったはじめの年である。

「生きていたんですか」

思わず弥太郎は言った。露光は、顔は旅焼けして丈夫そうに見えたが、相かわらず瘦せていた。髪に白髪がふえ、歯は欠け落ちたままで、全体に老けてみえた。眼は柔和で、弥太郎がはじめて会ったころの、人を見据えるような強い光を失っている。

「生きているさ。あたりまえです」

と露光は言った。そして、どっこいしょと掛け声をかけて縁側に腰をおろした。

「割下水に顔を出したら、あんたがここに住んでいると聞いたもんでね」

露光は首をのばして机の上をのぞき、ほう勉強かね、何を読んでる、と言った。

「おくのほそ道です。芭蕉の」

「なるほど。だいぶ熱を入れてますな」

露光はにやりと笑った。

「割下水があんたのことをほめていたぜ。長足の進歩だってね。このごろは句会でも成績がいいそうじゃないですか」

「いえ、それほどでもありません」

弥太郎は赤くなった。露光が言ったことは事実で、弥太郎はこのごろ葛飾派の句会の席で注目されていた。正月に、重だった者が集まって歌仙を巻いたが、そのときも弥太郎は呼ばれてその人数の中に加わっている。元夢から手紙がきて、俳諧千題集という句集を出すが、その中に弥太郎が元夢の庵に行ったとき作句した二句を入れると書いていた。

少しずつ認められているという感じがあった。そうなると不思議なもので、以前は何となく気ぶっせいな感じで敬遠していた葛飾派の句会にも、よく足が向いた。葛飾以東、房総から常陸まで、主として地方に地盤を持つ葛飾派の句風には、成美たちの洗練された句とは反対の野暮ったい持味がある。それが自分に合うようにも感じていた。

だが露光にそう言われると、弥太郎はなんとなく気恥ずかしい気分に襲われた。近ごろはいっぱしの俳諧師気どりで、成美の前でも蕉風の匂い付けがどうの、さび、しおりがどうこうと喋ったりしているが、もとはと言えば、喰うために入った道なのだった。喰えるか喰えないか。それを測る気持は、いまでも絶えず心の底に動いている。臆病に眼を光らせてそれを測っている自分がいる。

露光に、それを見抜かれている気がした。人の眼から隠れた場所で、三笠付けの点付けを、息を殺して見守っていた自分が思い出されてもくる。

弥太郎は、思い切って自分をさらけ出したい衝動に駆られて言った。

「これは勉強というわけじゃありませんよ。今度、奥州の方に出かけるもので、眺めていただけです」

それは本当だった。奥の細道の跡をたどってみたいと洩らすと、意外にも成美が強くすすめた。すでに出発する日にちも決まって、弥太郎は少なくない餞別を、成美から受け取っている。奥州行脚《あんぎゃ》を切り出したとき、その餞別をあてにしなかったとは言えない。

「ほう、いつ出かけますか」

「来月の十日です」

「それじゃ、もうじきですな。奥の細道の旅はいい。あたしも若い時分に、一度回ってきましたよ」

「ええ、一度は行くものだと聞いていましたので、でも……」

弥太郎は口籠ったが、思い切って言った。

「金が無くなって、近ごろは植木屋の手伝いをしたり、道普請の人足に雇われたりしていますから。なにしろここに黙って坐っていても喰えないんですよ。奥の細道を旅すると、喰うことは不自由しないそうじゃありませんか」

芭蕉が弟子の曾良《そら》を同行して歩いた奥の細道は、俳諧師と呼ばれるほどの者なら、一度は辿ってみたいとあこがれる聖なる足跡だった。松島、象潟《きさかた》の月を見ることが、俳諧師の資格のように言われたりした。それで夥しい俳諧師、あるいは俳諧志望の人間が奥州にむかって旅する。

だがそうやってひとめぐりする間、彼らの食が保証されることも事実だった。江戸から、上方から来る、なかには偽ものも自称も混じる俳諧師たちを、奥州の地元では冷たくは扱わなかった。彼らはやってくる人間から、江戸や上方の新しい出来事を聞くのを楽しみにしていたし、また俳諧師と名乗る人間を迎えて、歌仙を巻いたり句座を設けたりすることを喜びもした。それが高名な俳諧師だったら、もてなしは手厚くなる。

露光が何か言うかと、弥太郎は耳を澄ましたが、露光はちょっと弥太郎を見返して、それも悪くないな、と呟いただけですぐに顔を前に戻した。

露光が腰かけているほうの縁側からは、畑が見える。雑木林が目の前で切れて、その先に畑がひろがっている。近くの百姓家の人間らしい男が一人、鍬を使っていた。畑の中に丈は高くないが、枝張りのいい梨の木が二本立っていて、いっぱいに花をつけている。白い花は、日の光の中でも沈んで見えた。鍬を使っている男の姿は、時どき梨の木の陰にかくれ、またいつの間にか広いところに出ている。

露光の首筋に、白髪がかたまって垂れているのを、後から眺めながら、弥太郎は露光のことを、まだ何も聞いていなかったことに気づいた。

「上方で、何をしていたんですか」

「え？」

露光は、やはり百姓の姿を見ていたらしい眼を、あわてて弥太郎に戻した。

「そう、二年ぐらいはあちこちと回ったな。多少は知り合いもいるから。そうそう、四国にも渡って金毘羅《こんぴら》参りをしてきました」

「……」

「そのあとは、知り合った女に養われて大坂にいましたよ。いっそ向うで暮らそうかと思っていたら、その女に捨てられてな。仕方なく戻ってきました」

露光は、嘘かほんとかわからないような話をした。

「表町に行きましたか。ほかの人が入っていたでしょう」

「うむ、あれにはびっくりした」

へ、へと露光は笑った。

「人のいい大家だからして、ひょっとしたらそのままかなと思っていたんだが、考えてみればそりゃ無理です」

「それで、ほかに住むところが決まったんですか」

「いや、まだ。帰ってきたばっかりだからね。知ってる家に置いてもらってますよ」

「どうですか」

弥太郎は、ふと思いついて言った。

「わたくしも、あと半月ほどで旅に出ます。そうしたら、留守の間ここに住みませんか」

「……」

「なるべくゆっくり回ってくるつもりです。帰りは秋口になると思いますよ」

「いや、遠慮しとこう」

「……」

「気持は有難いが、割下水は、あんたにはうんと言っても、わたしがここに入ると言ったらいい顔をせんでしょうからな」

露光の横顔を、ふと厳しいいろがかすめたようだった。弥太郎ははっとした。露光の言葉は、彼が葛飾派の内部で疎《うと》まれていることを示しているようだった。

だが、それがたとえ微禄でも御家人の身分だった者が、旅回りの俳諧師で暮らしていることへの反感なのか、それともほかにもっと事情があるのかはわからなかった。ただこれまで変り者の俳諧師と思うだけで、あまり気にもしなかった露光という人間の、複雑な内側に触れた手触りがあった。いつか、葛飾派の人間に、露光のことを聞いてみようと弥太郎は思った。

弥太郎のそういう気持を覚ったように、露光はひょいと立ちあがった。

「ま、住む場所ぐらい、いくらでもあります。べつに立派な家に住もうってわけじゃないんだから」

露光は、弥太郎とむかい合って立つと、前歯が欠けた口を開いて笑った。奥州の旅はいい、帰ってきたら話を聞かせてくれ、と言うと露光は背をむけて歩き出した。

林の中を、一本の細い道が通っている。弥太郎が縁側に立ったまま見送っている と、道の入口で、露光がひょいと振りむいた。底光りするような眼で弥太郎を見ると、露光は言った。

「あんたも、だんだん俳諧師臭くなってきたな。だが、あたしのようにならんほうがいい」

それだけ言うと、露光は踵《きびす》を返して、どんどん林の中に入って行った。

露光の背が、嫩葉の枝をさしかわす林の中を見えがくれしながら遠ざかり、やがてまったく見えなくなるまで、弥太郎は立ったまま見送った。

露光が捨て科白《ぜりふ》のように言い置いた言葉が、どういう意味なのかと、弥太郎は考えていた。さっき、喰うために奥州の旅に出かけると言ったことに対して、感想を述べたとも受けとれた。あるいは単純に旅回りの俳諧師に終るな、と忠告したようでもあった。はっきりしなかったが、言われた意味はぼんやりとわかるようだった。

むろん、露光のように、住む家もないような身分で終りたくはない。

弥太郎は部屋の中に戻った。どこかにほっとした気分があった。露光がいる間、金の無心を言い出されるのではないかと心配したが、露光は何も言わずに帰り、難をのがれたという気持がしたのである。だからその安堵《あんど》には多少のうしろめたさがあった。成美にもらった餞別を、弥太郎は手つかずで持っていたからである。

十

大坂にいた二六庵竹阿が死んだのは、弥太郎が奥州行脚から戻った翌年、三月十三日だった。そのことを、弥太郎は三月の末に割下水の溝口素丸に呼ばれて行って知った。

「それで？」

素丸にそのことを聞くと、弥太郎は顔色が変った。とっさにいま住んでいる場所のことが頭の中にひらめいたのだった。いままでと、事情が変ったのだ。

「わたくしは、二六庵を出なければなりませんか」

「いや、その必要はない。これまでどおり、いてよろしい」

素丸は、弥太郎の周章ぶりを憐れむように眺めながら言った。

「ありがとうございます。助かります」

「いや、そなたを呼んだのは、二六庵はこちらに自分の弟子というものを持たん。ま、弟子というか、庵の留守番というか、多少ともつながりがあるのは、そなた一人なのでな。一応は知らせるものだろうと思って呼んだわけだ」

「………」

「そなたが勝手に二六庵の弟子と名乗って、句会に出たりしていることは、耳に届いておるぞ」

素丸の瞬きの少ない眼に、じっと見つめられて、弥太郎は冷や汗が吹き出すのを感じた。小さくなって、弥太郎は詫びた。

「申しわけございません」

「感心したことではないの。しかし近ごろ進歩著しいのに免じて、眼をつぶっていた」

素丸は謹厳な表情を崩さずにそう言ったが、不意に皺《しわ》だらけの細長い顔に微笑をうかべた。

「もっとも、偽にしろ弟子と称する者が一人いたのを、死んだ二六庵が喜んでおるかも知れん。そういう気もする」

弥太郎はほっとした。もっと何か言うかと思ったが、二六庵の話はそれだけだったらしく、素丸は四月に行なわれる記念句会のことに話を移した。

其日庵二世長谷川馬光が歿してから、今年は五十年目にあたり、それを機会に房州の鋸山《のこぎりやま》日本寺の境内に句碑が建てられることになっていた。葛飾派では、この句碑建立《こんりゅう》にあわせて、来月に馬光の五十回忌法要、記念句会、合同句集の板行などを行なう準備をすすめている。

「句会の席で、今年からそなたを葛飾派の執筆役に、推そうと考えておる」

「わたくしをですか」

「そう驚くことはあるまい。元夢も、そなたなら勤まると言っておったぞ。それに、二六庵の弟子でもあることだしな」

素丸は皮肉とも冗談ともつかない言葉をつけ加えたが、弥太郎はその言葉を聞いていなかった。膨《ふく》れあがる喜びが、喉のあたりまで押し上げてきた。

「ありがとうございます。大役ですが、必死に勤めさせて頂きます」

「まあ、そう堅苦しく考えるな」

素丸は苦笑して言い、もはや昼刻だから飯を喰って行け、と言った。

台所で昼飯を馳走になってから、弥太郎は素丸の家を出た。雨が降っていた。だが霧のように空に漂う雨で、割下水沿いの道を歩いている人も、傘なしが多かった。町は煙のような青白いものに包まれている。

――出世だ。

鈍く光る割下水の水を見ながら、弥太郎は思った。歌仙の座の執筆役は、手跡がいいというだけでなく、宗匠を助けるだけの、句作者としての力量を兼ねそなえていないと勤まらないし、また推されもしない。それだけの力量があると認められた喜びがあった。高名な俳諧師になるのも夢ではない、といつもの癖で弥太郎の考えはそこまで飛躍している。町をゆっくりと歩いた。漂いうかんでいるような雨は少しも気にならなかった。

ふとあることを思いついて、弥太郎は立ち止まった。割下水沿いの道を、真直《まっす》ぐに歩いて本所の御竹蔵の塀につきあたったときだった。左に行けば、亀沢町から回《え》向院《こういん》横を通り両国橋に出る。右に行けば、大川の岸に出て、大川橋から浅草に入る。根岸に帰るなら、道は右である。

だが立ちどまったのは、どちらに行こうかと思案したわけではなかった。これまで考えもしなかったことが、頭の中にうかんできたのである。

二六庵竹阿という宗匠に、むろん弥太郎は一度も会ったことはない。その人の弟子と名乗るのは、言うまでもなく僭称《せんしょう》だった。近辺の句会の席で、二六庵の弟子と言ったりしたのは、無名の自分になんとか箔《はく》をつけたい気持と、ただの庵守とは見られたくない気取りからである。だがそれが僭称であることは、素丸に叱られるまでもなく、自分でわかっていた。弟子の許しを得たわけでもないし、手紙をやり取りしたこともない。

だが、二六庵に住んで、半年ほどしたころ、弥太郎は竹阿から、一度だけ手紙をもらっている。庵の中の品物の処分を指示した短い手紙で、むろん俳諧のことなどひと言も触れてはいなかった。文面の様子で、元夢か素丸が、上方にいる竹阿に、弥太郎がそこに住むと知らせてやったらしいことがわかった。あて名は一茶どのとなっていた。そのころ弥太郎は、自分で圯橋《いきょう》と言っていたが、葛飾派の句会では、一茶とか菊明坊とかいう俳号も使っていたのである。

——一茶が、二六庵竹阿の弟子であって、悪いわけはない。

弥太郎が考えたのは、そういうことだった。その考えを引き出したのは、さっきの素丸の言葉だったようだ。素丸は弥太郎が勝手に二六庵の弟子と言い触らしているのを、葛飾派の頭領らしく咎めたが、冗談口のように、一人ぐらい弟子を名乗る者がいたのを、二六庵は喜んでいるかも知れないとも言ったのである。

死んだ二六庵竹阿が喜んでいるかどうか。弥太郎はそこまでは考えおよばない。二六庵は顔も声音《こわね》も知らない人間で、弥太郎の念頭にあったのは、そのひとが江戸に帰ってくれば、庵を出なければならないという気がかりだけだったのだ。

だが、二六庵には、ほかに弟子がいなかった。だからこそ弥太郎のような人間が、根岸の庵に住めたのだが、そのことにただ一度とはいえ、手紙をもらったことを重ねあわせると、そこにいままで考えたこともない事実が浮かび上がってくるようだった。少なくとも、二六庵竹阿は、一茶という俳諧師志望の男が、そこに住んでいることを知り、そのことを容認していたのだ。品物の処分を指示してきた一通の手紙が、そのことを証明している。

――つながりはある。

そのつながりは、いままでもあったのだが、二六庵竹阿が死んだことで、急に意味を持ちはじめたようだった。

弥太郎は、霧のような雨の中を、急ぎ足に青物河岸の方にむかった。河岸に出て、多田の森の前も通りすぎたが、振りむかなかった。成美が隠宅に来る日でないということもあったが、それよりも自分の考えに憑《つ》かれていた。

故二六庵竹阿の弟子一茶と名乗って、上方から西国一帯にいる竹阿の知己を訪ねて回ることも不可能ではない。弥太郎をとらえているのはその考えだった。それが出来れば、一、二年はそれで喰える。

竹阿は江戸で葛飾派に属し、二六庵を名乗ったが、ほとんど旅回りに終始し、その地盤は大坂、四国の讃岐、伊予、九州にあった。しかも俳友とも言うべきつき合いの中には、大坂の大江丸、京都の高桑闌更《らんこう》、讃岐観音寺の五梅和尚、四国の俳家中随一と言われる伊予の栗田樗堂《ちよどう》など高名の俳句宗匠がいる。

弥太郎は、そうしたことを一部は葛飾派の人間から聞いたが、一部は竹阿が押入れに残して行った古行李の中の手紙の束や、手控えで知っていた。手控えには、上方から西国に散らばる各地の、竹阿の知友の名前と居どころがぎっしり書き込んであったのだ。

そのときは何気なく見て打ち捨てておいた、古びたその手控えの記載が、弥太郎には光りかがやくもののように思われた。それは貴重な飯の種だった。二六庵の弟子と名乗り、亡師の足跡を慕って、はるばるとやってきたといえば、相手が悪い顔をするはずがないと思った。芭蕉とは何の縁故もないが、その跡を慕ってきたというだけで、奥州行脚では喰えた。もっともそのときは、飢えないで済んだといったものだったが、今度の西国の旅は、多分もてなされるだろう。

——おれだけの、奥の細道だ。

と弥太郎は思った。

ただ喰えるというだけにとどまらない。大江丸、樗堂といった世に聞こえた宗匠たちとつき合いが出来れば、俳諧師一茶の名が売れる。彼らのいる場所には、俳諧にかかわりある無数の人間が訪れるのだ。宗匠たちが言うだろう。二六庵の弟子で、一茶という江戸の俳諧師がきたが、なかなかの句を詠む。

大川橋を渡るころには、雨はほとんど止んでいた。川には夥しい靄《もや》が湧き、その切れ目から、わずかに鉛色の水面がのぞいているだけだった。自分だけの物思いにとらわれて、弥太郎は橋の上で何度か人につきあたりそうになった。

根岸の庵に戻ると、弥太郎はすぐに押入れから行李を引っぱり出し、縁側に出て、三方の雨戸を繰った。それから行李を開いて、手控えと手紙を探した。行李にも、中の物にも湿った黴《かび》の匂いが附着していた。

丹念に眼を通して、弥太郎が顔をあげたとき、林の中に日が射していた。弥太郎はしばらく日に照らされる林の嫩葉を眺めた。木の葉も幹も、濡れて光っている。林の中では、ひっそりと滴が落ちる音が続いている。

思ったよりも、はるかに多い人数だった。

――全部回れば、ざっと三年は喰える。

弥太郎は、そう概算した。二六庵竹阿という、顔も知らない俳諧師は、思いがけない遺産をくれて行ったようだった。

うまく行けば、二六庵を継ぐことだって出来る。いまは、弥太郎の考えは、そこまで背伸びしていた。素丸は、簡単にはそれを許さないだろうが、二六庵の弟子ということに限って言えば、半ばそれを認めたようなそぶりも見えたのだ。西国にも行ってきて、竹阿の弟子で通るようになれば、やがて素丸の後見で立机《りっき》し、二六庵を継ぐことも夢ではない。

――機嫌をとっておく必要がある。

正式に素丸の門人になるということは、何となく気がすすまずにそのままにしていたが、それはいまやっておいた方がいい、という気がした。少なくとも、それだけの手続きをしておかないと、西国に出かけるとき、話を切り出しにくい。

——明日にでも、申し出てみよう。

そう決心すると、気分がすっきりした。執筆役に推す、と言った素丸の好意も無視は出来なかった。一派に縛られることを嫌う気持はあるが、入門ということが持つ世俗的な効果が、いまは必要のようだった。

丁寧に手控えや手紙を行李におさめ、もとのように押入れに戻すと、弥太郎は外に出た。北の空には、まだ雲が残っていたが、頭上には青い空がひろがり、林のそばの畑も日を浴びていた。誰かに話しかけたい気がしたが、雨のあとで、今日は畑に誰もいなかった。

押さえようとしても噴きあげてくる喜びがあって、弥太郎は声を立てずに笑った。二六庵竹阿の死は、幸運をもたらしたようだった。その死を悼《いた》む気持が湧かないことを、微《かす》かにうしろめたく感じるが、顔も知らない人間であればぜひもなかった。弥太郎に見えるのは、その人が去ったあとに残された広びろとした世界だった。

——やがて、そこに旅立つだろう。

素丸は執筆役に推してくれるという。悪くはない。順調だと思った。

弥太郎は懐から巾着を引き出し、手で探って中身を確かめると、林の中の道を歩き出した。誰かにいまの喜びを話してみたかった。ちょっぴり聞いてもらえば、それでいい。露光の居どころがわかれば早速訪ねるところだが、奥羽行脚から帰ってひと月ほど経ったころ、一度会ったきりで、その後消息はない。居場所もわからなかった。

いつも行く青物屋で、弥太郎は大根を一本買った。高かった。

「近くわたしは、上方に出かけますよ」

「へえ、上方に……」

毛深くて肥った親爺は、弥太郎を怪訝《けげん》そうに見たが、すぐうなずいた。

「ああ、わかりました。旦那はなにの宗匠でしたな。風流の旅ですか、なるほど」

「四国、九州と全部回ってきます」

「結構ですな。知らぬは亭主ばかりなり、というやつですな」

「………」

「乳母が前もくぞう蟹《がに》のごとくなり。へ、へ」

青物屋の親爺は末摘花の川柳を少しばかり聞きかじっているらしく、知識をひけらかした。だが親爺の誤解は、弥太郎には少しも気に障らなかった。

「そこの……」

弥太郎は、青物屋の店前から見える林を指さした。

「二六庵も、そのうちわたしが継ぐことになります」

十一

寛政三年の春、三月の末になって、弥太郎は江戸を出て、馬橋にむかった。いい季節だった。千住の宿を過ぎると、水を張った田のへりにたんぽぽの黄色い花が点点と咲き、麦畑の上にひばりが鳴きつづけていた。

前の年は、弥太郎にとってひどくいそがしい年だった。二六庵竹阿の死を聞いた翌月の四月七日、弥太郎は正式に葛飾派の頭領、其日庵溝口素丸に入門した。入門の束脩《そくしゅう》を稼ぎ出すために、弥太郎は七日ほど、浅草誓願寺門前の石屋に雇われ、手に豆をこしらえた。その間、食のかかりも少し切りつめたので、雇われ仕事が終ったとき、弥太郎はひどく疲れていた。身体から脂気が脱けたように、皮膚が乾き、頬の肉が落ち歯が痛んだ。

だが素丸はそういうしきたりに厳しかったし、無理をしても素丸に入門しておくことが、あとの西国への旅立ちのためにも、いつか二六庵を継ぐためにも必要なのだと、弥太郎は思っていた。

素丸は、弥太郎の入門願いを受け入れ、葛飾派の句会の常連に加え、年の暮れ近くなって、弥太郎を派の執筆役にした。弥太郎は、葛飾派の中で、一応の地位を占める俳人として認められたわけだった。それは西国行脚の旅でも役立つはずだった。だがその地位を手に入れるために、弥太郎は葛飾派の会合にかなり縛られもしたのである。定まった仕事を持たない弥太郎は、時どき手間取り仕事に雇われて、稼ぎためた銭でなるべく長く喰いのばすといったことを繰り返していた。思わしい手間仕事も見つからないときは、馬橋に走り、田川の一白、布川の馬泉をたずねて、二日、三日と喰わせてもらって帰る。彼らの好意で、地元の俳諧好きを集めて句会でも開ければ、多少の草鞋銭をもらえた。一白は元夢の門人で、元夢の俳号である曇柳斎を譲られた、いわば同門の人間だったし、布川の馬泉は素丸の門人だった。彼らは、弥太郎がたずねて行くわけを十分承知していて、いやな顔もせず世話をやいた。

だが葛飾派で好遇されると、それだけ遠出の自由が奪われたようだった。無断で留守にし、その間に派の集まりがあったりすると、後で素丸の機嫌が悪かった。弥太郎は、馬橋の立砂をたずねて、その先に足をのばすことをあきらめて、そこから慌てて帰ったり、それも出来ないときは、家に籠ってじっと飢えを我慢したりした。

むろん成美が多田の森の隠宅にいるときは、出かけて行って飯を馳走になった。だが弥太郎は、成美に飯を喰いにくると思われないように気を配った。そういう心づもりを、あからさまに表に出してしまうと成美に嫌われそうな気がした。長年他人の飯を喰い馴れてきた弥太郎の勘が、そう警告していた。それで成美のところに行くときは、三度に一度はわざと飯刻をはずして行った。

だが一年の辛抱が終ったようだった。馬橋にむかう弥太郎の足は、いつもより軽かった。

十五年ぶりに、弥太郎は柏原に帰るつもりだった。馬橋の立砂の家にむかっているのは、そこから布川、田川、枕流がいる下総の新川、南道がいる下総竜台を一巡して、帰郷の草鞋銭を工面するためである。十五年ぶりの帰郷だといえば、彼らはあとは黙っていてもなにがしかの路銀を包んでくれるだろう。枕流は宗瑞門で派違いだが親しく、南道は元夢門だった。

帰郷することは、すでに素丸に届けてあった。弥太郎は、今度の帰郷で、父親から路銀をひき出し、帰郷のあとで西国へ旅立つつもりだった。かねて心にしまっておいた企てを実行に移すのである。

そのことは、素丸にも元夢にもまだ言っていなかった。だが立砂や馬泉には、ちょっぴり洩らしてもいいな、と弥太郎は思っていた。

俳諧師一茶。伝統のある葛飾派の執筆役。柏原に帰るのは、ただの弥五兵衛の総領弥太郎ではない。そう思いながら、弥太郎は少し浮きたつような気分で、のどかな春景色の街道を歩いた。

日暮れに、馬橋の油屋についた。主人の立砂は風邪をひいて奥に籠っていたが、弥太郎が行くと茶の間に起き出してきた。立砂は女中を呼んで、火鉢にたくさんの炭を熾《おこ》させた。

「寝ていらっしゃればよかったのですよ。わたしは例のとおり厄介になりに来ただけですから」

「なに、あらましなおりかけたところだから。退屈していたところにあんたがきたから、ちょうどよかった」

と立砂は言った。

「で、今度は布川や田川の方にも行きますかな。正月以来あんたの消息がないが、どうしているかと、この間馬泉さんからきた手紙に書いてありましたよ」

「お気にかけて頂いて、ありがたいことです」

と弥太郎はつつましく言った。

「はい。今度は布川から田川、それから新川、南道老人のところと、ぐるっと回ってくるつもりでおります。じつは近く信州の家に帰って来ようと思いまして、そのご挨拶がてら出かけてきました」

「ああ、そうですか」

立砂はすぐにうなずいた。それで弥太郎が馬橋にきた一番大きな用は足りたわけだった。立砂は、弥太郎がこの家をたつとき、なにほどか路銀を包んでくれるだろう。

「しかしあんたも、えらくなった」

立砂は着ぶくれて、いっそう肥って見える。その胸をそらすようにして弥太郎を眺めながら、肉づきのいい顔に好意的な微笑をうかべた。

「俳諧師になりたいと言われたときは、正直びっくりしたが、いまは葛飾派で執筆役ですからな。あたしはね、あんたの句が句集に載るのが楽しみで、全部見てますよ。去年はずいぶん載りましたな。霞の碑には五句でしたな。三文が霞見えたり遠眼鏡、あれはよかった」

「霞見にけり、です」

弥太郎は訂正した。霞の碑は、其日庵二世馬光の五十回忌追善興行の記念句集で、去年板行されていた。

「山寺や雪の底なる鐘の音」

「鐘の声、ですな」

弥太郎はまた訂正した。

「そうそう鐘の声。それに夏孟子論に発句、秋顔子に連句が載っていますな。なにしろ、葛飾派の若手では、あんたが一番働いているでしょう」

「いえ、とてもとても。なかなか思うような句など作れません」

弥太郎は殊勝げにうつむいて言った。

「ところで、お国に帰るのは何年ぶりですかな」

「十五年ぶりです」

「十五年ぶり？　はて、するとはじめてかいな」

「はい、江戸へ出てきて、帰るのははじめてです」

「そりゃいけないな、あんた」

立砂は内輪な言葉遣いになった。

「そんなことなら、この家にいるとき一度ぐらい帰らせてもよかったのだ。親御が心配していなさるよ」

「親には、便りはしています」

「それにしてもだ。しかし、まあいいか。あんたが江戸で名の通る俳諧師になって戻ったら、親御さんもびっくりするかも知れませんな」

立砂は機嫌よく声を出して笑った。

「そりゃきっとびっくりしますな。あたしが親だったらびっくりする」

二人はそれからまた葛飾派の句会の話や、橘町の元夢の話などをした。そこに女中が二人の膳を運んできた。それをしおに弥太郎が言った。

「また二、三日泊めてもらおうと思ってきましたが、明日あたり句会でもいたしますか。人を集めて頂けば、わたしはいくらでもお相手しますが」

「いや、今度はいいでしょう。ついこの間集まったばかりですから」

「この間といいますと、どなたか来ましたか」

「ええ、露光さんがきて、ひさしぶりですから多勢集まって句会を開きました。もっとも歌仙はむつかしいので、例によって点取りの遊びだったが」

そうか、露光が回っているのか、と弥太郎は思った。弥太郎はうつむいて汁椀の蓋を取った。膳の上には、こうして地方に出て来ないと喰べられないような馳走が並んでいた。飯もかがやくような白米だった。

だが胸につかえるようなものがあって、弥太郎はさっきまでの空腹感を失っていた。露光が回る場所は、ほとんど弥太郎の行くところと重なっていた。弥太郎がたずねるところは、露光の紹介をうけたところも含まれているし、同じ葛飾派で、しかも立砂の知り合いという条件から言って、重なるのは当然だった。それは仕方ないことだったが、露光が歩いたあとを追いかけて行っては、先方があまりいい顔をしないだろう、という気がした。ひょっとすると、このことはあてにしてきた草鞋銭にまでひびくかも知れない。

そこまで考えて、弥太郎は少し顔色が変るような気がした。悪いときに来た、と思った。立砂は、弥太郎の顔色には気づかないようだった。黙りこんで喰べているのを、馬橋まで歩いてきた空腹のせいと見たか、ありあわせの馳走だが、遠慮せずに喰べてくれと言った。

露光の行先が気になったが、弥太郎ははじめに二、三日泊めてもらうと言った手前、二十九日の朝になって漸く馬橋を後にした。

馬橋をはずれて、次の三ツ木村にさしかかる前に、弥太郎は道端に立ちどまった。人眼を窺《うかが》ってから、懐から立砂にもらった金包を出して開いた。それは弥太郎が考えていた額の倍あった。弥太郎は帯をゆるめて、その金を胴巻の中に押し込んだ。

立砂がくれた草鞋銭が意外に多かったことと、街道ぞいののんびりと晴れた風景が、いくぶん弥太郎の不安を柔らげていた。

露光が回るところは、弥太郎の行くところとたしかに重なっているが、考えてみれば露光が必ずそこを訪れるというわけでもなかった。露光の知り合いは、下総から常陸、上総にかけて数が多く、弥太郎が回る場所の比ではない。露光は、馬橋の立砂に立ち寄ったあと、弥太郎がまだ足を踏み入れたこともない、上総の海辺の方に行ったかも知れなかった。そのあたりに、露光が有力な知り合いを持っていることは、前に話に聞いていている。

青い空がひろがり、野を草花がいろどっていた。よく耕された畑があり、新葉を日に光らせている雑木林があった。野は遠くはなれた場所では、あたたかそうにかすみ、その中で、農夫が使う鍬が、きらりきらりと光るのが見えた。小金を通りすぎるときは、牧を駆ける馬を見た。

だが利根川を渡り、取手宿《とりで》から土堤ぞいに布川にむかうころになると、弥太郎の胸はまた落ちつかなくなった。馬泉の家についたら、そこに露光がとぐろを巻いているような気がした。馬泉は古くから葛飾派にいて、近年布川に家を移した人間である。むろん露光をよく知っていた。

生垣の門を入ると、庭の畑の間に蹲っていた馬泉が、すぐに立ってきた。

「おう、遠いところをよくいらした」

馬泉は挨拶もそこそこに、さ、家の中へと言って先に立った。その後から弥太郎は声をかけた。

「露光さんが来ませんでしたか」

「露光？」

馬泉は首を回して弥太郎を見た。

「いや、来ておらんな。あのひとは暮れに来たきりです。露光さんを探しているのかな」

「いえ、見かけなかったら結構です」

弥太郎は、馬泉にさとられないように、そっと安堵の息をついた。

「馬橋の立砂さんに寄ったら、露光さんがこちらにむかったらしいと聞きましたので。わたしもしばらくあの方にお会いしてないもので、どこかでお会い出来れば、と考えながら来たんです」

十二

古間を通りすぎて柏原へ。弥太郎は北国街道を十五年前と逆に歩いていた。布川から常陸田川の一白の家へ、さらに利根川を越えて下総の新川へ枕流をたずね、竜台の南道をたずね、また田川に渡り、布川に戻って一泊した。そういう常陸の旅を終え、路銀が出来て、弥太郎が江戸から故郷にむかったのは四月十日だった。いま柏原を眼の前にしていた。

街道は薄青いたそがれいろに包まれようとしていたが、あわてることはなかった。その淡い光の中に、諏訪神社の森と、柏原の灯が見えていた。やがて熊倉、赤渋の方角にも、またたく灯が見えてきた。

日は飯綱の巨大な肩口に沈み、微かに黒姫山の斜面に余光を残すだけだった。その麓に野は青ざめておし黙っていた。静かだった。遠くで犬が鳴いている。

畑から不意に鍬を肩にかけた男が街道に上がってきて、すれ違うとき土地の言葉で夜の挨拶を残して行った。男は黒い影のように見えた。弥太郎も挨拶を返した。やさしい風景や犬の鳴き声。薄闇の中から現われて、素朴な挨拶を残して行った男などが、ひとつずつ弥太郎の心を刺してくるようだった。それは、喰うことにかまけて、長い間忘れていたものだった。

——乞食にもならず、帰ってきたか。

弥太郎は、やや感傷的にそう思った。その感傷の中には、ひとかどの者になって帰れた満足感が含まれている。

俳諧師といっても、国に帰ろうと思えば懇意なところを駆けめぐって、草鞋銭をととのえるような暮らしだが、村の者はそこまで事情を知るわけではない。あの弥太郎が、長月庵若翁のような俳諧師になって戻ってきたと、村の者が言うだろう。しかし、乞食に落ちぶれたら、おれは決して村に帰りはしなかったろう、と弥太郎は思った。

露光に、いわば拾われて馬橋に行くまで、弥太郎は転転と職を変えた。あるときは奉公の辛さに辛抱が続かなくてやめたり、あるときは仕事に倦いた。主人のささいな叱責、同僚の嘲りに腹を立てて、あとさきの考えもなく奉公先を飛び出したこともある。そしてあげくの果に、物乞いに近い暮らしもしたのだ。寝る場所がなく、小さな祠《ほこら》の庇《ひさし》を借りて眠ったこともある。

いつも、もっと自分にふさわしい仕事がありそうなものだと思っていた。だが一方で、どこに奉公しても辛抱が続かない自分の性癖に思いあたり、暗い気持も隠せなかったのである。

そのころ、悪の世界は、そこからひとまたぎの距離にあった。三笠付けの、隠れた集まりの常連になり、勝句の賞金をもらうとき、心躍りこそすれそれで気持が痛むことはなかったのだ。

そういう暮らしの中で、故郷はひどく遠いものに思われた。めったに思い出すこともなかった。心を占めているのは、今日どうして喰ったらいいかという心配だけだった。

喰えないから帰ろうと思ったことはなかった。みじめに落ちぶれた者を、村の者が決してあたたかく迎えはしないことを、弥太郎は本能的に感じ取っていたようである。むしろ故郷に忘れられることを望んでいた。ひところ人の出盛る場所に、一切足をむけなかったことがある。柏原や近隣の村からは、赤渋村の男のように江戸に出稼ぎにきているものが多かった。弥太郎は盛り場で、ひょっとして彼らと顔をあわせることを避けたのである。彼らに会って、江戸での暮らしぶりを知られたら、辛うじて抱き続けている人間としての意地まで、ずたずたに裂かれ、あとはとめどもなく堕ちて行くしかないような気持があったのだ。

ともあれ、村の者の前からも、あわてて身を隠すような暮らしは終ったのだ、と弥太郎は思った。その証拠に、彼は顔をあげて柏原の村に入ろうとしていた。

あたりはすっかり暗くなり、宿の灯がまぶしくかがやいていた。とりわけ本陣の前は明るい光が街道を照らし、いま客がついたらしく門前がざわめいていた。道の真中を流れる用水にも灯の色が映り、水際で馬に水をやっている男の姿が黒く見えた。

家に入り、土間に立ったとき、弥太郎は急に胸が高鳴るのを感じた。三十になろうという男が、少し落ちつきを失っていた。記憶にある家の匂いが弥太郎を包んでいる。土間の土の匂い、馬の匂い、土間の板壁にさがっている藁蓑の匂い。さまざまな匂いが、底深いところに眠っていた血を呼び起こしていた。それは百姓弥太郎が、深く馴染んだ匂いだった。その匂いの中で、一瞬だが弥太郎は、俳諧師一茶などと名乗って江戸で暮らしている自分を、ひどく奇怪ないかがわしい世渡りをしている人間のように感じたようだった。道楽息子のお帰りだ、とふと思った。

だが弥太郎はすぐに気を取り直していた。家の中へ声をかけたときは、もう胸の動悸がおさまっていた。すぐに板を踏む足音がして、弥太郎の前に二十ぐらいの若者が立った。肩幅のあるしっかりした身体つきの若者は、茶の間から洩れる光の中に、透かしてみるように弥太郎の顔をのぞいた。

「お前は仙六か」

と弥太郎が言った。若者は、はいと言ったが、不意に弥太郎に気づいたようだった。快活な笑いで表情を崩すと、少し早口に言った。

「上がって下さい。いま、すすぎを持ってくる」

仙六は慌しく茶の間に引き返して行った。すぐに高い声のやりとりが聞こえ、最初に義母のさつが、その後から父の弥五兵衛が飛び出してきた。そこに仙六がすすぎ水を運んできたので、入口は一ぺんににぎやかになった。

「話はあとだ。腹が空いているだろうから、まず飯を喰わせろ」

茶の間に入ると、弥五兵衛がそう言った。さつが手早く夜食の支度をして、弥太郎に喰わせた。あまりに無造作に飯が出てきて、弥太郎はびっくりし、そうか、ここはおれの家かと思ったりした。

話はあとだと言ったが、弥五兵衛もさつも、いろり端から飯を喰っている弥太郎に、さまざまな問いを投げかけた。そして弥太郎が話す江戸の暮らしに、驚きの声をあげたり、笑ったりした。仙六だけは、腕で膝を抱えて無言で微笑している。

「その葛飾派というところで、書き役を勤めているというと、よっぽどえらくなったわけかね」

飯が済んで、弥太郎がいろりのそばに寄ると、弥五兵衛が聞いた。さつも仙六も耳を澄ましている。

「えらいということもないけど、ま、一人前の俳諧師になったということかな」

「よくがんばったなえ」

とさつが言った。さつはうつむいて、火箸で灰をならした。

「苦労したこて。江戸へ行ったのが十五の年だもの」

「しかし、そんな江戸で名の高い人たちとつき合いが出来て、お前も立派になったもんだ。村の衆にも鼻が高い」

と弥五兵衛は言った。

「で、俳号て言うか、名乗りはなんと言ってるんかね」

「一茶」

「いっさ？」

「仙六、なにか書くもの持って来いや」

と言ったが、弥太郎はすぐに思いついて仙六が立とうとするのをとめ、火箸で灰の上に一茶と書いた。弥五兵衛が読んだ。

「いっちゃ、じゃないのかね」

いっちゃだって、と言ってさつが急に笑い出した。仙六がたしなめたが、さつはまだ笑っていた。さつの歯が、あちこち欠けているのを弥太郎は見た。さつは髪に白髪がふえ、顔にも小皺《こじわ》が目立った。気丈さが、顔にも声にも現われていた若いころにくらべて、そういうさつの表情には、どこか人のよさがのぞいている。

——義母も、もう年だ。

と弥太郎は思った。さつは五十に近く、弥五兵衛はもう六十になるはずだった。弥五兵衛は全体にじじむさくなっている。ひと時代が過ぎようとしている、と弥太郎は思った。

「これでいっさと読むのですよ」

と弥太郎は言った。父母の時代が過ぎ、仙六が、やがてこの家を継ぐのだろう。仙六は見たところ丈夫な身体をもち、顔も賢げに見える。後継ぎにして何の不足もないようだった。だが仙六が嫁を迎え、子供が生まれるころには、おれとこの家との縁は、だんだんに薄くなるのだろう。弥太郎は、父がなおもいろいろと問いかけるのに答えながら、ぼんやりそう思った。

十三

「それで、今度はいつこちらに戻られますかな」

と与右エ門は言った。与右エ門は柏原で造り酒屋をいとなむ桂屋の主人で、平湖と号して俳句をよむ。以前長月庵若翁が柏原にきたとき、正式に入門していた。

「四、五年になるかも知れません」

と弥太郎は言った。

「じつはこれから江戸に戻って、葛飾派の仕事をしながら身辺を整理して、来年は西国の旅に出ようと思っているものですから」

「ほう、西国へ。それはうらやましい」

与右エ門は色白の面長な顔に、軽い驚きのいろを浮かべた。

「西国というと、どのあたりですか？」

「京大坂から、九州、四国まで参ります。京では高桑闌更、大坂の大江丸、黄花庵升六、松山の栗田樗堂、観音寺の五梅和尚などを訪ねるつもりで、ひと回りするのにかなり手間どりそうです」

「闌更、大江丸……」

与右エ門の顔には羨望《せんぼう》のいろが浮かんだ。

「当代の宗匠たちですな。弥太郎さん、いや一茶さん。その旅で、さっき言った方方のなにか書かれたものが手に入ったら、わたしもお裾わけにあずかりたいものですな」

「さあ、そういうものを書いてもらえるかどうかはわかりませんが、いずれ旅のおみやげはさしあげますよ」

「頼みますよ、ほんとに」

と与右エ門は言った。

「あんたのように、江戸で俳諧の門戸を張っているひとが時どき帰ってきて、この間のように句会を開いてくれると、ここの俳諧連中もぐっと勢いづくのですがな。どうですか、うちの伜《せがれ》は？」

「ああ、二竹さん。そう、筋は悪くないと思いますよ」

「伜はいずれ、あんたの弟子にしてもらいます」

と与右エ門は言った。弥太郎は微笑してうなずいたが、心の中に弾むようなものが動いた。与右エ門の言葉が本当なら、二竹は弥太郎の最初の弟子になるかも知れないのだ。

「それからこの間、親戚の善右エ門に会いましたら、えらくあんたに惚れこんでいましてな。ぜひまた教えてもらいたいと言ってました。おぼえてますかな。本陣で歌仙を巻いたとき、可候といって下手な句を付けた男ですよ」

「ああ、可候さん」

記憶はあいまいだったが、弥太郎はその名を心に刻みこんだ。

桂屋を出ると、弥太郎は宿の中を南に歩いて、諏訪神社の手前から右に、畑道に曲った。途中自分の家の前を素通りしたが、どうせみんな田畑に出て、家の中が空っぽなことはわかっていた。空っぽな家は気楽でよさそうなものだが、不思議に中に居辛かった。誰もいない家に黙って坐っていると、その家では余計者でしかない自分の姿が、まざまざと見えてくるのである。

むろん夕方帰ってきて、みんなが膳にむかうときには、たわいない世間話が出て、弥太郎をへだてる空気があるわけではない。だが父母も仙六も、朝は早く起き、昼の休みは短く、夜の帰りは遅かった。そういうやり方が、その家を動かしているいわばしきたりだった。しきたりは、ごく自然に弥太郎をその家の外にはじき出すようであった。

田畑を手伝うことはおろか、夕方疲れて帰ってくるみんなのために、飯ひとつ炊けない自分を、弥太郎はひどくぶざまな人間のように感じるのである。そしてついでに、自分が昔からそういう暮らしのしきたりに馴染めない人間だったことも思い出したりした。

——そろそろ引き揚げる時期だ。

神社の森をはずれて、二之倉村の方にのびる田圃《たんぼ》道を歩きながら、弥太郎はそう思った。村の中の挨拶回りもひととおり済んで、吹聴《ふいちょう》すべきことも、あらまし吹聴したという気がした。

弥太郎に読み書きを手ほどきしてくれた、本陣の中村六左ェ門は去年死歿していたが、後を継いだ新しい六左エ門は、弥太郎をよく記憶していて、弥太郎の帰郷を喜んだ。

　このひと月ほどの間に、弥太郎は本陣で二度句会を開いている。柏原だけでなく、近隣の俳諧好きが集まって盛会だった。葛飾派で揉まれている弥太郎は、難なく宗匠役をこなし、それで江戸帰りの俳人一茶の名は一応このあたりに知れわたったわけだった。いずれ江戸で宗匠の門戸を張るとき、そうしたことが何かの形で生きてくるだろう、と弥太郎はその時思ったのだが、さっきの与右エ門平湖の話を聞くと、今度の帰郷は、はやくも実を結びつつあるのだ。

　歩いて行く左右の田に、行儀よく苗が植えつけられ、黒姫山には、中腹まで灰色の雨雲がまつわりついていた。明け方から昼近くまでひとしきり雨が降って、道ばたの草がまだ濡れていたが、空には降り足りないような雲が右往左往していた。雨は梅雨のはしりかも知れなかった。

　黒姫山は、不用意にそこに置かれた巨大な物のように、少し傾いてどしりと坐っている。帰ってきて二、三日、懐しく眺めたそういう風景にも、弥太郎は少し倦いていた。

　田圃の畦《あぜ》を伝って、二之倉村の端《はず》れにある実母の家をたずねたが、そこも留守だった。死んだ母の実家徳左エ門は、村役人を勤める大きな家だったが、弥太郎は今度帰ってきてからも、たびたび訪ねて、ごろごろと半日を茶を飲んで過ごしたりしている。自分の家にいるより気がおけなかった。母が実家でお産をしたので、弥太郎はその家で生まれたのである。

だが呼んでも誰も出て来なかった。弥太郎は、仕方なく畦道伝いに引き返した。田にも畑にも遠い人影が見えたが、誰も弥太郎を振りむかなかった。世の中に疎《うと》まれているような気分に襲われながら、弥太郎は暗い雨雲の下を家に戻った。

すると、父親が帰っていた。父親は、庭に馬を引き出して手入れしていた。そして弥太郎をみると、手を休めてむき直った。

「お前、いつごろまでいるつもりかね」

弥五兵衛は、低い声で少し言い辛そうにそう言った。弥太郎ははっとした。いきなり胸を衝いてきたのは疎外感だった。そうか、ここは父母と仙六の家であっても、おれの家ではなかったのだ。ずっと前からそうだったのだ、と思った。それは、この間から、うすうすわかっていたことでもあった。

多分弥太郎は、少し悲しそうな顔をしたに違いなかった。弥五兵衛が、馬の背から離した手を振った。

「いや、いつまでいて悪いというのではないさ。ここはお前の家だ。ただ、あれが心配している」

「お前が、江戸であまりいい暮らしをしていないのではないかと、あれが言うのだ」

「………」

そうか、義母がそう言ったのか、と弥太郎は思った。俳諧師一茶で、宿の旦那衆はだませても、賢い義母はだませないのだ。義母はおれがまとってきた俳諧師という衣裳のうさんくささに、もう気づいたのだろうか。

「もし江戸に帰っても喰えなくて、こうしているのなら……」

「父さん、そいつは考え過ぎだ。母さんも気を回し過ぎるな」

弥太郎は快活に言った。

「この間父さんも本陣の句会を見にきただろうが。あんなふうな仕事で、喰ってるわけさ。気楽な商売をしてるんだ」

「それならいいが」

「困るなあ、ひさしぶりに帰って、のんびりしてたつもりだったんだが、そんな眼で見られちゃ居辛いな」

「いや、あれが言うのはそういう意味じゃあるまい。お前のことを心配しているのだ」

だが、義母の心配が何のためかわかったもんじゃない、と弥太郎はふと思った。

義母は、弥太郎が本当は江戸を喰いつめてきて、この家の総領でございと居据わるのを心配したかも知れないのだ。

だがその心配は無用というものだった。この手は、もう鍬を握れる手ではない。おれはこの家の、あのはげしく身体を酷使するしきたりを継げる人間ではない、と弥太郎は思った。それは願いさげだった。

「あのせいかな、母さんが心配しているのは。路銀を工面してくれって言ったから」

と弥太郎は言った。この間弥太郎は、父親に西国行脚のことを打ち明け、京までの路銀の仕度を頼んでいる。むろん旅立つ前に、また馬橋から常総をひと回りする手はあった。国へ帰る前に回ったとき、それとなくそのことを匂わせてきている。

だが、それはあてに出来る金ではなかった。今度も竜台の南道老人は、弥太郎を喜んでもてなしはしたが、草鞋銭はついに出さなかったのである。西国行脚は遠い旅である。心づもりでは京から先はなんとかなるはずだったが、それだって行ってみなければわからない、という不安はあった。弥太郎は、今度の国帰りで、最初から一応の路銀を父親から引き出すつもりで来たのである。

路銀の話を切り出したとき、弥太郎は西国の旅で出会うはずの高名な宗匠たちの名を数えあげた。そしてそういう宗匠たちとつき合いが出来れば、俳諧師としての株が一ぺんに上がるだろうこと、江戸に帰れば、名誉ある二六庵を正式に継ぐことになるだろうことなどを、ぬかりなく説いて、それがどんな大事な旅であるかを父親に吹きこんだのである。

弥五兵衛はそれで納得して、路銀を出すことを承知し、ついでに京の本願寺への代参を頼んだりした。しかしその時そばで聞いていた義母が同じように納得したかどうかはわからないのだ。

「金もらいに来たと思われたかも知れないなあ」

「そんなことはあるまいよ。それぐらいは、べつにくれと言われなくとも、話を聞いただけで出してやる金だ」

「つまりは、もっとえらくならないと、母さんにもなかなか信用してもらえないということだな」

と弥太郎は言った。

「いまに母さんもびっくりするような、高名な俳諧の宗匠になってみせるさ」

「そうなってくれ」

父親は疑わずにそう言った。家の方へ歩きかけて、弥太郎は不意に決心がついて父親を振り返った。

「おれ、明日江戸に帰るよ」

「なんでまた、急に」

弥五兵衛は露《あら》わにうろたえた顔をした。

「あんなことを言って、悪かったかね」

「いや、少しのんびりし過ぎた。江戸の方も気になるし、そろそろ帰らなきゃ」

「それにしても、なにも明日でなくともよかろうに。なにかあったかと、みんながびっくりするぞ。それに、帰ればまたいつ会えるかもわからん」

「またくるから心配いらないよ」

にわかに未練そうに引きとめる父親を、安心させるように、弥太郎は笑顔をつくった。

「今度は上方のみやげ話を持ってくるよ。それに、あんまり長くなると、やっぱり母さんが心配するからな」

どこにいても、おれは綱渡りのような暮らしをしてるな、とふと思った。義母がこのおれからうさんくさいものを嗅ぎつけたのは当然だという気がした。

義母のような人間は、そもそも土を握らない人間など信用しないのだ。俳諧師というものになって戻ってきた息子を、はじめは喜び迎えたが、その俳諧師が、宿の中のあちこちの家に入りこんで茶飲み話に日を送ったり、そうでない日は家の中にごろごろしているのを見ている間に、義母はむかしの怠け者弥太郎の姿をそこに重ねあわせて見たかも知れなかった。

だが綱渡りに似た、義母からみればうさんくさく危惧《きぐ》に堪えない暮らしで、弥太郎が俳諧につながっていることも確かだった。そこには心を燃やして悔いないものがあった。それに執するがために、ときに飢えても離れがたい何かがあった。

——無能無才にして、このひと筋につながる、だ。

義母には暮らしは見えても、俳諧は見えない。そう思いながら弥太郎は家の中に入った。冷えびえとした暗い家が、不意に他人の家に見えた。

十四

寛政七年正月十三日の暮れ方。風早郡内の伊予路を、僧とも俗ともつかない薙髪《ちはつ》の男が歩いていた。いまは一茶あるいは一茶坊と名乗って西国をめぐり歩いている弥太郎である。

上方から西国にきて四年目の正月を迎えていた。四年前の三月、髪を剃り、通し給へ蚊蠅の如き僧一人とよんで江戸を発ったとき、弥太郎は一茶坊になりきったようだった。

伊予路の春はあたたかかった。日は瀬戸内の島島の陰にかくれようとしていたが、海からくる風はあたたかく、道ばたの草は花をつけていた。

一茶は讃岐観音寺の専念寺で正月を迎えたが、八日にそこを発って国境いを越え、伊予松山城下に行く途中だった。だが今夜は、この先の難波村に泊るあてがあり、いそいではいなかった。松山には二六庵竹阿をよく知る樗堂がおり、また竹阿の門人である魚文がいる。樗堂は酒造りを営む栗田家の当主で、町方大年寄を勤めるほどの素封家だが、魚文も茶屋吉蔵という名で知られる富商である。そこへ行けば、まず喰うほうの心配はいらない。

この二人をたずね、そこで十六日桜という竜穏寺山にある桜を見物するつもりだった。花は例年正月十六日に咲くという。一茶はそのことを専念寺の五梅和尚に聞いてきたのである。風流の旅だった。一茶は波を染めるやわらかな日の光を楽しみながら、ゆっくり歩いていた。

予想したとおり、西国は二六庵竹阿が残した米櫃《こめびつ》だった。

一茶は四年前、京にのぼるとすぐに本願寺へ行って父の代参をすませ、闌更や大坂の大江丸、黄花庵升六らをたずねて、秋口まで上方で過ごした。その間に、竹阿が死ぬまでの晩年をそこで過ごした、難波近郊の東高津村にある小庵も訪れている。

一茶がもっとも長く滞在したのは大江丸の家だった。大江丸は、大和屋善兵衛として三都随一を誇る飛脚問屋の主で、一茶ひとりぐらいが広い屋敷のどこかに逗留するのを、気にもとめなかったのである。

一茶をまじえた句会の席でも、蓼太門らしい軽妙で自在な句をよみ、堅苦しい葛飾派の句風に馴れた一茶は、しばしば眼をみはるようなことがあった。大江丸の句にくらべると、葛飾派の句はひどく野暮ったく、くすんで見えた。

句というものが、そういう無造作なよみかたも出来ることを、一茶は大江丸に学んだようだった。大江丸は蔵書家でもあったので、一茶はあたえられたひと間に籠って、万葉集や記紀、さらに良基撰の菟玖波《つくば》集、宗祇の新撰菟玖波集、荒木田守武の独吟俳諧集「守武千句」、宗鑑の犬筑波集など、連歌、俳諧の古書に読みふけったりした。そういう古書は彼の秘蔵本らしかったが、大江丸は江戸の成美とも親交があったので、一茶には好意的だった。惜しまずに見せた。

その年の秋、一茶は大坂を発って四国に渡り、讃岐観音寺の専念寺住職五梅和尚をたずねた。五梅は浄土宗の名刹《めいさつ》として知られる同寺の二十世性誉上人で、江戸に遊学していたときに竹阿の門人となった人である。竹阿が上方に定住するようになると、たびたび専念寺に招いて、もっともつき合いが深かった門人だった。

一茶は歓迎された。一茶は翌年は九州にいる竹阿の知己、門人をたずねて旅し、また去年も四国、九州を行脚《あんぎゃ》して回ったが、そのつど専念寺で旅支度をととのえ、また専念寺に戻ってくるというふうに五梅に頼った。

一茶は去年の暮れ、旅をきりあげて専念寺に戻ると、そこでゆっくりした正月を送った。そして五梅にすすめられて、竜穏寺山の桜を見にきたのである。伊予路には、いたるところに竹阿の足跡があった。観音寺を出て、ここまでくる間に、一茶はそういうところに泊りを重ねてきていた。

難波村にさしかかったとき、あたりはもう薄暗くなっていた。一茶は村の入口で会った村人に、西明寺の在りかを訊ねた。寺はすぐにわかった。

庫裡に回って、一茶は出てきた女に言った。

「二六庵の弟子で、一茶と申します俳句よみです。ご住持はおられますか」

西明寺の住職文淇《ぶんき》上人は、月下庵茶来を名乗る俳人で、竹阿と親しかった人間だった。まだ若い女を、茶来の娘かと思いながら、一茶はそう名乗ったが、女は戸惑ったような顔をした。

「おりますが、あの、どなたとおっしゃいました？」

「一茶です。二六庵の直弟子《じきでし》と言ってもらえばわかります」

女はそれでも、まだ得心のいかない様子で一茶をじっと見つめたが、漸く奥に戻って行った。

間もなく足音がして、背の高い中年の男が出てきた。平服だったが、頭をまるめているので、これが茶来だろうと思われた。

「わたしが住職だが」

男は腕組みしたまま言った。そのそっけなさに一茶はおびえた。

「申しあげましたように、わたしは一茶と申す者で……」

「ああ、それは聞きました。だが、何のことかさっぱりわからんのですが」

「………」

一茶は声を呑んだ。

「あなた、誰をたずねてここへ来ました？」

「文淇上人ですが。あの、俳諧をなさる……」

「ははあ」

男はうなずいて、低い笑い声をたてた。

「それは先の住職です。その人なら死にました」

「亡くなられた？　いつです？」

「さあ、だいぶ前の話ですな。かれこれ十五年ぐらいになりますな」

一茶は茫然と立っていた。男の言葉で、今夜の寝る場所が忽然と消えうせたわけだった。

「さて、困りました」

漸く一茶は言った。

「じつは今夜は、こちらに泊めて頂くつもりで参ったのですが……」

「そうですか。それは生憎《あいにく》でしたな」

相手はあっさりと言った。相変らず腕組みしたままだった。一茶は喰いさがってみた。

「いかがでしょう。無躾《ぶしつけ》なお願いですが、こちらへ一晩泊めてくださるわけにはいきませんか」

「それは困ります」

「なんなら本堂の隅にでも置いてもらえれば結構ですが……」

「それは無理だよ、あんた」

不意に男の声が尖《とが》った。腕組みをといて、まともに一茶に身体をむけていた。

「事情はわかりました。だが、見ず知らずの他人を泊めることは出来ません」

外へ出ると月が出ていて、境内は明るかった。そのおぼろな月の光の中を、一茶はとぼとぼと歩いた。

寝るところがなく、恰好な軒端《のきば》でもないかと江戸の町をさすらっていた若いころのことが、ふと思い出された。俳諧師でございと、富貴の家にも気安く出入りしているが、暮らしの中身は、あのころとさほど変ったわけではない。そういう侘《わび》しい考えに胸を嚙まれていた。これが俳諧師か。これが俳諧師さと思った。

「もし、もし」

門を出ようとしたとき、一茶は後から追いかけてきた者に呼ばれた。一人の年寄が、息を切らして追いついてきた。

「この寺に雇われている者だが」

と年寄は言った。

「いま聞いたが、あんた竹阿さんの弟子かね」

「そうです」

「それなら庄屋さんをたずねたらいい。あそこで泊めてくれるよ。竹阿さんがよく来ていた家だ」

一茶はあわただしく懐をさぐって、竹阿の手控えの写しを出した。月の光にかたむけて見ると、難波村、西明寺茶来と書いた下に、小さく五井と書いてあった。自分が書き写した文字だが、茶来のことだけが念頭にあって、そちらの方は、すっかり忘れていたようだった。五井のことは何も調べていない。

「庄屋さんは、何とおっしゃる方ですか」

「高橋伝左エ門だね」

「俳諧をなさる方ですかな」

「やるとも。昔はよく寺に来ていた」

「五井と言いませんでしたか」

「さあ、そこまでは知らないね。でも間違いねえって。竹阿さんは寺にも泊ったが、庄屋さんにも泊ったんだから」

それでも、まだ浮かない顔をしている一茶を見て年寄は言った。

「案内してやるよ。すぐそこだから」

「相すみませんな。恐れ入りますな」

一茶は恐縮して礼を言いながら、年寄の後に続いた。一度宿をことわられた驚きが後をひいて、臆病になっていた。

庄屋の家は、寺からいくらも離れていないところにあった。年寄は一茶を外に残してさっさとその家の土間に入って行った。土間の内で話し声がし、しばらく間があったと思うと、不意にあわただしい下駄の音をひびかせて、恰幅《かっぷく》のいい男が外に出てきた。

「これはようこそ。竹阿さんのお弟子で。さあ中へお入り下さい」

男は近づくと一茶に手をさしのべ、朗らかに大きな声で名乗った。

「わたしが五井です」

十五

「そういうわけで、おとといはいま少しで野宿をするところでした」

と一茶は言った。西明寺で宿をことわられたあたりを、一茶はかなり誇張して聞かせたので、樗堂はその話を面白がった。

「それは、災難でしたな」

樗堂は笑いながら言った。

「なにせ、しがない旅回りの俳句よみですから、あの住職もそこらを見抜いて、野宿が相当と思ったかも知れません」

一茶は卑下したものの言いようをした。実際は、五井の家に落ちついてから、御仏につかえる身でありながら、野良犬を追うように自分を追い立てた西明寺の住職を思い出して、一茶はひどく腹立ったのである。だが長い旅暮らしの間に、そういうどこまでも下手に出る言い方が、相手に気にいられることを心得ていた。そういう人間が、句会の席で一応の句をつくると、もう一度見直される。そういう効果も知っていた。

「ま、その埋めあわせは、あたしと魚文でさせてもらいましょ」

樗堂はおっとりと言った。色白に肥って、五十ぐらいに見えた。

「ま、ゆっくりして行ってください。道後は遠国からも人が来る湯ですから、そこへも行かれるといいな。明日は、桜を見に行きますか」

「はい。そうさせて頂きます」

「それでは花見が済んだら、魚文のところに案内しましょう。魚文が芭蕉、其角、素堂の三幅対《さんぷくつい》を持っているのをご存じですかな」

「いえ、はじめてうかがいました」

「探幽が琴、笙《しょう》、太鼓を描き、これにいま言った三人が賛をしているという珍しいものです。それを見に行きましょう。そのあとで早速歌仙でも巻きますかな」

「ぜひ、お願いします」

訪ねてきた俳諧師が、もてなすほどの人間かどうかは、句座を開けばすぐにわかることである。つまり明日それを試されるわけだったが、一茶は落ちついていた。

旅をしている間に一茶は、自分が意外に当意即妙の句に強いことを発見していた。それは葛飾派で鍛えられたのとは別の才能のように思われた。あるいは常総を旅し、西国を旅している間に、身についた技巧のようでもあったが、もともと自分の中に、そういう才能があったようにも思われるのだった。その自信があって、歌仙の席で気おくれするようなことはなくなっていた。

魚文の家で、翌日一茶は樗堂が言った三幅対を見せられた。ちるはなや鳥も驚く琴の塵という、芭蕉の琴の賛、けしからぬ桐の落葉や笙の声という其角の賛、それに素堂の賛は、青海や太鼓ゆるみて春の声というものだった。魚文はそれが自慢らしく、三幅対の由来を語って聞かせたりした。

一茶は口をきわめて三幅対をほめ、その場で添書を書いた。それが魚文を喜ばせる一番近道だと悟っていた。そういう社交の術は、旅歩きの間に、いつの間にか身についたものだった。

根岸の二六庵にいたころ、一茶は自分が人嫌いではないかと思うことがあった。いつも腹が空いていて、のぞみは絶えずふくらんだり崩れたりした。何の希望もなく、飢えをこらえて雨戸も開かない庵の暗やみの中に蹲っていると、不甲斐ない自分と、冷たい世間を厭《いと》う気持が胸に溢れた。そういう日は、成美にさえ会いたくなかった。常総の知り合いを回る気も起きなかった。行けば人をそらさないような言葉を選び、機嫌よさそうに笑ったりもしなければならない。むっつりと気鬱《きうつ》げな俳諧師など、誰も歓迎しないのだ。

風雅よりは飯のためにそうしているに過ぎない、と醒めた眼で自分を眺め、暗やみの中で、こうして世間を呪っているおれが、本当のおれだと思うのだった。

だが上方から四国、九州と、長い旅を続けている間に、一茶は自分が案外に如才なく人とつき合っていることに気づいていた。人それぞれにうまく話をあわせ、合間には相手が喜びそうなことをすらりと口に出したりもした。それがべつに苦痛ではなく、むしろそういうことが出来る自分に満足していた。

俳諧で高名をとり、世にもてはやされるためには、世間師というふうの世渡りの才覚がいるのでな。もったいないが、かの蕉翁にさえ、その色あいがまったくないとは言えなかった、と世間師からはもっとも遠い感じの元夢が、声をひそめるようにして言ったことがある。一茶は旅の間に時どき元夢の言葉を思い出し、自分にもそういう才覚があるのではないかと思ったりした。そう思うことは少しも不快でなく、むしろ一茶を力づけたのである。

魚文に心を開かせることも、そう難しいことではないようだった。果して魚文は、前からの知り合いのように、すぐに打ちとけて一茶をもてなした。豪華な馳走を盛った夜食が出て、そのあとで樗堂と三人で即興句をよみ合ったが、その夜の歌仙で、一茶はかなりの句を示すことが出来た。

江戸からきた俳諧師を、樗堂も魚文も気に入ったらしかった。三人はほとんど毎日のように樗堂の家か魚文の家で会い、前句付けに興じたり、歌仙を巻いたりした。その間に樗堂は、一茶に道後の湯をすすめ、湯宿まで店の者をつけて送らせたりした。

一茶が樗堂に別れを告げたのは二月四日の夜だった。明日発ちます、と一茶は言った。松山に来てから二十日ほど経っていた。

「まだ、いいじゃありませんか」

と樗堂は言った。言葉だけでなく、名残り惜しそうな顔をした。四国随一と言われる俳諧師に、一茶は気に入られたのであった。

「伊予路にまだたずねたいところがありますし、あちこち泊りながら観音寺に帰るつもりです。五梅和尚も、あまり長くなると心配なさるでしょうから」

「観音寺にお帰りになる？　それからどうしますか」

「備前、播磨を回って、京、大坂に参ります」

「それで？　江戸へ帰ってしまわれるのかな」

「いえ、じつは京あたりのしかるべき本屋を選んで、句集を出したいと考えておりまして。いえ、自分のではございません。旅の間に集めた句が、二百ぐらいにもなりましたので、それを句集に編んで残そうかと。そんな次第で、今年は大坂へんに腰を落ちつけるつもりでおります」

「それは面白い。それで？」

樗堂は好奇心を顔に出した。

「あたしのも載りますかな。その句集に」

「むろん頂きます。魚文さんのも載ります。それに江戸の成美さん、素丸宗匠、今日庵元夢さんに頂いた手紙に、近作の句が書きそえてありましたので、これも載せ、まあちょっとした句集になると思いますよ」

「それはいい仕事をなさる。句が載るとなると、板行の費用を少し出さないといけませんな」

「いえ、それは困ります」

一茶は手を振った。

「そういうつもりでお話ししたわけじゃありません」

「遠慮することはありませんよ。そういう趣旨の句集なら、魚文だってきっと費用を持たしてくれと言いますよ」

これで板行の費《つい》えが浮く、と一茶は思った。その句集には、最後には二百人以上の畿内以西の俳人の名が載るはずだった。中には、一夜の宿を借りるのも憚《はばか》るような、財も持たず才もない発句好きも含まれているが、一茶はみな載せるつもりだった。

句集は旅の記念になりまた、送れば世話をしてくれた俳人たちに喜ばれるに違いなかった。だがそれ以上に、句集は俳諧師一茶の交遊の広さを示し、読む人を驚嘆させるだろうと思われた。

その句集をみやげに、一茶は江戸に帰るつもりだった。西国の旅は快適だったが、一茶は時どき、江戸で自分が全く忘れられてしまっているような不安に襲われた。江戸を発って、すでに足かけ四年になっていた。その間に、どんな新人が出て、江戸俳壇の評判になっているか知れたものでないという気がしてくる。

五梅や樗堂に気に入られても、所詮は田舎回りの俳諧師が、恵まれた旅をしているというだけのことにすぎない。財もなく、俳諧一本で喰って行く人間が高名を得ようとすれば、やはり江戸に戻らなければならないと思っていた。長い旅に、やや倦いてもいた。

樗堂は、まだ熱心に言っていた。

「その句集が出来るまで、恐らく今年一ぱいかかりましょうな。それが終ったら、またここへ戻っていらっしゃい。このままお別れするのは少少さびしい」

「ありがとうございます。ひょっとすると、松山を思い出して、ふらりと舞い戻るかも知れません。その節はまたお世話願います」

一茶はそう言ったが、そのときは実際に翌年また松山にきて、江戸に帰るのがさらにその二年後になるとは、夢にも思わなかったのである。

○

一

加藤野逸《やいっ》とむかい合っていると、一茶は時どき死んだ素丸といるような錯覚に襲われた。

素丸は、一茶がまだ上方にいた寛政七年に死んで、野逸がそのあとを継いで其日庵四世を名乗っている。すなわちいまの葛飾派をひきいる頭領だが、一茶が感じている素丸との相似感はそこから来ているわけではない。

野逸は、素丸のように長身ではないが、同じように痩せていて、上品な白髪だった。年輩が一茶が西国に旅立つ前に会った素丸に近いことも、似ている感じを強めている。

だが野逸には、素丸のような威圧感はなかった。やわらかい口調で話した。それは一茶が死んだ素丸の門人で、改めて野逸に束脩《そくしゅう》をおさめたわけではなく、以前は一緒に歌仙なども巻いた、いわば同門というつながりを頭においているのかも知れなかったが、やはり野逸の人柄からくるやわらかさのようだった。

「いま住んでいる夫婦者が出て行けば、あとはあなたの自由です。むろんです」

野逸は、一茶の抗議めいた口調を、やんわり押さえるように言った。

「それがいつになるかと、お聞きしているわけですが」

「さあて」

野逸は顎をなでて、後かたづけをしている女中たちを眺めた。句会が終った二階座敷はがらんとして、残っているのは野逸と一茶だけだった。

「あなたが帰ってきたことは、あの者たちに伝えてありますから、間もなくと思いますがな」

「しかし、もう半年もたちますよ」

一茶は少し強い口調で言った。六年にわたる西国の旅を切りあげて、一茶が江戸に帰ったのは半年前の六月である。一茶は早速根岸の二六庵に行ってみたが、そこには若い夫婦者が気楽そうに住んでいた。

事情は、その夫婦者に問いただしたり、野逸やほかの葛飾派の知人に挨拶に回っているうちにわかった。夫婦は素丸の知り合いの縁者で、一茶が旅立って間もなく、留守番がわりに素丸が住まわせたのであった。

一茶はそれで納得し、そのことはあまり気にしなかった。当分は成美や元夢、露光などをたずねたり、また馬橋から常総、そして柏原にも帰って、旅を終えた挨拶回りをしなければならない。庵に落ちついているゆとりはなさそうだった。その間に野逸なり誰なり、葛飾派の者が庵の始末をつけてくれるだろうと思っていた。二六庵を継いだ自分が、あの庵に戻るのは当然だし、人に貸したのは素丸である。その後始末は、とりたてて言わなくとも、葛飾派の者、多分野逸あたりがつけてくれるだろう、とそのことを疑いもしなかったのである。

それが、そうではないことに気づいたのは、つい最近になってからだった。一茶は馬橋、流山、利根川河畔の布川、田川と一巡し、七月末には信州の故郷に帰った。親に会い、柏原や近在の俳諧仲間とも会って、旅の話をしたり、句会を開いたりして、秋になって江戸に戻ったが、二六庵はそのままだった。

一茶は野逸に会ってそのことを話し、馬橋に行った。そしてこの前来たときには出来なかった句会を開いたり、立砂と真間《まま》をたずねて手児奈《てこな》堂に遊んだり、かなり長く滞在して江戸に戻ってきたが、夫婦はいっこうに立ちのく気配もなく、まだ二六庵にいたのである。

江戸に帰ってきたものの、一茶は宿無しだった。木賃宿のようなところに泊ったり、夏目成美の多田の森の隠宅に泊ったり、六間堀町の裏店にいる露光を探しあてて、一晩厄介になったりしていた。

今日、帰ってきてはじめて葛飾派の句会に出たのも、句会の方はどうでもいいことで、野逸に会って二六庵の話を催促するつもりだったのである。

だが野逸の口調には、どこか煮えきらない感じがあった。そのことに、一茶は少しいらだっていた。

「そろそろ片づけて頂かないと。正直の話、住む家がなくて困っているものですから」

「………」

「まさか私の口から、家をあけてくれとも言えませんし」

「いや、あなたからそう言ってもらっても、かまわんのだが」

一茶は野逸の顔を見た。野逸の言葉には誠意がなかった。

「しかし、なんだな」

不意に野逸の口調が、微妙に変った。

「二六庵もだいぶ傷《いた》んでいますな。あなたが住むにしても、少し手入れしないことには、どうにもならんでしょう」

「いや……」

住む場所さえあれば、どんなボロ家でも結構です、と言おうとして、一茶はあとの言葉を呑みこんだ。静かな疑惑が、一茶の心を占めはじめていた。その疑惑を、一茶は口に出した。

「なにか、私があそこに住んではいけないようなことでも、あるんですか」

「……」

「正直におっしゃって頂けませんか。たとえば素丸師匠の遺志とか……」

「いやいや、そういうことではない」

野逸は手を振った。そして、その手をそばにひきつけた火桶の上で押し揉んだ。

「じつは葛飾派の古い連中の中に、あんたが二六庵の後つぎといっているのを喜ばない者がいるのですよ」

一茶は野逸の顔を見た。その視線をうけとめて野逸はうなずいた。気の毒そうな表情が、その顔に浮かんでいる。

「あんたがまだ西国にいる間にですな。やかましい連中が素丸を問いつめたことがある。あんたが二六庵の弟子と称して、あちこち回っているのは、正式に認めたことかというわけですな。素丸が亡くなる二年前ごろのことかな」

「……」

「素丸は、正式に認めたわけではない、しかしほかに竹阿の弟子はおらんだろうと答えられた。わたしはいささか事情を知っとったし、そのときの素丸の言葉も黙認と受け取った。だが、そうは思わん連中もいたわけですな」

一茶はうなずいた。野逸は、いま一茶が二六庵に入ることで、葛飾派の内部にまた面倒な空気が生まれるのを嫌っているのだ。

「なるほど、事情がわかりました。すると、あそこに住むのは、ちょっと望みがありませんな」

「いや、いまの庵守が出て行って空き家になれば、そこにあんたが入っても、連中もそうやかましくは言わんでしょう。前にもそうしていたのだから」

「………」

「いま少し、様子を見たらどうですかな」

「わかりました。お言葉のとおりにいたしましょう」

一茶はそう言ったが、そのときには二六庵に住むことを半ばあきらめていた。

「なかなか口やかましい人間もいましてな。まとめて行くには、これでも苦労があるのです」

野逸はそう言って苦笑した。風流が目的の結社でも、大勢の人間が集まると、そこには人間くさい軋轢《あつれき》も生まれるのだ。一派をまとめて行くのは容易なことでないと野逸は言っているようだった。部屋の中は薄暗くなっていて、野逸の笑いは、顔をゆがめたにすぎないようにも見えた。後片づけの女中たちも去って、広い座敷は冷えびえとしていた。

ひきとめた詫びを言って、一茶は先に茶屋を出た。低く雲を垂れた師走の空が、東両国の町の上にひろがっていて、一茶の身体はたちまち寒気につつまれた。一茶は襟をあわせ首をちぢめて、いそぎ足に町を通りぬけ、両国橋の方にむかった。町角を回り、広場を横切って橋へ出ると、不意に川風が吹きあげてきて一茶の着物をはためかせた。寒く、汐の香をふくんだ風だった。

橋前の広場も、橋の上も人影はまばらだった。川は波立って白い牙《きば》をむいていた。そのはるか上流の空に、わずかに雲のきれ目があって、そこから射してくる光が、川と橋をひっそり染めていた。

——葛飾派とのつき合いも、そろそろ終りだ。

一茶は前を行く人にならって、腕を組み背をまるめ、足もとに眼を落として歩きながらそう思った。中村屋の貸座敷を借り、集まった人数も多く、句会は盛会だったが、坐っている間一茶は、時どき一座と自分の間をすきま風が吹き抜けるような感じをうけた。その感じは、句会が終るまで消えなかった。

謹厳で口やかましかった素丸の姿がなく、一座には、一茶がはじめて会う顔が多かった。そして一茶はといえば、あらまし七年ぶりにもとの句会に出たのである。肌にぴったり来ない感じがあるのは当然だと、一茶は思ったのだが、考えてみれば、その感触は、それだけのものではなかったのである。

六年の西国行脚が、歌仙の腕を上げたことを別にして、句境ということからみてどれほどの進歩をもたらしたかはわからないことだ、と一茶は正直に思う。だが一茶は少なくとも広い世間を見たのだ。闌更と歌仙を巻き、大江丸、樗堂と句会を持ち、両吟歌仙を試みたし、黄花庵升六が芭蕉の冬の日註解を編むのを手伝って、自分の意見も述べた。

そうしたことは、混沌として整理もつかないまま一茶のどこかにしまわれていて、ふだんは所在も知れないが、時おり胸にうずくまる野心に新鮮な油をそそぎ、はげしい火を燃え立たせるのである。

七年前のおれではない、と一茶は思う。高名の俳諧師になる野心は、ゆるぎなく胸の中に根を張っていて、西国行脚の記憶は、しっかりとその自信をささえていた。だが今日、久しぶりに出た葛飾派の句会は、七年前の句会と中身はほとんど変りなかったのである。むしろ酷似していた。葛飾派の句風は、素丸が句集「夏孟子論」の序に書いたように、「基詞を奴婢のごとくに遣ひて、しかも心は詩歌にたけおとらず」つまり遠く芭蕉の骨法に習う意気ごみのものだったが、一門の主力は武家だった。同じく平談俗語を心がけても、美濃派、伊勢派のいわゆる支麦調の軽みにも走れず、大江丸のような奔放なのびも持ち得ず、句柄は小さくかたまる傾向がある。高点を得た句は相変らず地味に過ぎ、色彩は燻《くす》んだままだった。同じところにとどまり、そこから一歩も動いていなかった。

一茶は執筆《しゅひつ》役を勤めている三十過ぎの男を眺め、その役をもらって頰を赤らめた自分を思い出そうとしたが、記憶は白けたままだった。最初の執筆を勤める歌仙の前の夜、ついに明け方まで眠れなかった自分が信じられなかった。葛飾派との間に、遠いへだたりが生まれていた。風はその谷間を、音もなく吹いていたのである。

戻って行く場所ではない、と一茶は思った。そのなかに、自分に悪意を持つ者がいると聞けば、なおさらのことだった。素丸が死んだからと、野逸が立机の後見をしてくれることもあり得ないだろう。葛飾派にはもともと業俳《ごうはい》に対する軽侮がある。

――しかし、三十六だ。

不意に一茶はそう思った。思わず立ちどまろうとして、一茶はあたりを見回した。道は諏訪町にかかっていて、足は間違いなく宿をとってある浅草八幡町にむいていた。

高名の俳諧師を目ざすのはよい。葛飾派を離れるのもよい。が、さてどこへ行くのだ、と一茶は思った。風に吹かれて師走の町を歩いているのは、住む家も妻子も持たない三十六の男だった。高名の望みは胸の中にあるだけで、そのかけらさえ、手に握っているわけではなかった。

うつむいて歩きながら、一茶は微かに眉をひそめた。西国の旅が長すぎた気がしたのであった。

二

露光の家にきて、入口の戸に手をかけたとき、中で人が泣いている声を聞いた。一茶はあわてて手を引いた。

低い泣き声は女だった。争っている様子ではなかった。やるせなさそうな女の泣き声だけがつづき、露光の声は聞こえなかった。

――悪いところにきた。

と一茶は思った。増刷りした句集さらば笠が残ったので、一冊持ってきたのである。

一茶は上方にいる間に、句集を二冊出した。旅拾遺、さらば笠である。旅拾遺は寛政七年に京の書店菊舎太兵衛から出版し、西国の旅の行く先先で知り合った俳人の寄句《よせく》、歌仙、それに江戸の知人からの便りに記された句などを収録したもの。また、さらば笠は、江戸へ帰る一茶に、各地の俳諧知友が送った餞別吟を中心に編んだ句集で、上方を発つ直前の寛政十年春に、同じ京都の書肆《しょし》勝田吉兵衛から板行していた。

二冊の句集は、旅の記念の形をとっていたが、むろんそれだけにとどまるものではない。俳人一茶の交遊の広さを示し、また闌更、月居らとの歌仙、升六との両吟などを載せて、さりげなく俳諧師一茶の実力を世に問う、という中身も持っていた。

さらば笠は去年のうちに発送したが、送り先がふえて、一茶はその増刷りを頼んでいた。それが年末にとどいたので、その送り出しにひと月近くもかかり、ようやく一段落したところだった。

戸にはさみこんで、出直すかと思ったとき、今度は話し声が聞こえた。

「それでは、どうあってもお戻りにはならないと言うのですね」

「いまさら戻る気はないな」

露光の声がした。暗い声だった。

「わたしのことは忘れてもらおう。いままでもそうして来たじゃないか」

「でも、もっと年を取りますよ。そのときはどうなさるおつもりですか」

露光の声は聞こえなかった。そしてしばらく沈黙が続いたあとで、急に人が動き、障子が開く音がした。一茶はあわてて戸の前をはなれ、路地の奥にある井戸のそばに行った。

露光の家から出て来たのは、四十半ばの女だった。黒っぽい地味な着物に身体を包んだ武家方の女だったが、一茶が思わず息を呑んだほどの美貌だった。顔も風呂敷包みを胸に抱いた指も、ふくよかに白く、端正な鼻と口もとが一茶の眼に焼きついた。

女は一茶には気づかない様子だった。眼を伏せて、静かに木戸をくぐり、姿を消した。女の稔りを包んだ後姿に、言いようもないわびしい感じがにじんでいるのを、一茶は茫然と見送った。そして、やがて思いがけなく気持が苛立ってくるのを感じた。

――風流乞食が、何さまだと思っていやがる。

一茶は、心の中で露光に毒づいた。露光が御家人出だったことを思い出していた。女は身よりに違いなかった。あるいは露光の妻かも知れなかった。盗み聞いた話の様子では、露光をいまの暮らしから連れ戻しにきたのだ。その女を泣かせ、にべもなく追い返した露光に腹が立っていた。

――風流がそれほどの大事かよ。

と思った。露光の句が何ほどのものでもないのを、一茶は知っていた。句の出来を言えば、いまならおれの方が上だ、とはっきりそう思う。露光は、葛飾派からはうとんじられ、わずかに房総の俳句仲間を回って喰いつないでいる、二流悪くすると三流の俳諧師にすぎないのだ。身内を泣かせての風流三昧《ざんまい》が聞いてあきれる、という気がした。

一茶は荒あらしく戸を開いた。

「一茶です」

おう、と元気のない声が答えた。一茶がかまわず上がって行くと、ぼんやり坐っていた露光が顔をあげた。露光の髪は真白で、顔色だけが旅回りの俳諧師という身分を示すように黒かった。痩せて、肩がとがっている。

「これが出来てきましたので、一冊さしあげます」

一茶は句集をさし出した。露光はうなずいて受けとり、ぱらぱらとめくったが、やがて何も言わずに下に置いた。お義理にめくってみたという感じだった。

それにも腹が立って、一茶は睨《ね》めまわす感じで部屋の中を眺めた。古びた長火鉢のほかは調度らしいものもない、貧しい部屋だった。昔いた北本所表町の家よりは、幾分ましといった程度だった。火鉢の炭は、ひとつかみの白い灰になっている。

ただ露光のわきに、さっきの女性が持ってきたと思われる品物が置いてあった。米が入っているらしく重そうな袋、新しい着物と足袋、下駄、ほかに漬けものか何かとみえる小さな壺、漆塗りの重箱などである。

「さっき、ここを出て行かれたのは、ご新造さんですか」

一茶は、この部屋に似つかわしくない品品を眺めながら言った。すると露光は一茶の視線から品物をかくすように、後の方に手で押して、ああそうだと言った。平気な顔をしていた。

「お家へ帰ってくれと、おっしゃってたじゃありませんか」

一茶がそう言うと、露光が顔をあげて真直《まっす》ぐ一茶を見た。露光の眼がぴかりと光ったように一茶は感じた。

「聞いたのか」

「ええ」

「で、どう思ったね？」

「……」

「いい加減に、乞食暮らしを切りあげて、家へ戻ったらよかろうにと思ったんじゃねえのかい」

一茶は露光の妻のことを口に出したことを悔んでいた。露光の顔つきも口調も変に厳しく、うっかりしたことは答えられない気がした。漸く一茶は小声で言った。

「聞いてはいけなかったですか」

「なに」

不意に露光はがくりと肩を落とした。苦笑し、その顔にいつもの怠惰な表情が戻っていた。

「そんなご大層なものでもないさ」

「……」

「あれは離縁した女房で、いや離縁したというのはおかしいか。あたしが追い出されたのだからな。ともかく、いまは何のかかわりもない女だ」

「……」

「あんたには話したことがなかったが、あたしは婿でね。ところが女房とは気が合わなくて、女房の妹の方を孕《はら》ましちまった」

露光は不意に口を開けて、声を出さずに笑った。歯が欠けた口が洞穴のように暗くみえた。

「人間てえやつは、思うようにいかんものだ。面白いな。それで追ん出されたんだが、生まれたのは男で、そいつは女房が育てていまちゃんと家を継いでいる。べつにあたしが戻らんから困るという家じゃねえ」

「その妹さんは、どうなさったんですか」

一茶は恐るおそる聞いた。

「死んだよ」

「……」

「若えときは、無鉄砲なことをやるもんだな。いま考えると、夢みたいさ」

「しかし、ご新造は露光さんを案じてるんじゃありませんか」

一茶はわびしげに遠ざかって行った、露光の妻の背を思い出していた。

「やさしそうで、それにおきれいな方でしたな」

「やさしい？」

露光は一茶をじろりとみると、お茶を入れようと言って台所に立って行った。なあに、あれでひところは夜叉《やしゃ》だったのだ、と露光は台所から大声で言った。底知れねえ、女のこわさも見たぜ。

露光は台所から戻ってきて、一茶にお茶をすすめ、重箱の蓋を開いて前に出した。重箱は焼魚とごぼう、大根の煮染《にしめ》の盛りあわせだった。露光は茶をすすり、手づかみで焼魚を喰った。一茶にもそうしろとすすめた。

「うっかり戻ったところを、昔の怨みを思い出して首でも締められたりしちゃ、間尺にあわない」

「まさか」

ぬるい茶を飲みながら、一茶は不快そうに言った。露悪的な言葉に反撥は感じたが、家に入ってきたときの怒りは消えていた。露光は露光で、一茶が窺い知ることの出来ない地獄を見ているようだった。その記憶が消えなくて、いまもこうしてさまよっている、という気もした。

「ま、それは冗談だが、いまさら戻りましたと言えるような家じゃないことも確かだ。そいつはあんたにもわかるだろう？」

「わからないこともないけど、しかし……」

「さっき来たのは、ありゃ赤の他人さ」

露光はそう言いながら、その赤の他人が置いて行った煮染を、歯が欠けた口にほうり込んだ。そして急に陽気な声になった。

「この間、道彦《みちひこ》に会いましたよ」

「……」

「知り合いに誘われてね。いや、葛飾派の人間じゃない。むかし白雄の春秋庵に出入りしてた男だよ。そいつに連れられて、道彦の金令会というものに出てみたんだ」

「……」

「ひやかしさ。なにしろ金令会の句会というやつは評判だからな」

「で、どうでした？」

「いや大したもんさ。大勢の人で、上座に道彦がふんぞり返って、片っぱしから点をつけてやっているという感じでな。あたしなんぞ末席で拝見してただけで、句会に加わるどころじゃなかったがね」

それでは会ったというわけじゃない、と一茶は思った。

「あんたは会ったかね」

「いや、まだですよ。前に手紙を出して句をもらったことはありますが。その句は、その中に入っています」

一茶は露光の膝の前に、置いたままになっているさらば笠を指さした。

「あまりいい句でもなかったですよ」

「一度会ってみるといいな。白雄が死んだあとの一門を牛耳ってあれだけ人気があるというのは大した手腕だ。雪中庵の方は完来がまとめているが、人気じゃ道彦におよばんようだな」

「……」

「あたしはべつにかかわりもないことだが、あんたはこれから出世するひとだからね。会っておいて損はないと思うよ」

「そうしましょう」

一茶は素直に言った。そして不意に煽《あお》られたように言った。

「わたくしも、今年は正式に二六庵を継ぎますよ」

言ったとたんに、一茶は後悔していた。いま江戸の俳壇を二分しているのは、雪中庵大島蓼太、春秋庵加舎《かや》白雄という天明の巨匠たちが遺した勢力だった。ほかの派はものの数ではなかった。葛飾派なども、片隅で息をしている小結社にすぎない。

そして二六庵竹阿の名は、葛飾派の中でさえ、半ば忘れられた存在なのだ。白雄の一門をひきいて日の出の勢いだという道彦を話題にしているとき、二六庵の名はいかにもみすぼらしい感じがしたようだった。

一茶は、馬橋から江戸に移ってきて、成美の家に出入りしはじめたころ、成美が、そのころは確か三十前後だったはずの道彦の才能を、しきりに話題にしたことを思い出していた。聞いても、当時はさほど気にしなかったその男との間に、長い西国の旅をはさんで、恐ろしいほどのへだたりが生まれたことを認めないわけにはいかなかった。

かれは俳壇の先頭にいて、光りかがやいていた。一茶は無名だった。二六庵をついだところで、それでその無名が微動もするわけではなかった。そう思うと、古畳におかれたままのさらば笠の句集も、急にそれまでの光を失って、しおれて見えてくるようだった。その気分に抗《あらが》って一茶は言った。

「金が少し残っているんですがね。一杯やりに出ませんか」

三

案内されたが、成美の部屋には先客がいた。客は二人だった。一人は僧だったが、もう一人の四十過ぎにみえる男も、頭をまるめていた。だが僧ではなく、正体が知れない感じがした。大きな身体が、その感じを強めている。

その男は、一茶が部屋に入って行くと、話をやめて一茶をじっと見た。大きな眼で、その眼に一茶は傲岸《ごうがん》なひかりを見た。世の中のことが、自分の思うままに運んでいる男の眼だった。

——道彦だ。

不意にそう思った。道彦が医者だったことも思い出していた。それで奇妙な恰好も納得できた。

「しばらく見えませんでしたな」

と成美が言った。

「ちょっと旅をしてきました」

「ほう、いつの間に。しかしあなたは足まめですな」

成美は微笑して、どこへ行ってきたかと聞いた。一茶は少し固くなって答えた。

「甲斐から、越後の方を回ってきました」

「そうですか。では、お引きあわせしましょう」

不意に成美は、坐っている先客の方を振りむいた。

「こちらが道彦さん」

思ったとおり、成美は大柄な男をそう紹介し、次いで、まだ三十前後にみえる若い僧に眼を移して言った。

「こちらは一瓢《いっぴょう》さん。ま、そうお呼びしているわけですが、じつは谷中本行寺の日《にっ》桓《かん》上人です。こないだからわたくしの句会に出ておられます」

一瓢はやわらかく微笑して頭を下げた。無言だったが、穏やかな人柄が感じられた。道彦は、まだ一茶をじっと見ていた。

「お二人にご紹介しましょう。こちらは今年になって二六庵を継がれた一茶さん」

成美はそう言ってから、一茶をのぞきこむようにした。

「その話は本ぎまりでしょ？」

「ええ、本ぎまりです」

と一茶は言ったが、身体がちぢむような気がした。二六庵をつぐことは、野逸の内諾をとりつけて、甲斐、越後の旅行に出る前に馬橋、流山、布川と回ったときにも、そのことを丹念に触れている。

しかし田舎では多少きき目もあるその名前も、道彦の前で話題にされると、ひどく貧しげに聞こえた。

「あなたが、そうですか。これはおはじめて」

それまで黙っていた道彦が言った。意外に世馴れた口調だった。眼の光は消えて、一茶に微笑をむけていた。

「前に手紙を頂きましたな」

「あの節はご無理を言いまして」

と一茶も言った。成美が怪訝《けげん》そうな顔をした。

「知り合いでしたかな？」

「いえ」

一茶はあわてて言った。

「さらば笠に、句をもらいましたので」

「ああ、そうですか。それで今日がご対面」

「そうです」

なんとなく四人が笑い、それで部屋の中の空気がほぐれた。

「あなたのことは、よく知ってますよ」

道彦が意外なことを言った。

「葛飾派の執筆を勧めましたな。あのころ、これはえらいひとが出てきたかな、と思いましたよ。句も拝見してましたしね」

道彦は、一茶の若いころの句を二、三挙げた。正確に諳《そら》んじていた。

「そのままずーっと行って、葛飾派で頭角をあらわす人だろうと思っていたら、ふっと旅に出てしまいましたな。その旅が長かった」

「……」

「あなた、上方で何をしてたんです」

無遠慮な口ぶりだった。頭からかぶせてくるようなその言い方が、一茶をむっとさせた。何をしてたって、飯を喰っていたさと一茶は思ったが、黙って苦笑しただけだった。

「いや。旅拾遺、さらば笠、あれはわかりますよ。あれを出したのはご立派です。だが、あの句集は、やはりあちら向けのものでね。江戸の連中に注目されるということにはならんでしょ？」

「注目なんて、わたくしはそれほど大それたことを考えて作ったわけじゃありません。ただ旅の記念に、といったものです」

一茶は笑いながら言った。だが卑屈な笑いになった。思ったことをそのまま口に出せない相手とむき合って、その言い分をやりすごす時の、いつもの習性が出た。

だが道彦は、その笑いを黙殺し、もうひと足、土足で踏みこむようなことを言った。

「惜しかった。ほんとに惜しかったな。あなた、せっかくのいいものを、上方に無駄に捨ててきたように見えますよ。もっとも」

道彦は成美と一瓢を振りむいて言った。

「もっともこのひと、あのまま葛飾派におってもどうだったですかね。あそこは姑《こ》息《そく》なところで、誰の足をひっぱった、かれの胸をこづいたということがお好きなようだから」

道彦はそういうと哄笑《こうしょう》した。その声にとどめを刺された気がしながら、一茶はやはり卑屈な笑いを浮かべた。

「や、どうも。言いたいことを言ってしまって、あたしの悪い癖です」

不意に道彦は、はじめて神妙な口調に戻っていた。

「あたしはあなたの才能を認めていますよ。ひとつこれからは、心やすくおつき合い願います」

ほかに用があるから、と道彦が帰って行くと、部屋の中に沈黙が落ちた。一人で部屋の空気をかき乱していた男が去ったあとの、気だるいような静けさが残っていた。

「お茶を換えましょう」

成美が、手を叩いて女中を呼んだ。すると一瓢が成美にともなく一茶にともなく、微笑して言った。

「大した自信ですな」

「ま、一派をたばねて行くとなると、あれぐらい人間が強引でないと勤まらんのでしょう」

と成美が言った。一瓢の微笑は、今度ははっきり一茶にむけられていた。やさしい笑いだった。その笑顔のまま、一瓢は成美に言った。

「あれはなんですか。二六庵さんを叩いたわけですか」

「そのつもりでしょうな」

成美はお茶を換えにきた女中に、小声でなにか指図をしたあとで言葉をつづけた。

「あのひとはそういうひとです。ちょっとでも目立つひとがいれば、あちらを叩き、こちらを叩きするわけですな」

成美は一茶に顔をむけた。

「だから、あんなふうにずけずけ言われたからといって、気にすることはありませんよ。道彦は相手にし甲斐もない人間とみれば、持ち上げも叩きもしないのですから。あんなに大わらわで何か言っていたのは、あなたを認めているということですよ」

「べつに、気にはしていません」

と一茶は言った。成美の言い方にも道理があるという気はした。だが気分は浮き立たなかった。すでに高名を得た人間の、生臭い言い方に圧倒された不快さが残っていた。

四

青白いものに眼を刺された気がして、一茶はぼんやり眼を開いた。そして肩の冷えに気づいて夜着にもぐったとき、今度はやわらかく温かいものに触れてはっきり眼ざめた。横に女が寝ていた。

かたむいた障子の隙間から、朝の光がひとすじ、娼家の部屋に入りこんでいた。その光のなかに、一茶よりひとかさ大きい女の背が浮かび上がっている。女はいびきをかいていた。

一茶は身体をまわして、女の背にぴったり寄りそうと、深ぶかと息を吸った。安物の髪油の香と汗くさい匂いがまじっていたが、間違いもない女の匂いが、一茶の鼻腔を満たし、むせかえるほど肺を満たした。

――こんなにゆっくりと、女と寝たのはひさしぶりだ。

と一茶は思った。女は年増で器量もよくなく、むやみに身体が大きいばかりで、日雇いのように浅黒い肌をしていたが、一茶にやさしかった。一茶が女の身体にあきるまで、相手をした。そんな女にめぐりあうことはめったにないのだ。

――あのときはひどかった。

一茶は、春ごろ露光と行った、本所のお旅所脇の女郎屋を思い出していた。露光の妻がたずねてきた日で、調子のおかしい露光を誘って飲みにでたあと、今度は露光が女を奢《おご》ると言ったのである。だがそこはむやみにいそがしい家で、女と寝たかと思うとすぐに、あっという間に外に出されてしまったのだった。

——やはり自前でなくちゃ。

人の奢りで女を抱いても、楽しいことはない。一茶は幸福な気持に包まれてそう思った。部屋の中は少しずつ、青白い光に満たされていた。その光の中に、穴塞ぎに貼った壁の錦絵や、いびつに傾いた衣桁《いこう》などがぼんやり浮かび上がっている。女との別れの刻が近づいていた。

一茶は女の背にぴったり胸をつけ、足で女の腿を探した。女の腿は、胸がふくらむほど温かかった。一茶はそこに足をさし込んだ。すると女が低くうなった。

「だめ」

女は後手に一茶の身体を押しのけた。強い力だった。一茶の身動きを誤解していた。押しのけられて鼻白んだが、一茶はもう一度静かに女に身体を寄せた。女の身体の温かみに未練があった。すると女は物も言わずに、肱《ひじ》で一茶のみぞおちのあたりを突いた。悪気はないようだったが、女の腕にはしたたかな力があった。

一茶は一とき亀の子のように身体をちぢめ、痛みをやりすごしてから、起き上がった。今度はさっぱりとあきらめていた。手早く着物を着て、火鉢のそばに坐ったが、寒さにしきりに胴ぶるいがこみあげてくる。

一茶はふるえながら、煙管《きせる》に莨《たばこ》をつめ、火だねを探した。すると白い灰の下に、豆つぶほどの火が残っていた。煙を吐き、ふるえながら女をみると、障子の方に顔をむけて寝ている女の身体が、小山のように盛りあがって見えた。女はまたいびきをかいていた。

煙管をしまって、一茶は立ち上がった。そして女が眼ざめないように、足音をしのばせて障子まで歩いたとき、女のいびきがやんだ。眼ざめていたような声で、女が言った。

「もう行くの？」

「………」

「また来て」

女は眼をつぶったままそう言い、一茶が障子を開くと、まぶしそうに夜着の襟に顔を隠した。

娼家を出ると、一茶は大島川に沿って西に歩き、やがて中島町の方に橋を渡った。道にも橋にも霜がおりていて、川水はまだ暗い夜のいろを残していた。日の出には少し間があった。東にひろがる町町の、仄暗く重なりあう屋根の上に、くすんだ赤いいろがにじんでいるだけだった。町はまだ眠りをむさぼっていた。

それでも、中島町を抜けて馬道通りに出ると、前後にぽつりぽつりと人影が現われた。早出の職人たちかも知れなかった。白っぽい光がうかぶ道に、彼らはいそがしげに動いていた。

——みんな働いている。

不意にそう思ったのは、深川から永代橋を半分ほど渡ったときだった。一茶の五、六間先を、少し腰が曲った年寄が歩いていた。きっちりと身支度した足袋草鞋の足もとと、色あせた半天は、親方とか棟梁とか呼ばれる身分ではなく、雇われの手間職人といった人間にみえたが、その年寄もわきめをふらずに歩いていた。何年もそうしてきたように、迷いのない足どりだった。

一茶は顔をしかめた。いい気分で遊んできたが、その金がどういう素姓の金だったかを、眼の前の年寄が思い出させたようだった。むろん、働いて得た金ではない。そして女に使うような金でもなかった。そう思うと、朝帰りの身体が、水を浴び竦《すく》みあがったような気がした。

半月ほど前、一茶は馬橋に行った。いつものように、金も喰い物も底をついたところで出かけたのである。そして、そこで突然に大川立砂の死に出会ったのであった。それはまったく突然の死だった。立砂は機嫌よく一茶を迎え、俳諧の話などしたが、そのあと急に気分が悪くなって倒れ、その夜の中にあっけなく死んだ。

一茶は葬式にも加わり、初七日の法要にも出た。そして一茶は立砂の息子斗《と》囿《ゆう》に頼まれて、死者を悼《いた》む文を作った。斗囿も俳句をたしなみ、父親と一茶のつき合いがどういうものであるかも理解していた。

「ほんとうに、あなたが来るのを待っていたようでしたね」

斗囿は、真実驚いているらしく、何度もそう言った。

栢日葊《はくじつあん》は此道に入始てよりのちなミニして、交り他にことなれり。

一茶は立砂の死を悼む文をそう書き出し、この春甲斐、越後に旅立つ前に訪ねてきたとき、立砂が馬橋の南、竹の花まで見送ってくれたこと。そこで二人が付合いを試みたことを記し、次のように結んだ。

すこやかなる再会を祝ひ、はた半刻もやまふの皃《かほ》を守る事ハ、誠に仏の引きあはせなるか。いかなるすくせのゐにしなるか

　炉のはたやよべの笑ひがいとまごひ

仏前で、挽歌と題したその文章を読んだとき、一茶は涙がこみ上げた。長い間の立砂との交わりを思い出していた。

斗囿も涙ぐんでいたが、後でこう言った。

「親爺がいなくなっても、これまでどおり来てください。あなたとこの家の縁は、

これで切れるほど浅いものじゃないのですから」
斗圄はそう言い、その言葉を証拠だてるように、一茶が帰るとき挽歌を作っても
らった礼だと言って金をくれた。ずっしりと重い包みは、後で開いてみると半年は
ゆっくり喰えるほどの金が入っていたのである。もっとも有力な庇護《ひご》者を失った不
安と寂寥《せきりよう》は拭えなかったが、その金が一茶の気分をふくらませたことも否めなかっ
た。

——しかし女郎買いに使っていい金ではない。

立砂の死のおこぼれで遊んできたことが、次第に一茶をうしろめたい気分に追い
こんで行くようだった。はっきりと青味をとり戻してきた空のどこかに、咎めるよ
うな立砂の視線を感じながら、一茶は橋の上に射してきた日の光から逃れるように
町にまぎれた。

八丁堀の裏店は、まだひっそりしていた。路地の突きあたりの厠《かわや》の戸に、朝の光
が射しかけているのが見えたが、家家の軒下には、まだ夜が残して行ったあいまい
な色が漂っていた。

一茶は足音をしのばせて木戸を入った。するといきなり横から声をかけられた。

「朝帰りかね」

みると井戸の釣瓶《つるべ》の陰にしなびた顔の老婆が立っていた。同じならびで、一軒お

いた奥の家のおしかという年寄である。

――いやな人間に見つかった。

と一茶は思った。

おしかは気が強く意地悪い老婆で、裏店の鼻つまみだった。些細なことに難癖をつけて、裏店の誰かれを罵ったりするのは平気だったし、同居している日雇いの息子夫婦とは、年中口汚く言い争っている。そのはげしい口論は、一茶の家まで聞こえてくるのだ。

おしかの顔は、長い年月にわたるそういう険しい生き方で練り固めたように、黒くしなびている。

ふだん一茶は、そういう老婆にかかわり合わないように、慎重に避けていた。妻子がいるでもなく、働きにも出ず、また旅支度をして出ると十日も二十日も家をあける自分を、おしかがどういう眼で眺めているかは、確かめなくてもわかる。怪しい暮らしをしている人間だと思われているに違いなかった。

そのおしかが、眼ざめて顔を洗い、今日はどんな手で世の中に歯むかってやろうかと背をのばしたところに、朝帰りの一茶が来合わせたというわけだった。

「おはようさん」

おしかの薄笑いに、一茶は気弱く挨拶をかえして通りすぎた。さわらぬ神に祟《たた》りなしだと思った。すると、うしろでおしかが聞こえよがしに呟いた声が聞こえた。

「ふん、いい年して」

その低い呟きに背を刺されたように、一茶は足をもつれさせて家の中に入った。部屋には青白く冷えた空気が淀んでいた。

――クソ婆あ。

一茶は心の中でおしかを罵り、窓の下に出してある古机の前に坐った。

机の上には、さらば笠の追い刷りが載っている。それは郷里の北信濃に散らばる、俳諧の知人に送る分だった。それを眺めているうちに、おしかに対する怒りはだんだんに静まり、かわりに昨日の重苦しい気分が、胸をしめつけてきた。

この刷り物が、自分の俳名を高めるのに、さほど役立っているわけでないことに、一茶はとっくに気づいていた。旅拾遺にしろ、さらば笠にしろ、かなりあちこちにばらまいたはずだが、江戸では何の反響も呼ばなかったのである。

あちこちの句会の席で、一茶の名が取沙汰されたということも聞かなかったし、句集を読んだといって一茶をたずねてくる人間もいなかった。むろん弟子にしてくれという人間もいなかった。黙殺ぶりは徹底していた。

わずかな反響が、地方から来た。手紙がふえ、句集を送ってもらいたいという注文もあった。そうした反響の多くは、上方、西国の旅の知り合いのつながりできていた。効果は、道彦がずけずけと断言してみせたようなものだったのだ。

もう一度西国に旅する気持はなかった。それはやはり旅で、いずれまた戻って来なければならないのだ。そう考えると、稔りの薄い反響に思われた。江戸に腰を落ちつけ、高名の俳諧師になるというのぞみが、それで一歩でも近寄ってきた気配はなかった。それは、おしかのような老婆にさえ、うさんくさい眼で見られているいまの暮らしをみればわかる。

だが旅拾遺、さらば笠についての反響は、信州からもあった。それが出来上がった当時、一茶は知っている限りの北信濃の俳諧知友に送っておいたのだが、その反響が、ぽつりぽつりと、切れめなくまだ続いていた。彼らはどこかで一茶がばらまいた句集を眼にし、便りしてくるのだった。ただの手紙もあったが、句集があったら送ってくれという熱心な手紙もあった。

地方でも、信州はべつだと一茶は思っていた。そこには親の家があり、俳諧の地盤が出来れば半年、一年と喰いつなぐことが出来る土地だった。さしあたっての飯の種である常総に次ぐ、有力な地盤になる見込みがないわけではない。

昨日はそう考えて、気持にはずみがつき、せっせと追い刷りの送り先を整理していたのである。だが途中で、その作業が妙にむなしく思われてきたのだった。江戸で俳諧師として立つあてもない二流の俳句よみが、喰わんがために必死の才覚をしているという気がした。はずみは不意に失われて、一茶は筆を投げ捨てると新石場の女郎屋に走ったのである。

――だが、ぜいたくは言えないさ。

一茶は墨をすり直しながら、顔をしかめてそう思った。そういう地盤がなければ、高名どころか、明日にも顎が干上がるのだ。浮草の暮らしだった。漂いつく杭《くい》を一本でも多くふやして置かなければならないのだ。

金が残っているうちに、追い刷りを送り出さなければ、と思い、一茶は追われるような気分で筆をとりあげた。金はなくなるだろう。そしてその先のあてはないのだ、と思った。すると、昨夜いい気分で女を抱いたりしたのが、気違い沙汰のように思われてきた。

五

「この間の句会の集まりを見てもわかるとおり、あなたがくるのを心待ちにしているひとが多くなりました」

と平湖は言った。一茶は微笑して、鷹揚《おうよう》にうなずいた。

「ことに今度は伜や竹葉さんも弟子入りしたことだし、少なくとも年に一度は帰ってきてもらいたいものですな」

一茶は、かしこまって坐っている平湖の息子二竹と、今度新しく弟子になった野尻宿の竹葉を眺めた。二人の顔には、江戸からきた俳諧師一茶に対する尊敬と、緊張があらわれている。一茶はその二人にも、鷹揚な微笑をむけながら言った。

「そうしましょう。私のようなものにも弟子がいるとなれば、こちらへ帰るときの張り合いも違うというものです」

四人がいる平湖の家、柏原の造り酒屋桂屋の奥座敷には、四月の日射しがさしこんでいた。開けはなした縁側から気持のいい風が、思い出したように吹きこみ、そのたびに縁先まで枝をのばしている若竹の葉が顫《ふる》えて、まぶしいほど日を照り返した。

「いつごろまでおられます？」

と平湖は言った。

「もうそろそろ。このあたりはこれから田植で、俳諧どころじゃなくなるでしょうから」

「そうですか。もう一度小人数で集まって歌仙をと思いましたが、だめですかな」

平湖は残念そうに言った。

「また参ります。みなさんにもそうお伝え願います」

桂屋を出ると、午後の日が暑いほど一茶の頭に照りつけた。柏原の宿を通りぬける街道は白く乾き、その中を流れる用水が柳の新葉の陰に軽やかな音をたてている。道で会う人は少なかったが、人人は一茶と顔をあわせると、不思議に共通する少し臆したような笑いをうかべ、短い挨拶を残して通りすぎた。そして人の姿がとぎれると、道を燕が横切った。

人人の笑顔が、さっき桂屋を出るとき、新弟子の竹葉が見せた物腰を思い出させた。竹葉は、一茶が玄関に出ると、すばやく土間にかがんで、うやうやしく履物をそろえてくれたのである。

一茶はくすぐったかったが、悪い気持はしなかった。江戸の俳諧師として、生まれた土地で十分に尊敬されている自分を感じていた。

――白雄だって、信濃から巻き返して行ったのだ。

明るい気持で、一茶はそう思った。加舎白雄は、はじめ松露庵烏明《うめい》に俳諧を学んだが、後に烏明の師で伊勢派の系統をひく白井鳥酔に師事し、深く傾倒した。この師弟の交わりが、あまりに深かったので、烏明、また同じ鳥酔の高弟石川に憎まれ、鳥酔の死後はたびたび信濃に帰った。白雄は上田藩士加舎忠衛の次男だった。江戸俳壇でうとまれ、後には松露庵を破門されて、白雄は一時まったく江戸から姿を隠したが、その間に信濃から江戸周辺一帯に門弟をふやし、安永九年、ついに日本橋鉄砲町に春秋庵をひらいて独立するのである。

――春秋庵をひらいたとき、白雄は四十三だったのだ。

白雄の独立まで、まだ四年ある、と一茶は自分の年を考えた。門弟数千といわれた白雄におよぶはずはないが、江戸にささやかな俳諧師の門戸を張るぐらいののぞみは残されている、という気がした。

家に戻ると、父の弥五兵衛が、庭の畑の茄子《なす》に水をやっていて、母と仙六は留守だった。

「手伝おうか」

一茶が声をかけると、弥五兵衛は振りむいて、「いや、構わねえでええ」と言った。日焼けした父親の顔が、少し青ざめているような気がしたが、一茶はそう思っただけで、あまり気にしなかった。桂屋から持ちつづけてきたいい気分が、まだ続いていた。一茶は台所に入って冷たい水をひと口飲み、自分の部屋に使っている座敷に行くために、茶の間を横切った。

そのとき、茄子畑の中に弥五兵衛が倒れているのが見えた。つまずいたように手を前にのばし、うつ伏せに倒れていた。その背を日が照らし、弥五兵衛は起き上がらなかった。

――何してるんだろ？

一茶は、一瞬そう思って茫然と父の姿を眺めていたようだった。だがそれはほんの一瞬のことで、一茶はすぐに、この家に異変が起こったことを悟った。一茶は跣《はだし》で縁側から庭にとび降り、畑に走った。

六

弥五兵衛が、一茶と仙六の二人に話がある、と言い出したのは、病気で倒れてから六日目の夕方のことだった。

「仙六は、まだ戻らないか」

弥五兵衛は薄く眼を開いて、またそう言った。六日の間に、弥五兵衛は頬の肉が落ち、鼻柱は細くなって、驚くほど面変りしていた。喋る声も苦しげで、短く区切って息を入れながら、ようやく話すのだ。

「もうそろそろ。帰ってきたら知らせるよ」

「見てこい」

弥五兵衛は息をはずませ、いらだたしげに言った。一茶はさからわずに部屋を出て、戸口に行った。外はもう暗くなっていたが、仙六も、義母のさつもまだ戻っていなかった。

——長くはない。

一茶は弥五兵衛のことをそう思い、心が暗くなるのを感じた。これまで考えもしなかった事態が、刻刻とすすんでいる気配がした。父親の死ということを考えたことがなかった一茶は、いきなり足もとに黒い穴が口をあけているのを見たような、驚きと不安に包まれていた。

病気は傷寒だった。高い熱がつづき、喰物《くいもの》はひと口も喉を通らないので、弥五兵衛はみるみる痩せた。野尻から迅碩《じんせき》という医者を呼んだが、迅碩は「陰性の傷寒で、たちが悪い。助かるとすれば万にひとつといったものだろう」と診立《みた》てていた。

一茶は昨日のことを思い出していた。昨日は親鸞上人の忌日だったので、弥五兵衛はお勤めをすると言い出した。弥五兵衛は、浄土真宗の熱心な信者だった。家の者は口ぐちにとめたが、弥五兵衛がきかないので、仏壇の前に連れて行った。

一茶がうしろから支えようとすると、弥五兵衛はうるさそうに振りはらって読経をはじめた。呟くような低い声で、お経とは聞こえないほど、弥五兵衛の声は乱れていたが、その肩の尖りに一茶は眼をみはった。厚かった肩が、骨ばかりのように着ているものを突っぱらせていたのである。

――親爺が死んだら、この家とも縁遠くなるだろうな。

戸口の柱によりかかりながら、一茶はぼんやりそう思った。離れていても、親がいて家があるということは心の支えだったが、父が死ねば、そのつながりは突然に失われるようだった。ふと心細い気分が動いた。

た。

——死なせたくないな。

焦燥に駆られて、一茶はそう思った。そのとき、闇の中から義母と仙六が現われ
「どうかしたか？」

一茶を見ると、仙六は駆けよってきてそう言った。

「いや、親爺がおれとお前に話があるそうだ。さっきからまだ帰らないかと、うるさく言うのでかなわん」

「じゃ、足洗ったらすぐ行く」

と仙六は言った。一茶はすぐ病間に戻った。

仙六が部屋に入ってくると、薬くさい部屋に、急に荒荒しい野の匂いが溢れたような気がした。仙六には、働き者の農夫が持つ、好もしい活気が身についている。

「どうだ、ぐあいは？」

「よくない」

仙六はどっかりとあぐらをかいて、弥五兵衛の顔をのぞいた。

弥五兵衛は息を切らして言った。

「おれも長いことはないぞ。それでいまのうちに、二人に言っておきたいことがあって、呼んだのだ」

「そんな心細いことは言わない方がええな」

と一茶は言った。すると弥五兵衛は首を振った。

「ええから黙ってきけ。大事なことだぞ」

「……」

「寝ながら、いろいろと考えた。ことに弥太郎のことをな。家のことは心配がねえ。だが弥太郎は四十にもなるのに、まだ嫁も持てない有様だ。死んでも黄泉《よみ》のさわりになる」

「……」

「そこで、死んだら弥太郎にも田畑を遺してやりたい。年取って帰ってきても、それで喰えるぐらいのな」

「田畑を遺す？」

仙六があぐらを組み直した。床がぎちっと鳴ったほど、荒荒しい身動きだった。

「なんぼほど？」

「二つ分けだ。中嶋と河原の田んぼは、まず仙六にやって……」

「ちょっと……」

仙六が鋭い声でさえぎった。仙六の顔は、はっきり怒気に赤らんでいた。

「父さん、それはおかしいじゃないか」

「なにがおかしい。兄弟二人がいて、財産二つ分けは、なにもおかしいことではない」

「しかし兄貴は、いままで家にいなかったひとだぞ。この家の身上は、兄貴がいない間にずいぶん大きくなっている。おれたちが汗水垂らして稼いだからそうなった。兄貴は草一本刈ったことがない人だろ。それを二つに分けるというのは、おれ聞いたこともないな」

「お前ばかり稼いだようなことを言うな。おれも働いているぞ」

弥五兵衛は眼をみひらき、喉を鳴らして言った。

「ちょっと。父さんも仙六もちょっと待て」

と一茶は言った。

「その話は、もっと後でいいじゃないか。これじゃ病気にさわる」

「いや、いまのうちに決着をつけないと、間にあわないぞ」

弥五兵衛は、枕から頭をもたげ、息を切らして言い募《つの》った。仙六がさっと立ち上がった。

「ともかくこの話、兄貴には悪いが、おれは承服できないな」

立ったまま、仙六はきっぱり言うと、荒荒しく襖を閉めて出て行った。

「だいじょうぶか」

一茶は、盥《たらい》の中の手拭いをしぼって、父の額ににじんだ汗を拭いてやった。弥五兵衛はぐったりと眼をつぶって、一茶がするままにまかせていた。眼窩《がんか》がくぼみ、頬の肉が落ちた顔は、暗い行燈の光に死相めいて見えたが、弥五兵衛の胸だけは激しく波打っていた。

胸を開いてみると、そこも汗だった。浮き上がった一本一本の肋骨の間に、汗がたまっていた。手拭いをしぼり直して、一茶が胸を拭いてやっていると、不意に背後の襖が開いた。

「弥太郎」

さつの尻上がりの固い声が呼びかけた。

「病人の世話するのはいいが、よけいな知恵つけるのはやめてくれ」

鋭く、刺すような声音だった。その声に首筋を射抜かれたように、一茶は首を垂れて無言で病父の胸を拭きつづけた。

義母の誤解だったが、なぜか一茶は反論できなかった。反論して義母の悪口雑言を浴びるのがこわかった。三十九の一茶の胸に、突然に義母に折檻をうけた子供のころの恐怖が甦ってきたようだった。

一茶が背を固くしていると、さつは無言で襖をしめて去った。一茶は溜息をついて、父の胸をしまった。弥五兵衛は、仙六との言い争いに疲れたらしく、軽いいびきをかきはじめていた。

その顔を見ながら、一茶はふと胸が熱くなった。弥五兵衛が、消えかけている命をはげまして、自分に土地を遺そうとしているのを感じたのである。

だがそのために、父の病気ということのほかに、もうひとつ別の緊張がこの家に生まれたことも否めなかった。襖の向うはいつまでもひっそりとしていて、確かに飯刻になっているはずなのに、いつものように一茶を呼ぶ声がしないのがその証拠だった。

七

医者の家を出ると、一茶は薬を入れた風呂敷包みを腰にまきつけて、善光寺の町を歩き出した。眼をくばって青物屋、乾物屋を探した。弥五兵衛が倒れて半月たち、五月十日になっていた。

医者は塚田道有と言い、この地方では名医として知られているひとだった。弥五兵衛は、一度野尻の医者に見離されたが、一茶の家でははるばる善光寺から道有をまねいた。その手当てで、弥五兵衛は幾らか物を喰べるようになり、ひところよりは容態を持ち直していた。

今日は薬が切れる日なので、一茶は医者に薬をもらいに来たのだが、もうひとつ買物があった。弥五兵衛がしきりに梨を喰いたがっていた。一茶の家の者は、親戚知人をたずね回って梨を探したが、季節はずれの秋の果実を残している家はなかったのである。

善光寺へ行けば、どこかにあるかも知れないという気がした。一茶は薬もらいの役をひきうけ、ついでに梨を探すつもりで、朝早く柏原を発ってきたのである。

一茶は梨を喰わせたかった。弥五兵衛の容態は、野尻の医者がサジを投げたころにくらべると、幾分元気が出て、時どき異常な食欲を示したりしたが、それが回復につながるものかどうかはわからなかった。むしろ少しずつ痩せ衰えて行くように見えることもあった。喰いたいというものを与えなかったら、後で悔いが残るかも知れないという気もした。そして、何よりも梨を見て喜ぶ父の顔が見たかった。

一軒の青物屋に、一茶は入って行った。

「梨を置いてませんか」

「梨?　いまごろ?」

店の者は、一茶を怪訝そうに見た。

「あれは秋のものですよ、あなた」

商いにならない客とみると、店の者の口調はそっけなく変った。

「いまごろ置いてるはずはありませんや」

「季節はずれはわかっていますが、どっか残っている店はないものかと思いましてな」

「そりゃ無理だよ、あんた、いまごろ梨なんて」

店番の男の表情は、はっきり嘲笑になった。

「ほかのもんじゃ間に合わないんですかね」

「いや、私がほしいのは梨です」

と一茶は言った。かたくなな気持になっていた。一茶はものも言わずにその店を飛び出した。一茶は、青物屋、乾物屋をみかけると、片っぱしから入りこんで、梨はないかと聞いた。そして次次にことわられた。最初の店のように嘲りはしなくとも、大方はそっけない返事をした。

ことわられるたびに、一茶の頭の中で、一個の梨はみずみずしくかがやきを増して行くようだった。だが、梨は見つからなかった。形さえあれば、干からびたようなものでもいい。最後に一茶はそこまで執着したが、結局は無駄歩きだった。

善光寺の門につづく、ゆるやかな坂道の途中で、一茶は立ちどまった。あきらめるしかなかった。やはり無理だったと思った。そう思ったとき、梨はようやく光を失って、一茶の熱い頭の中から消えて行った。

薬だけ持って、あのとげとげしく空気が張りつめた家に戻って行くしかなかった。

善光寺の町を抜けて、北国街道を北にたどりながら、一茶は重苦しい気分で父のことを考え、義母のことを考えた。

財産二つ分けの話が出てから、さつの態度はがらりと変っていた。さつと仙六が田畑に出ると、家の中は弥五兵衛と一茶の二人だけになる。

そのことが、義母のさつのたえまない疑心を誘うらしかった。二人でどんな相談をしているか知れない、といつもそのことが頭を離れないのである。さつは、時には田から走り戻って、がらりと病間の襖を開けたりした。

そして時どき垂死《すいし》の病人を口汚く罵り、一度など夜中に父の容態が急変して、一茶が呼んだときも見むきもしなかったのだ。一茶にもほとんど口をきかず、たまに口を開けば、一茶がすくみ上がるようなことを言った。さつは、彼女が隠していた本性をさらけ出したように、猛だけしくふるまっていた。

「ばあさんはな。昔からああいう女だよ」

四日ほど前、一茶が遠慮気味に父に対する義母の仕打ちを口にしたとき、弥五兵衛はそう言った。そのとき弥五兵衛は、一茶がたたんで背にあててやった布団によりかかって、気分がいいらしく、ぽつりぽつりと一茶の子供のころの話をしていたのである。

「働き者で、とくべつ根性悪とも思えないが、気持がせまいし、わがままだ。気に合えばいいが、気に合わないものは一切許そうとしない。だからあれに憎まれた者はかわいそうだ」

「………」

「お前とは合わなかった。いまだから言うが、二人のどっちの肩を持つわけにもいかず、おれも苦しい思いをしたもんだ。正直心の安まるときがなかった。お前はかわいそうでも、田畑のこともあったし、暮らしのこともあった。それで思い切って江戸にやったのだが、お前のことを心配しない日は一日もなかったぞ」

「………」

「むごい親だとお前は怨んだかも知れないな。怨まれて当然だ」

「怨んだりはしなかったよ」

「ま、もう少し聞け。しかし考えてみれば、これも宿世《すくせ》の因縁というものでな。お前にはやっぱりこうなる運命が決まっていたと思うしかないな。おれは、お前のことを考えて辛くなると、いつもそう思ったものだ。これがお前の定めだ。親を怨んでくれるなとな」

弥五兵衛は不意に沈黙した。弥五兵衛は、少し口を開いて、ぼんやり庭を眺めていた。その頰に、ひと筋涙が流れているのを、一茶は見た。

そのとき一茶は、江戸に出る自分を、牟礼のはずれの丘まで送ってきて泣いた父親を思い出し、死病を患っている父親が、いま息子の自分に親の愛情をむき出しに向けてきているのを感じたのであった。

——財産分けの話も、父は本気で持ち出しているのかも知れない。

山麓伝いの北国街道をいそぎながら、一茶はそう思った。

だがそれがはっきりすると、義母のさつの、病人と自分に対する仕打ちは、いっそう冷たく荒あらしいものになるに違いないという気がした。山麓の木木の若葉は日にかがやいていたが、一茶は、胸の中を暗くうそ寒いものが通りぬける気がした。

八

一茶が薬を煎じていると、弥五兵衛が不意に眼をさまし、力ない声でああよく眠ったと言った。五ツ半（九時）過ぎだった。

「ばあさんと仙六は？」

弥五兵衛は、枕の上からきょろきょろと眼を動かした。

「畑へ行った。ぐあいはどうだね？」

「う、う。よく眠ったから気分は悪くない」

弥五兵衛は、髭がのびた口をいっぱいに開けてあくびをし、そうか、二人ともいないかと呟いた。それから急に気づいたように、あわただしく言った。

「いま何刻かの？」

「五ツ半。おっつけ四ツ（十時）だな」

「弥太郎、紙持って来いや。それからな、大急ぎで墨をすれ」

「何を書くのかね」

「遺言状を書く」

「縁起でもないな」

一茶は顔をしかめた。

「そんなものは書かんでもいいよ」

「ええから、言うとおりにしろ」

弥五兵衛は不意にいら立った様子を見せた。仕方なく一茶は墨をすり、紙を用意すると前にやったように夜具を折畳んで後に積み、弥五兵衛を起こしてよりかからせた。

「これでいいかな」

「おう、眼がまわる」

弥五兵衛はそう言って、しばらく眼をつぶったが、やがて一茶が墨をふくませた筆を握らせると、おぼつかない手つきで字を書きはじめた。途中何度か思案して筆をとめたが、やがて書き終ると一茶にそれを渡した。

「この間言った財産二つ分けのことが書いてある。大事にしまっておけや」

弥五兵衛はそういうと、疲れたらしく急に胸を喘《あえ》がせた。一茶はあわてて父親を横にならせた。それから遺言状に眼を走らせた。

乱れてはいるがきちょうめんな字で、田畑から山林、屋敷まで二つに分け、ひとつを弥太郎にあたえる旨が書かれていた。

——これじゃ、義母や仙六が承知するはずがないな。

と一茶は思った。この前仙六が言ったように、家の財産は一茶が江戸、西国と放浪に近い暮らしを送っている間に、倍以上にふえていた。そこには一茶の働きは一切ふくまれていない。弥五兵衛、さつ、仙六が営営と働いてふやした財産だった。

「いま田畑でどのぐらいあるかな」

「八石ちょっとだろう」

「するとおれが江戸に行く前は四石足らずしかなかったんだから、ずいぶんふえたわけだ」

「田んぼがふえた。あのころは一石二斗しかなかったが、いまは五石だ」

「せっかくの父さんの志だが、二つ分けというのは無理だな」

「何が無理だ。遠慮することはないぞ」

「しかし、おれが働いてふやしたわけじゃない。仙六や母さんが働いてふやした田畑だからな」

「弥太郎」

弥五兵衛は静かな声で呼んだ。

「お前、年はなんぼになる」

「三十九だ」

「それじゃ来年は四十になる。そしてな、四十になると五十はすぐだぞ」

一茶は顔をあげた。父親の声に胸を刺されていた。その一茶の眼に、弥五兵衛はうなずいて見せた。

「そうさ。あっという間に五十になる。いったいいつまで浮草の暮らしを続けるつもりかね」

「……………」

「お前の考えはわかっている。おれは俳諧師だと。それで喰っているとお前は言うかも知らん。だが家はあるのか。嫁はどうした？　ん？」

「……………」

「五十になれば、次は六十だぞ。そりゃ足腰が達者なうちは、旅暮らしも悪くはあるまい。だが歩く足が弱くなり、腰が曲ってから村へ戻ってきても、誰も相手にはせんのだ。そりゃ仙六は、飯ぐらいは喰わせてくれるかも知れん。だが身の始末まではしてくれねえぞ」

「………」

「書いたものは、大事にしまっておけ。ばあさんだ、仙六だと遠慮することはいらんさ。おれの財産だ。半分もらって、ここに落ちつくのだ」

一茶は遺言状をおし頂き、丁寧に畳むと、懐にしまった。思わず隠す手つきになった。それをみると、弥五兵衛は満足したように眼をつぶった。

九

うたた寝からさめて、一茶ははっとして弥五兵衛を見た。顔を近づけてみると、微かに寝息がした。父の顔は幾分むくんでいた。

——眠っている。

一茶はほっとした。だが弥五兵衛は昨日の昼過ぎからこんこんと眠りつづけているのだった。一茶は立ち上がって、障子の隙間から外をのぞいた。外はまだ暗く静かだったが、その暗がりの中に青白いものが動きはじめる気配がした。五月二十日の朝が明けるらしかった。

一茶は行燈の下にもぐって膝を抱くと、じっと弥五兵衛の顔を見つめた。ひと月近い看病に、身体は綿のように疲れていたが、一たん眼ざめると、もう眠くなかった。

一茶は父の顔を見まもりながら、昨日の夜の、あさましい争いを思い出していた。九ツ半（午前一時）ごろ、弥五兵衛は急に高い熱を出した。一茶はいそいで外井戸に水を汲みに出た。義母は隣の寝部屋に寝ていたが、一茶は義母も仙六も起こさなかった。二人とも昼の野良仕事で疲れているのを承知している。眼ざめれば、また仕事に出なければならない。夜中の看病は自分の役目だと思っていた。

一茶が父親にだけ水を汲んでくるとことわり、足音をしのばせて部屋を出ようとしたとき、弥五兵衛が暗いから井戸に落ちないように気をつけろ、と言った。熱にうかされて、弥五兵衛は一茶を十かそこらの子供のように思うらしかった。

その声を、義母は目ざめて聞きつけたようだった。隣からからりと寝部屋の戸を開いて、弥五兵衛を罵った。

「へん、大事な大事な宝むすこかね。べたべたとかわいがって、まあ。聞き辛いったらありゃしないよ」

弥五兵衛を罵りながら、さつの眼はぴったりと一茶にむけられていた。その眼に釘づけされたように、一茶は襖ぎわに立ちすくんだ。さつは白髪をふり乱し、着ているものは寝くずれて、醜悪な姿だった。さつが、仙六より父親に愛されている一茶を嫉妬していることは明らかだった。

その夜の騒ぎは、それだけでおさまらなかった。未明に、善光寺に行くという村人がいて、何か用はないかと立ち寄ってくれた。

弥五兵衛はさつに、砂糖を買ってきてもらえと言った。弥五兵衛は病気になってから、痰《たん》をのぞく薬に砂糖を使っていた。さつはその時にはもう起きていたが、弥五兵衛の要求を一言のもとにはねつけた。

「だめだね。砂糖、砂糖て、高いものをそうそうなめさせるわけにはいかないよ」

考えてもごらん、病気になってから砂糖だけにいくらいくらの金がかかっている、とさつは一方的に言いつのり、最後にとどめを刺すようにこう言った。

「死にかけてる病人の言いなりに、無駄金使っちゃいられないからね」

「死にかけてるだと？」

一茶もかっとなって、思わず言い返した。

「いくら何でも、寝てる人の前でそういう言い方はなかろう、母さん」

「おや、お前が口を出せた義理か」

さつは、ひややかな眼で一茶を見た。

「あたしらが外で働いている間に、病人と二人で砂糖なめたくせに」

瀕死の病人の枕の上で、あさましいいさかいだった。その声は、戸口で待っている村の者にも聞こえたはずだった。

一茶は口を閉じた。いさかいもあさましかったが、さつの指摘も図星を射ていたのである。弥五兵衛は、砂糖壺を出してなめるとき、一茶にもうまいからなめろとすすめたのだ。そして三十九の一茶は、子供のように手のひらに父から砂糖をわけてもらってなめたのである。さつは当て推量を言ってみたのかも知れなかった。しかしそうではなく、実際にどこかから、二人の様子をそっとのぞき見していたのかも知れなかった。その気味悪さが、一茶を沈黙させたのである。

——昨夜だけじゃなかった。

父が倒れ、財産分けの話が出て以来、ずっとこうだったと一茶は思った。火宅に横たわったまま死を迎えようとしている父親があわれだった。

義母が父に生水を飲ませたことを、一茶は思い出していた。善光寺に梨を買いに行った日から二日後のことである。またその翌日には酒を飲ませたことも思い出していた。医者は、病人に生水を与えることを禁じていた。それで一茶は湯ざましを飲ませていたのだが、父はそれをいやがって冷たい水を欲しがった。すると義母は茶碗に三つも生水を飲ませたのだ。

弥五兵衛が酒を欲しがったときもそうだった。見舞いにきていた村の者に、欲しがるものをやらなかったら、後で悔むだろうと言われると、義母は簡単に酒を与えた。病人の弥五兵衛は、うまそうに五合もの酒を飲んだのである。

一茶は手に汗をにぎる思いで、それを眺めているしかなかったが、もってのほかのことをすると思っていた。酒の報いはすぐにきて、翌日には弥五兵衛の身体は前日の倍もむくんだのである。

母や仙六は、父のことをもう諦めているとしか思われなかった。仙六などは、別間で見舞客を相手にしながら、大声で「親父もいま死ねば、まあいい往生というわけで」などと言うのだ。その声が病人にとどくのもお構いなしだった。一茶は母や弟のそういうそぶりをみると、腹の中が煮え返る気がする。

――しかし……。

一茶は、うんでも、すんでもなく眠りつづけている病人に、もう一度眼をやってから、また立ち上がって、障子の隙間に眼をあてた。しかし父は、実際にはもう助からない病人で、そのことが見えていないのは、おれ一人なのかと一茶は思った。

腹の底の方から、ゆっくり悲しみがこみ上げてくるのを感じながら、一茶は外をのぞいていた。青黒い光の中に、物の形が浮かびはじめていた。そして外も家の中もひっそりしていた。早く夜が明けてくれればいい、と一茶は思った。

一茶はしのび足に病人のそばに戻り、横になった。すると弥五兵衛が不意に眼を開いた。一茶ははっとして起き上がった。

「さあ、い、行かなければな」

弥五兵衛がはっきりした声で言った。

「連れて行け」

「どこへ?」

「……」

「どこへだ? 父さん」

「言うまでもなかろう」

弥五兵衛は不意に大きな声で「至心信楽《しんぎょう》、欲生我国」と言った。病人ではないような、ほがらかなはっきりした声だった。

息をつめて一茶は弥五兵衛を見まもった。父親が目ざめているのか、それとも夢中でうわごとを言っているのかわからなかった。

「さあ、行くぞ」

さあ、行こうと弥五兵衛は言い続けた。弥五兵衛の眼は、のぞきこんでいる一茶の顔を通り越して、遠くを見ていた。

突然に、一茶は切迫した感情に包まれていた。父が行こうとしている場所を、ちらと垣間《かいま》みた気がしたのである。

「いいよ。連れて行ってやるぞ」

一茶は囁いた。弥五兵衛はなおも、行こう行こうと繰り返した。一茶は弥五兵衛の肩の下に手をさしこみ、抱き起こす真似をした。

「さあ、行くからな」

と一茶は言った。弥五兵衛は、また「よし、行こう」と言った。声は次第に小さくなっていた。

「さあ行こう」

と一茶も囁いた。家の中も外も、まだひっそりしていた。さあ、さあ、と一茶はあやすように言い続けた。

弥五兵衛は眼を閉じ、口を閉じて再びすやすやと眠りはじめた。首を垂れて、一茶は父の顔の上に涙をこぼした。行きたいと望んだ場所に、手をそえて父を送り出してやった気がしていた。

その時が父親の物の言いおさめだった。弥五兵衛は、それから眠るように一日だけ生き、二十一日の明け方に死んだ。

十

六月の荒あらしい日射しの下を、一茶は江戸にむかって歩いていた。明け方まで降った雨の名残りが、左右の高い山肌にまつわりつき、霧のように動いていたが、空は真青に晴れていた。

父の葬式が済み、初七日の法事が済むと、突然に一茶は、柏原の家の中に自分の坐る場所を失ったようだった。死んだ弥五兵衛は、一茶が財産の分与をうけて、そのまま家にいることを望んだ。そして一茶も、一度は父の遺言状をみんなの前に持ち出してみたのだが、それは結局軽くあしらわれてしまったのである。

遺言状を出したのは、初七日の法要が終り、家の中で軽い酒宴が済んだあとだった。集まった親戚の者がまだ残っていて、雑談しているときだった。

一茶は、その話を出すなら親戚もそろっているいまだ、と思ったのだが、一茶が話し終り、弥五兵衛にもらった遺言状を読みあげると、部屋の中には気まずい沈黙が落ちた。誰かが、台所にいたさつを呼びに行って、その席にさつが加わると、空気はいっそう重苦しくなった。

「どれどれ、その遺言状とやらを見せてもらおうか」

本家の弥市がそう言い、一茶から書きつけを受けとると丁寧に眺めた。

「なるほど、本物だ」

と弥市は言ったが、すぐに分家もよけいなことをしてくれたものだ、と小さい声で続けた。その声は、不快な気持を隠していなかった。

「どう思うね」

弥市がそばに坐っているさつにそう言った。

「どう思うって言われても……」

さつは一茶を見た。さつは少しやつれていた。生きている間は絶えずいさかいを繰り返して病人を苦しめたさつも、死なれると急に取り乱して泣いた。そして今日まで葬式だ、法事だといそがしかった疲れが、さつの顔に現われていた。

だが、一茶を見たさつの表情には、自信あり気な薄笑いが動いていた。眼を伏せたのは一茶の方だった。

「何十年も家にいなかったひとに、急にここに住みたいから、財産半分よこせと言われても、ちょっと。あたしらが、これまで何のために働いたかわからないようなものですよ」

「もっともだな」

と弥市は言った。

「しかしこれは、故人の遺志ですから」

一茶はあわてて言った。すると弥市が切り返した。

「故人の遺志はわかった。で、あんたの考えはどうなんですか」

「………」

一茶は沈黙した。田畑が欲しくないわけはなかった。そしてこの土地に落ちつけというのは、死んだ父親の言いつけだった。父はそう望み、死病の床でその始末をつけて行ったのだ。だがそのことが、義母や仙六にとってどんなに無理な言い分かもわかっていた。遺言状に書いてあることを、押し通していいのかどうかは、よくわからなかった。

「仙六は、何か考えがあるかな」

「話になりませんよ。私ははじめから反対だった」

仙六は敵意がこもる口調で言った。仙六は酒の酔いに染まった顔を、一茶からそむけていた。

「遺言状ていうけど、弥太郎が書かせたんですよ」

不意にさつがそう言った。

「毎日病人と二人で仲よくしてましたから。その間に、じいさんをまるめこんだんでしょ」

「母さん、それは言い過ぎだぞ」

仙六が横からたしなめた。一茶は黙っていたが、腹の底から怒りが衝き上げてくる気がした。そうか、そういうつもりなら、いまに眼にものみせてやるぞ、と思った。

「その書きつけをこちらにください」

一茶はそう言って、弥市から遺言状を取り返した。そしてみんなが見ている前で、丁寧に畳んで懐にしまった。

「この書きつけは、私が書かせたりしたわけじゃありません。死んだ親爺が、正気で書いたものです。母さんも、死んだひとをバカにするような言い方はやめてもらいたいな」

　さつはそれに対しては黙っていた。険しい眼を一茶に注いでいるだけだった。

「とにかくここに書かれているのは、間違いなく故人の遺志です。書かれていることは守って頂きます」

「わかった、わかった」

　そう言ったのは、やはり弥市だった。

「弥五兵衛がそれを書いたのは、間違いのないことだ。それはあんた方も、認めなくちゃならんな」

　弥市に言われて、さつと仙六はあいまいにうなずいた。

「だが、これはいますぐというわけには行かんて。財産分けということは大変なことだ。書きつけにもいますぐ分けろとは書いてないな。そこでだ。これについては改めて相談するということで今日のところは手を打ったらどうかね」

　それがいい、とほかの親戚の者も口口にそう言った。弥市の裁きで、部屋の中の重苦しい気分が解け、集まった人たちは私語をかわしはじめた。

「それでいいな」

弥市は気をよくして、三人にも念を押すと、陽気な声で言った。

「ここで一杯飲みなおさないといかんな。妙な話で、酒がさめてしまった」

一茶は北国街道をたどりながら、そう言ったときの弥市の赤ら顔を思い出し、遺産分けの話が、するりと手もとから逃げて行ったそのときの感触を思い出していた。

そして故郷を遠ざかるにつれて、田畑や屋敷を分けるなどということが、いかにも無理な現実味の薄い相談事のように思われてくるようだった。義母や仙六も、そう思っているに違いないという気がした。

そして、胸の中に、父を喪《うしな》ったうつろな気分が巣喰っていた。帰って行く江戸に、何のあてもないような、むなしい気分が時どき襲ってくる。しかしそこから村に戻ることも出来なかった。帰ってもそこには憎悪が待っているばかりだった。遺言状を出し、遺産分けの話をあからさまにしてしまった以上、この次からは、村に帰っても義母と弟は猜疑《さいぎ》と警戒の眼でしか迎えまいと覚悟しなければならなかった。

懐しく、心やすまる故郷を失った男が、北国街道を日に灼かれて歩いていた。一茶は時どき立ちどまって笠をはずし、流れる汗を拭いた。

江戸に帰ると、一茶は上野の山が見える町の隅に、住む場所を見つけた。その裏店からは、家を出るといつも、上野の青あおとした森が見えた。

夜になって灯をともすと、一茶の胸に孤児のような感情が生まれた。その気持に胸をつかまれながら、一茶は句も作らず、手紙を書くでもなく、長い間膝を抱いていることがあった。そして死んだ父を思い出したり、すげなく自分を追いたてた義母に、一瞬憎悪の気持を滾《たぎ》らせたりした。

○

一

千住街道を、道彦、一茶、それに僧形の岩間乙二《おつに》が、連れ立って歩いていた。つい十日ほど前に、享和から文化の元年と改まった年の二月二十五日。日暮れである。三人は千住の先の関屋に隠棲している、建部巣兆の家に、夫人の病気を見舞った帰りだった。間もなく桃の節句を迎える季節は、日がある間は暖かかった。しかし日が傾くと、ひやりとした空気が寄せてきて、どこかにまだ冬が潜んでいることを感じさせる。

「疲れましたな。あたしは疲れた」

山之宿を抜けて花川戸にさしかかったとき、道彦が大きな声で言った。

旅馴れている一茶には、千住から歩くぐらいは何ということもなかったが、肥っている道彦は歩くのが苦手のようだった。三人は今日、誘いあわせて巣兆の家で落ちあったのだが、道彦はそこにも駕籠をやとってきたのである。

戻りの道を歩くことにしたのは、さすがの道彦も、自分一人千住から駕籠を雇うとは言いにくかったらしい。だがそれだけでもなかった。

巣兆の家は千住大橋を越え、上宿から大川ぞいに南にくだったところにある。そのあたりの田圃と雑木林に囲まれた早春の田園風景は、三人の作句欲をそそるのに十分だったのである。見舞いを終えたあと、三人は枝頭が膨らんだ雑木林、そこにたわむれている小鳥、はるかな村落のあたりにただよう薄青い霞などを種に、即興吟を口ずさんだりしながら、千住に出て、そのまま浅草まで歩いてきたのである。

「そのへんで、茶でも飲みますか」

花川戸を抜けて広小路に出たとき、道彦は二人を水茶屋に誘った。道彦は、本当は酒を飲みたかったかも知れないが、乙二は酒をたしなまない。それで遠慮したような顔色だった。

「結構ですな」

と一茶が応じ、乙二は黙ってうなずいた。浅草寺門前の広小路には、せわしなく人が行きかい、その人影を暮色が包みはじめていた。丁度女が出てきて、軒行燈に灯を入れている一軒が目についた。軒をくぐると、三人はそこで熱い茶を飲んだ。

「しかしうらやましいですな」

しばらく見舞った病人の話をしたあとで、乙二が言った。

「あいうところに引き籠って、悠悠自適されたら、いい句が出来ましょうな」

「建部大人か」

と道彦が言った。四つ年下の巣兆を大人と言ったところに、道彦の皮肉な口吻《こうふん》が感じられた。

「梅散るやなにはの夜の道具市。これはよござんした。あのひとの才能が疑いもないことを示した一句ですな。しかし近ごろはどうですかな。句よりは絵のほうに熱心なんじゃないかな、器用なひとだから」

巣兆は絵もかき、書も巧みでどちらも有名だった。わたしはこれでも句ひとすじ、と道彦は言いたげだった。

それは事実そうなので、師の加舎白雄が歿するとすばやくその後継者の位置に坐り、同門の連衆を自分の金令会に吸収した道彦を、世間師だとか、俗物だとかいう陰の声がないわけではない。だがそうしながら、道彦が精力的に句を発表しつづけていることも事実だった。道彦の中には世俗的な才能と、俳諧に対する熱烈な信仰が同居していて矛盾しないのだ。

そういう事情は、近ごろ誘われて道彦の金令会にも出席している一茶にはわかる。金令会の句会ほど熱気のある集まりはない。そして先頭に立って熱くなっているのが道彦本人だった。

「あのひとは要するに文人ですな。趣味人ですよ。句が出来なければ、あたしなどは七顚八倒《しちてんばっとう》してもだえちゃうが、そういうときにあのひとは絵を描いていられますからな」

道彦は、いつもの辛辣な人物批評の癖を出したが、さすがにいま別れてきたひとをあげつらうのは気が咎めたとみえ、顔色を改めると一茶に話しかけた。

「ところで、あんたはいまどちらにお住みです？」

「本所の五ツ目の方にいます」

「ほう。五ツ目というと、大島のあたりですな。ほう、それは遠いところに」

「………」

「家を借りておられる？」

道彦はあらためて見直すといったふうに、じろじろと一茶の貧しげな風体を見回した。いたわりのない無遠慮な視線だった。

「いや、愛宕社という社《やしろ》がありまして。人に頼まれてそこで別当のようなことをしております」

「ああ、そうですか」

道彦はうなずいた。

「あのへんは、ちょっと町をはずれたらすぐ田圃でしょう。夏は葭切《よしきり》が鳴いたりして。なるほど。気安く住みなして、というわけですな」

「いや、とてもとても」

一茶はあいまいなことを言った。

「どうです？」

道彦は、今度は乙二に話しかけた。

「桃が盛りになった時分に、一度その愛宕社とやらをたずねてみませんか。三人で葛飾あたりに吟行とでもしゃれこんだら、案外収穫があるかも知れませんよ。帰りは一茶さんのところで、歌仙でも巻いたら楽しいかと思うが」

「いやいや」

乙二が口を開く前に、一茶ははげしく手を振った。うろたえていた。

「とても金令舎さんや乙二さんにおいで頂くような住居じゃありませんよ。それに、いわばそこは仮りの宿でして、わたくしはしょっちゅう、例によって下総の方に出かけているものですから」

一茶はしどろもどろな口調でつづけた。

「正直なところ、まったく手狭なところで、近く両国の方に引越して来ようとも考えているのですよ」

「ふーむ、そうですか」

道彦はいくらか気を悪くした様子で、荒あらしく茶碗をつかむと、茶を啜《すす》った。

「無理に邪魔しても悪いかも知れませんな」

「相かわらずお出かけですか」

助け舟を出すように、乙二が口をはさんだ。乙二の黒い顔には温厚そうな微笑がうかんでいる。乙二の言葉には、強い訛《なまり》があった。乙二は奥州白石《しろいし》の千住院という寺の住職で、去年から江戸に出てきていた。江戸で句集を編むのが出府の目的だという話だったが、その間に道彦の金令会や、夏目成美の随斎会にもまめに出入りして、江戸俳壇の空気を吸収しようとつとめているようだった。一茶は、金令会に行ったときはじめて顔をあわせている。

道彦も仙台の出だが、道彦が風采も言葉もすっかり江戸人になりきっているのにくらべ、奥州俳壇の雄といわれる乙二からは、素朴な田臭が匂ってくる。乙二は、道彦よりひとつ年上の四十九だった。乙二は微笑したまま、言葉をつづけた。

「お弟子もよほどおられるのでしょうな」

「はあ」

一茶はうつむいた。

「このひとは下総から常陸にかけて、大変な顔ですよ。昔の白雄のように、いまに江戸に旗を立てるかも知れませんよ。若いひとはこわい」

道彦は言ったが、不意に痛いことを訊いてきた。

「あんた、今年で幾つになんなさった？」

「四十二です」

「四十二？　ああ、そうですか」

道彦は無遠慮につづけた。

「すると、若くもないか」

「いや、若い、若い」

乙二が、またあわてて助け舟を出したが、一茶は道彦のひと言に胸を貫かれていた。みじめに沈黙したまま、冷えた茶を啜った。

神田に行って人に会うという二人に広小路で別れて、大川橋を北本所に渡りながら、一茶は道彦に傷つけられた胸が、まだ痛むのを感じた。一人になって、傷口はむしろ痛みを加えたようだった。

乙二は常総の弟子のことを言ったが、道彦にはそれも笑止だったに違いない。なるほど一茶は常総をまわり歩いて句会を開き、句の添削もするが、一茶が行くところに集まる人びとを、弟子と呼んでいいかどうかはわからなかった。

彼らは、少なくとも道彦の金令会に集まる門人たちのように、束脩をおさめて師弟の約を結んだ間柄ではない。句をみてもらったり、句会に招いたりすると同時に、一茶に草鞋銭をめぐむ施主でもあるのだ。彼ら自身がそのことを知っていた。丁重な応対の合間に、彼らが不用意に施主の顔をのぞかせることがあるのを、一茶はこれまで幾度か見ている。むろん一茶は気づかないふりをする。

みながみな、そうだというわけではない。布川の月船、流山の富豪秋元双樹、父親立砂の代からの親しいつき合いである馬橋の大川斗囿のように、一茶の芸に心酔し、行けば身内のように扱ってくれるところもある。

だが大方は一茶の旧師今日庵元夢、あるいは馬橋の大川立砂などとのつながりから、半ば惰性的に一茶を受け入れ、それが今日まで続いているといったものなのだ。中には雪中庵系、春秋庵系といった他派の俳句よみもまじっている。むろん彼らも江戸の俳諧師がたずねてくるのを喜びはする。だがそのつながりは、こちらがたずねて行かなければ、すぐにも切れてしまうたよりなさを含んでいた。そのつながりが切れないように、一茶は少し足が遠のいたなと感じたときは、まめに手紙を書いたりもする。

道彦は、そういう事情を知っていて、一茶にだけわかる言葉で、いつまでつづくかと問いかけたようにも思えた。

明るい月がのぼっていたが、夜はまだ寒く、町を歩いている人は少なかった。人びとは家にこもっていた。明るい灯の色がこぼれている町を幾つか通りすぎ、横川と釜屋堀にかかる橋を渡ると、町の灯は急にまばらになり、不意に眼の前に広い畑地があらわれたりした。

一茶は竪川《たてかわ》に沿った通りから左に折れた。まばらな町家の背後に、畑と僅かな雑木林に囲まれた社が見えてきた。鳥居をくぐって、人気のない境内に入ると、一茶は境内の隅に隣家の米蔵とくっついている粗末な小屋に入った。

一茶は手さぐりで行燈をさがし、灯をつけた。三畳ほどの板の間に、古びた畳が一枚敷いてある。部屋の隅に大きくて頑丈な唐櫃《からびつ》が置かれ、煤《すす》けた羽目板には埃をかぶった小さな弓二張と飾り矢の束、天狗やひょっとこの面などがぶらさがっていた。社の祭礼の時にでも使うらしい古びた面は、虚ろな眼をひらいて入ってきた一茶を見おろした。その社の道具小屋が一茶の住居だった。

一茶は畳にあがり、小さな机の下から、朝の残り物らしい喰い物をひき出すと、背をまるめ、茶碗を鳴らしてしばらく物を喰った。それから入口に出ると、敷居に腰をおろして境内にさす月を眺めた。

飯を喰っている間は忘れていた道彦の言葉が、静かに胸に返ってきて膨れた。誘われるままに、道彦や乙二に立ちまじり、いっぱしの俳諧師づらで巣兆の家をたずねたことが悔まれた。

一茶は、いまは無名ではない。ある程度は江戸でも名が通り、巣兆とも面識があった。道彦に誘われたとき、一流の人間に立ちまじる晴れがましい気持がなかったとは言えない。だが水茶屋での道彦の言葉は、一茶の名の通り方がどういうものであるかを示していたようだった。いつうだつが上がるあてもない、旅回りの二流の俳諧師さ、と人びとは陰で噂しているかも知れなかった。そしてそれは事実に違いなかった。

――また、出かけねばなるまい。

と一茶は思った。金も喰い物もなくなっていた。明日の朝は、とりあえず成美の家に飯を馳走になりに行かねばならない。

不意に、過ぎた立春の日に出来た句が、胸に浮かんできた。春立つや、と一茶はつぶやいた。その句が、胸に溢れた。

　春立や四十三年人の飯

世を厭《いと》う気持が、一茶の胸を苦しくした。そしてまた、そういうときいつもそうであるように、かすかな軋《きし》り声をあげて心が少しねじ曲るのを感じた。だがその感覚は、束の間で終った。

一茶はくしゃみをした。膝を抱いて、頭から月に照らされたまま、動かなくなった。

二

甲高い子供の声に、一茶はふと眼ざめた。だが眠っているふりをして、その声を聞いた。

「さ、こっちへいらっしゃい。お客さまの邪魔をすると、叱られますよ」

小さな遠慮した声は、月船の息子の嫁らしかった。

「あのおじいちゃん、だれ?」

「おじいちゃんじゃありません。おじさんておっしゃい。さ、むこうへ行きましょ」

足音が縁側を遠ざかり、だっておじいちゃんだよ、髪の毛が白いもの、と言った子供の声が遠くで聞こえたのを、一茶は横になったまま、眼をひらいて聞いた。

人の気配が消えると、一茶はむくりと起き上がった。常陸布川にある古田月船の家の奥座敷だった。明けはなした縁側のそとに、広い庭がひろがっている。山の中のような樹木の間に、巨石がほどよく配置され、池にはびっくりするほど大きな鯉がおよいでいる。鯉は池の半ばまで枝をさしのべている松の下から、日に照らされている水面のきわに姿を現わすと、急に驚いたように水しぶきをあげて身をひるがえし、また暗い枝の陰にかくれた。

すっかり眼がさめていた。一茶は九月はじめに月船の家にきて、そこからあちこちに出かけていた。月船は裕福な回船問屋で、いつきても一茶を歓迎し、親身に扱ってくれる。家族も奉公人も多く、一茶一人がふえたところで気にする様子もないので、気兼ねなく厄介になれた。その間あちこち出歩きはするが、この家の滞在はどうしても長くなる。そして十日も厄介になっていると、あさましいことだが頬に肉がつき、皮膚に艶が戻ってくるような気がするのだ。

月船は、来た日はともかく、あとは特別に料理を仕立てて喰わせるわけではないのだから、ふだんの喰い物が粗末な証拠と言える。今度も来てからもう半月ほど経っていた。

——おじいちゃんかね。

一茶は子供が言った言葉にこだわっていた。子供は正直だが、正直だけに大人は口にしないような残酷なことを言うものだった。

二十代から若白髪で、そのために人に老けて見られたものだが、二、三年前から白髪は急にふえ、自分でも年寄くさいと思うほどになった。この家の人間だって、そうとは言わないだけで、じじむさい俳諧師だと思っているだろう、と一茶は急に気が滅入《めい》った。

——あれは、何とか言ったな。

一茶は、数年来友だちづきあいをしている、滝という浪人者が言ったことを思い出そうとしていた。滝耕舜は、本名柳沢勇蔵と言い、愛宕社からさほど遠くない竪川ぞいに住んで、手習いの師匠をしていた。白髪には、胡桃《くるみ》をすりつぶしてどうかすると利き目がある、と滝が言ったのだ。今度帰ったら、くわしく聞いておこう。

「………」

一茶は眼をあげた。そして耳をそばだてる顔になった。女の笑い声を聞いたのである。

――あの女だ。

一茶は膝を抱いたまま、少し身体を固くした。女の姿が見られるかも知れないと思っていた。

女は二十前後、十九から二十一、二といった年ごろで、若いとは言えなかったが、それだけに目立つほど熟した身体つきをしていた。女は同じ屋敷の中の離れ部屋にいる。一人ではなく、二つ三つ年上の感じの若い男と一緒だった。月船の家の者ではなく、その部屋に厄介になっているのである。つまり、いつもは一茶にあてがわれる離れ部屋が、いまはその二人で塞がっているのだった。

一茶は、月船の家にきた日の夕方、その女を見かけた。月船の家の者ではなかったので、あとで飯を給仕しに来た女中にそっと聞いて見た。家で世話している人ですよ、と年増の女中は、はじめそっけなく言った。

「何か災難でもありましたかな」

と一茶は言った。一茶は八月末に下総まできていたのだが、その下総の流山から月船の家にくる途中、利根川が氾濫したのを見た。流山近傍の村村の騒ぎをつぶさに見てきている。

「いえ、この村のひとですよ。駆け落ち者です。男も一緒ですよ」

女中は声をひそめてそう言ったが、自分もその話にただならない関心を抱いているらしく、急にどっしりと坐りこむと、飯の給仕もそっちのけでくわしい話を聞かせた。

二人は布川の男女で、夏のはじめごろ駆け落ちして村から姿を消したが、ひと月ほど前に、成田にいるところを探しに行った者に見つかって連れ戻されたのである。簡単には一緒に出来ない事情があったので、双方の家の話がつくまで、月船の家に預けられているのだ、と女中は言った。

「若いくせに、大胆な女子《おなご》ですよ。男のほうは女にそそのかされたという噂ですけどね」

「けしからん話ですな。親御たちが、さぞお歎きでしょうな」

一茶はしかつめらしく言ったが、夕方庭の築山の陰をゆっくり歩いていた女にひどく興味をそそられていた。女は一茶の好みの厚い腰と豊かな胸をしていた。それが、着ているものの上からもわかった。顔は土地の娘らしく浅黒い肌をしていたが、十人並みの容貌で、眉と眼のあたりに、勝気さが窺える娘だった。その顔をもの思わしげに伏せて、女はそぞろ歩きをしていたのだ。

その姿に駆け落ちという文字をかぶせると、そこから生生しく艶めいた感じが立ちのぼってくるようだった。その後一茶は、数度庭で女を見かけた。あるときは男と二人で、肩をくっつけ合うようにして庭を歩いているのを見ている。それはそれで、一茶の二人に対するあらぬ妄想をかきたてた。

一茶は庭におりて、それとなく離れ部屋の方をのぞき見したりした。白い障子が、ぴったりと閉めきってあった。

——あの中で、何をしているのだろう。

一茶はそうも思った。そう思うと、不意に若い男女の痴態が眼にうかんできて、一茶はその想像のために息苦しさをおぼえたほどだった。

そういうときの一茶は、女の相手に対してほとんどはげしい嫉妬を感じていたと言ってよい。一茶は四十二になるまで、妻帯はむろん馴染んだ女というものもなくて過ごしてきているが、女が嫌いなわけではなかった。定まった相手がいないのは、住居も満足になく、時にはその日の糧《かて》さえ人の恵みをうけるような暮らしの中で、女房をもらいようもなかったというだけに過ぎない。

むしろ女に対する欲望は、ひと一倍はげしいかも知れないと、自分で思うことがあった。もっと若い時分は、欲望に堪えがたくなると明日の暮らしのことを考えずに、切見世がある入江町や夜鷹がいる吉田町に走った。

いまはさすがに四六時中女のことを考え、身体がほてっていたたまれないということはない。それに女房ももてない自分の運命というものを、静かに諾《うべな》う心も加わった。だが、それで女に対する欲望が消えたわけではなかった。それは抑圧され、心の一番下に押しこめられたまま、そこでどす黒く音立てて流れつづけている。

金が入ると、一茶は暮らしに障りのない程度に女を買いに行く。女を選ばず、一番安い場所で、病気持ちでないかぎりなるべく安い女を買う。そして丹念に苛《さいな》んだ。そのために女に嫌われることもあったが、そういうとき一茶は、解き放たれた欲望が、狂奔して身内を駆けめぐるのを感じるのだ。

一体に一茶は、瓦版の記事になるような出来事に、強く興味を惹かれるたちだった。火事があった、泥棒が入った、どこそこで心中があったという事件を聞きこむと、丹念に句帖の端に記した。のがさずに書いた。

深夜ひそかにそういう記事をしたためながら、一茶の心を占めてくるのは、一種の安らぎだった。不幸な事件の主人公たちの姿をあれこれと夢想し、おれだけがみじめなわけでないと思うことは楽しかった。

それは長い間不遇な暮らしを強いられ、日の目を見ることなく四十を迎えた男が、まともな世間の躓《つまず》きを確かめて抱く、邪悪な喜びだったのだが、一茶はその喜びの邪悪さに気づいていなかった。せっせと話を集めていた。

女中に聞いた駆け落ちの男女の話も、はじめはいつものように聞き耳立てて、面白いと思って聞いたのだ。

だが、好もしい身体つきをした女をじかに眼で見、その女が、案外にのんきそうに男と一緒に庭をぶらついたりしているのを見ているうちに、一茶の気持の中に嫉妬めいた感情が生まれたようだった。

駆け落ちという行為の中には、眼がくらむほど放恣《ほうし》な、欲望の解放が感じられた。一茶は二人がうらやましかった。

不意に、すぐ近くで女の声がした。そしてそれに答える男の声が、少し遠くでした。

一茶は尻をすべらせて、静かに座敷の奥の方に身体を引いた。すると軽い下駄の音がして、女が姿を現わした。女は座敷の中の一茶には気づかないらしく、池のそばに身体を折ってうずくまった。

女は麩《ふ》のようなものを持っているらしく、うずくまったまま、池にそれを投げた。そのたびに女の袖がめくれて、二の腕のあたりまで露わになった。浅黒い顔に似あわず、白い腕だった。池の中で、鯉がさわぐ水音がした。

一茶は息をつめて、うずくまった女の腰のあたりを見つめていた。豊かな腰だった。女が手を振りあげるたびに、脇腹から腰にかけて、生生しい曲線が走った。一茶にはまったく気づいていないために、女の身体の動きは淫らなほど放恣だった。

廊下を踏んで月船が部屋に来たとき、一茶はまだぼんやりとしていた。

「ご退屈そうですな」

坐ると月船は笑いながら言った。月船は四十八だったが、回船業という仕事がうまくいっている自信が、顔にも大柄な身体にもあふれ、実際の年よりも若若しく見えた。

「ゆうべ横付にお誘いしたりして、疲れましたかな」

「いや、さっきひと眠りしましたから、疲れてはいません」

と一茶は言った。昨夜布川の北の横付村にある念仏院という寺で、鶴殺しの逮夜《たいや》というのがあって、一茶は月船に誘われて見に行ったのである。鶴は幕府によって保護鳥とされた鳥だが、逮夜は鶴を獲って処刑された者の魂をなぐさめる念仏祭りで、おびただしい群集が念仏院境内に詰めかけていた。帰りは遅くなった。

「庭を眺めていました。いつ来ても見倦きない庭ですな」

と一茶は言った。

「うん。しかし少し手入れしないといかんのですよ。いそがしいもので、なかなか庭師を呼べませんがね」

「さっき、奥の女のひとを見かけましたよ」

と一茶は、男の声に呼び戻されて帰って行った女のことを言った。

「鯉に餌をまいたり、のんきそうにしてますな」

「はい、まったく」

と言ったが、月船はからからと笑った。

「近ごろの若い者にはかないませんな」

「しかし親御が心配していなさるでしょう」

「まあ、半分はあきらめていますが、見せしめのためにしばらくわたしにあずけているわけですよ。それをまた、若い連中はちゃんと知っとりますからな。親をなめているわけですよ」

「けしからん話です」

と一茶は言った。面白くなかった。

「あの木下《きおろし》の絵師の方はどうなりましたかな。見つかりましたか」

「それがさっぱりわからんそうですな。これは本当に親が心配しとります」

駆け落ちは、四、五日前にもあったのである。木下に住むなにがしという田舎絵師と、布川の娘という組合わせで、舟で利根川を漕ぎくだる二人を見かけたという消息が最後でふっつりと跡を断ったという。

「世もしまいですな。駆け落ちして恥じる様子もないというのはどういうことでしょうな。昔の若い者は、もっとしおらしかったように思いますよ」

「ご同感ですな」

「わたくしなぞ、子供のころに母親に死にわかれ、先年は父親に死なれて、もう心配してくれるひともなくなりましたが、生前親に心配をかけるなどということは考えたこともありません。色事で親を悩ませるなどというのは、もってのほかのことでございますな」

月船は、急にいきまきはじめた一茶を、少し怪訝《けげん》そうに見つめたが、年輩者らしくやわらかく言った。

「まったく歎かわしい次第ですな。おっしゃるとおりですよ。しかしこの道ばかりは親を構っておられないとも申しますからな」

月船はくすくす笑って、懐に手を入れると、布に包んだものを出し、一茶の膝の前に置いた。

「じつは明日から五日ほど、江戸まで行って参ります。その間ここにいて頂いていっこうに構いませんが、忘れるといけませんので、さきにこれをさし上げておきます。今度おいで頂いたお礼と、お引越しということですから些少ですがそのお祝いが入っております」

これはこれは、ご丁寧にと一茶は言ったが、今度の旅には近く愛宕社から引越す支度金を稼ぐ目的も入っている。

軽く押し頂いて、包みを懐にしまった。卑屈にならず、しかも十分に相手に謝意がとどくような身ごなしを、一茶は身につけている。包みの重さが胸を膨らませた。

「お引越しはいつになりますか」

「帰ってから家を探しますので、来月半ばごろになりましょうか」

「場所の見当は？」

「さよう。両国に近い相生町あたりと考えております」

「お移りになられたら、わたしも江戸に参った節は寄らせて頂きますよ」

と月船は言った。

月船が出て行くと、一茶は縁側に出て庭を眺めた。月船は帰るまでていいと言ったが、明日か、明後日にはこの家を発とう、と一茶は思った。どんなに気のおけない家に逗留しても、旅回りの人間には退け時というものがあるのだ。その時をはずすと嫌われる。

庭は日の色がさめて、暮れかかっていた。さっきの女の声が聞こえないかと耳を澄ましたが、庭の奥はひっそりとしていた。

三

一茶の句を記した紙の上から顔をあげると、成美は奇妙な笑いをうかべて一茶を見た。そして言った。

「不思議ですなあ。あなた、年は幾つになんなすったかな」

「前にも金令舎さんにそう聞かれました。去年のことですが……」

と一茶は苦笑いして言った。

「今年は四十三です。まさに馬齢です」

「四十三。そうですか、大体そんな見当だろうと思いましたが、そこが不思議ですな」

「………」

「いまになって句が変って来ましたな。二、三年前あたりから見えていたことだが、どうも本物らしい。ご自分では、どう考えていなさる？」

「さようです……」

一茶は首をひねり、さっと赤い顔になった。

「少し変ったかも知れません」

「感想をのべてもよろしいかな」

「どうぞ。そのつもりでお見せしたのですから」

「貧乏句が多くなった」

成美はそう言い、珍しく声を立てて笑った。前からそのことを指摘したかったらしく、少し興奮しているように見えた。

「あなたが貧しいことは、天下にかくれもない事実でな。貧をうたう句が出てきても、いっこう不思議ではない。しかし以前の句は、つつましくて哀れでしたな」

秋寒むや行先々は人の家
成美は、一茶が四年も前に作った句をおぼえていて、無造作にあげた。

「あのころは父御に死なれたあとで、秋雨やともしびうつる膝頭、冬桜家あるひとはとくかへるといった句が出来た。貧乏句は、こういう句と紛れて、目立たなかったですな」

「……」

「ところが、近ごろはぶしつけに貧しさを句にするようになりましたな。秋の風乞食は我を見くらぶる、梅が香やどなたが来ても欠茶碗、あるいはここにある……」

成美は持っていた紙を指でつついた。

「板塀に鼻のつかへる涼哉といった句です。待てよ、去年の句には、我庵の貧乏梅の咲にけり、というのもありましたな」

あれは感心しませんでしたな、と成美は少し厳しい顔で一茶を見た。成美は驚くほど正確に一茶の句を諳《そら》んじていた。

「これを要するに、あなたはご自分の肉声を出してきたということでしょうな。中にかすかに信濃の百姓の地声がまじっている。そこのところが、じつに面白い」

「……」

「しかし、いまのところは、あなたのこういう句はあなたの暮らしを知っているから面白いので、一句独立して面白いかといえば、まだそこまで行っていないように思いますよ。年の市何しに出たと人のいふという哀れ深い句にしてもそうです」

「よくわかります」

「わたくしの好みから言えば、ここにある、炭くだく手の淋しさよかぼそさよ。または前に拝見した深川や鍋すすぐ手も春の月、かすむ日や夕山かげの飴の笛、それに去年あたりの、卯の花や水の明りになく蛙、それから世路山川ヨリ嶮《けわ》シ……」

「木がらしや地びたに暮るる辻諷《うた》ひ、ですか」

その句が出来たとき、一茶は六軒堀町の露光の家まで見てもらいに走ったのである。

「そうそう。こういう句は、わたくしなどからみれば、安心していい句だと言えるわけですよ」

「……」

「言う意味はおわかりでしょう。高く心を悟りて俗に帰るべしという芭蕉の教えは、いまもわれわれ俳諧を志すもののお手本です。ここからどちらに傾いても、みなうまく行きませんでしたな。わたくしが安心できるというあなたの句には、ほぼこの正風が生かされていると思う」

「そうでしょうか」

「正直に申しますとな。わたくしはあなたの句に懸念を持っていました。歌仙はいいですよ。これは力がある。近ごろはわたくしも精いっぱい付けて、なおかつあなたに押されることがある」

「そんなこともありませんでしょう」

「いやいや、これはほんとです。だが発句はなかなかでしたな。むかしの人の句を盗んで手を入れてみたり、一度つくった句を何べんでも繰り返して出して来たりなさる。ほとんど句が出来ない年もありましたな」

「……」

「ところが五、六年前に、横町に蚤《のみ》のござ打月夜哉という句が出来た。これでご自分の句をつかんだと思いましたら、果してさっきのような句が、次次と出て来たわけですな」

「……」

「ところがあなたの句には、さっき言った肉声というか、地声というか、奇妙な変りようが見えるようになった。貧乏句ばかりじゃなくて、ほかにも二、三変ってきたところがあります。これがいい変り方かどうか、まだ何とも言えないところですな」

「……」

「というのは、うまく行けばほかに真似てのない、あなた独自の句境がひらける楽しみがある。しかし下手すれば、俗に堕ちてそれだけで終るという恐れもある。わたくしはそのように見ました」

「ありがとうございました」

「ところで……」

成美は口調を変えて、お茶を飲んだ。句の批評は終ったという感じだった。

「相生町に移って、どのくらいになりますか」

「一年足らずです。引越したのが去年の十月の末ですから」

「お客がふえたと、この前言っておられましたな」

「はあ、葛飾、下総あたりから、よく参りますな。それから江戸に来たからと、田舎の者が訪ねてきたり……」

「それなのに、どうしてこういう句が出来るのです？」

成美は句を記した紙を一茶に返しながら、一点を指でつついた。

「こわい句を作りましたな」

「……」

「貧も、あまりに極まるといけません。こういうときは、句を作るよりもわたくしのところにおいでなさい。いくらでも話相手になりますよ」

成美はやさしい眼で一茶を見まもっていた。心の中を真直ぐのぞきこまれた気がして、一茶はうろたえて白い頭を下げた。

台所に行って夜食を馳走になり、裏口から出ようとすると、顔なじみの女中が追ってきて紙包みを渡した。

成美の家を離れ、茅町まで来てそこに軒行燈を出している小さな伽羅《きやら》屋の店先に寄ると、一茶は立ちどまって、成美が持たせたおひねりをあけてみた。一分銀が入っていた。

時刻はまだ早かった。町は夜になったばかりだった。暑熱の季節が終ったばかりで、夜気は乾いていたが、まだ寒くはなかった。一分銀が懐にあることが、一茶の気分をさっきよりも明るくしていた。

――露光の家に行ってみよう。

まだかなりの人通りがある両国橋を渡ると、一茶は右に折れ、家がある相生町にはむかわずに一ッ目橋を南に渡った。露光にも句を見せ、どんなことを言うか聞いてみようと思っていた。露光は自分が作る句は下手だが、人が詠んだ句を批評する段になると凄いことを言った。辛辣で適確なことを言う。

だが、露光はいなかった。引越したのではなく、今年の春先ふっと家を出たきり、戻らないのだという。前に北本所に住んだときもそういうことがあったように、露光の家にはもう別の男が住んでいた。半年たっても何の音沙汰もないので、大家もあきれて僅かの家財を自分の家にあずかり、後を貸してしまったと、隣の夫婦者が言った。

「あんた、あのひとの知り合いかね」

「そうです」

「知り合いのあんたが、行方を知らねえのかい」

一茶は逆に問いつめられた。誰も露光の行方を知らなかった。

――また長旅に出たに違いない。

と一茶は思った。もし家に戻ったのであれば、誰かが家財を整理したり、後始末にきたはずだ。それが、半年もそのままだったということは、露光がまた長い旅に出た証拠だと思われた。

露光は下総、常陸で一茶と重なる地盤を持っていたが、もっともよく出かけるのは上総方面だった。六軒堀町の裏店に腰を落ちつけて、露光はまめにそういう歩き馴れた土地に出ていたのだが、今度はどことも知れない旅に出たようだった。露光は、あまりに長く六軒堀町の家に居すぎたと思ったかも知れなかった。そしてふと風に誘われて出て行ったのだ。

芭蕉が書きのこしたように、片雲の風にさそわれて、漂泊の思いやまないのが、旅回りに踏みこんだ俳諧師の抜きがたい痼疾《こしつ》なのかも知れなかった。一茶にも、その性癖がないとは言えない。

――だが、それは若い間のことだ。

と一茶は思わないわけにはいかない。露光は、はっきり確かめたことはないが、一茶の推測に間違いがなければ、とっくに六十を過ぎているはずだった。そのことは、西国の旅の途中、尾道で会った長月庵若翁を思い出させる。若翁にも老いの影が濃かった。生きていればいまは七十二、三のはずである。

――あの人は、まだ旅をしているだろうか。

一茶は思わず、ぞっとしてあたりを見回した。このまま、いまの暮らしをつづけていれば、露光や若翁の運命は、明日のわが運命だと思ったのである。

露光や若翁にどういう覚悟があるかは知らない。だが一茶は、自分の中にごく俗な願いがあることで、彼らとは違っているだろうと思っていた。いまの借家ほどの家でいい。小さな家があって、日日の糧を運んでくるほどの門人がいて、旅回りをしなくとも喰える。そういう暮らしを手に入れたくて、十数年あがいて来たのだ。あるいは人が笑うかも知れない卑小なのぞみ。だがそののぞみは、容易に達せられそうもなく、露光、若翁が歩いた道を否応なしに歩き続けているようだった。そして歩き続けることをやめれば、明日の暮らしがと絶えることも確かだった。

いつの間にか、二ツ目橋を渡って相生町五丁目にきていた。一茶は暗い路地をたどって自分の家に入った。粗末な家だが、小さな庭もある一戸建ての借家だった。

一茶は家に入って行燈をともすと、台所に行って米櫃をのぞいた。米櫃は底が見えたが、かき集めるとまだ五合近い米があった。一茶はひとつかみの米を小鍋に掬《すく》って、ざっととといだ。

「何がこわいたって……」

米をとぎながら、一茶はひとり言を言った。

「舌出した米櫃ほど、こわいものはないからな」

台所の始末はそれだけで、一茶は茶の間に戻った。愛宕社から引越すときかついできた、小さな黒光りする机の上に、わずかな書物が載っている。一茶はその上に、成美に見てもらった句稿を投げた。

その小さな机は、根岸の二六庵に住むことになったとき、下谷の古道具屋で安く求めた品だった。一茶はたびたび引越したり、旅に出たりして、時には人にその机を預けておいたことを忘れたりしたが、不思議にまた手もとに戻ってきた机である。

「そもさん」

立ったまま、一茶はまたひとり言を言ったが、部屋の中に、昼の間の生ぬるい温《うん》気《き》がこもっているのに気づくと、戸を開けてそこに坐りこみ、膝を抱いた。するとすぐに涼しい夜気が部屋に流れこんできた。いくらか風があるらしく、暗い庭でさやさやと竹の葉が鳴った。

――百姓の地声か。

一茶はぼんやりと机の上に眼を投げながら、さっき成美が言った言葉を思い出していた。成美は、一茶の句が変ってきたことを正確に指摘したが、なぜ変ったかまでは見抜けなかったようだと一茶は思った。あのひとが旦那だからだと思った。

言いたいことが、胸の中にふくらんできて堪えられなくなったと感じたのが、二、三年前だった。江戸の隅に、日日の糧に困らないほどの暮らしを立てたいという小さなのぞみのために、一茶は長い間、言いたいこともじっと胸にしまい、まわりに気を遣い、頭をさげて過ごしてきたのだ。その辛抱が、胸の中にしまっておけないほどにたまっていた。

だが、もういいだろうと一茶は不意に思ったのだ。四十を過ぎたときである。のぞみが近づいてきたわけではなかった。若いころ、少し辛抱すればじきに手に入りそうに思えたそれは、むしろかたくなに遠ざかりつつあった。それならば言わせてもらってもいいだろう、何十年も我慢してきたのだ、と一茶は思ったのである。世間にも、自分自身にも言いたいことは山ほどあった。中でも貧こそ滑稽で憎むべきものだった。それは長い間一茶をつかまえて、じっと放さなかったものだった。一茶が貧と、貧乏に取りつかれた自分を罵り嘲ることからはじめたのは当然だった。

秋の風乞食は我を見くらぶる、と詠んだとき、一茶は胸郭の中で、ひびきあう哄笑の声を聞いた気がしたのだった。自嘲の笑いだった。成美は一茶の句の変化を面白いとも言ったが、それよりはむしろ懸念のほうを語りたかったように見えた。

成美は正確に見ている、と一茶は思う。新しい傾向の句は、句の巧拙を越えて、内側から押し出してこようとする。押さえきれずに衝きあげてきて、時にはほとんど句のあるべき形さえ破ろうとするのである。成美のお気に召さなかったのは当然だった。

だが、大坂の大江丸だったらどう言うだろう、と一茶は思った。一茶は西国行脚のはじめにも、また四国から一たん上方に戻ったときにも、大江丸の家に長く滞在した。居心地もよかったが、大江丸は、江戸の成美も持っていないような俳諧の古書をあつめていて、それを読ませてもらうのが、楽しみでもあったのである。

大江丸は、そういう一茶の勉強好きに、好意を持ったらしかった。あれを読んだか、これは読んだかと世話をやき、時には一茶がこもっているひと間にきて、話相手になった。

そういうある日、大江丸は一茶が机にひろげている宗鑑の犬筑波を話題にした。

「俳諧というものが、どこから出て来たかちゅうことが、これを読むとおわかりでしょ。もともとが連歌の座興、大笑いして詠み捨てたものが俳諧でおますな。素姓はそないなものやということです」

「……………」

「芭蕉というおひとが、それをえらい高いところまで引き上げはった。立派なことでおます。しかし、さればといってみながみな、そう堅苦しく考えてはどもならんのやないかとあたしは思います。それぞれが詠みたいように詠めばよろしい。重頼は、底心《そこごころ》をかしかりせば、すなはちはいかいと言うてはりますからな」

一茶は、そのときの大江丸の言葉と、大江丸が指でつついて示した犬筑波の中の句をはっきりとおぼえている。ここに俳諧がおますな、と言って大江丸がつついたのは、つぎのような付句だった。

かすみのころもすそはぬれけり
さほ姫のはるたちながらしとをして
にがにが敷もおかしかりけり
我おやの死ぬる時にもへをこきて

犬筑波は、一茶に衝撃をあたえた。だが成美に習い、葛飾派から出てきた一茶にとって、犬筑波が放埒《ほうらつ》に過ぎる気がしたことも事実だった。こういう卑俗に過ぎるものだからこそ、芭蕉や蕪村は、その笑いを高いところに引きあげようと努めたのではないか。それがなかったら、真直ぐ川柳に行ってしまうと思い、大江丸の無造作な言い方にも、にわかに同調は出来なかったのである。

だがいま、あてもなく四十を越え、心の中に言いたいことがたまってくると、もう一度大江丸の言葉や初期談林の、奔放自在な言い回しが思い出されてくるようだった。正風の枠の中では吐き出せないものが、胸に溢れる。

放埒無慚《むざん》だと思った、我おやのという犬筑波の付句にしても、仔細に読めば、そこには親の死という人生の大事をひかえながら、その厳粛さを裏切る人間の生理のかなしみのようなものさえ浮かびあがってくる。

一茶を、句の中に押し出して行ったものは、そういうものでもあった。大江丸が、それをほめるかどうかはわからないが、それも句と認めることは間違いないという気がした。

一茶は腕をのばして、机の上からさっきの句稿をつまみあげた。

胸中のものを吐き出して、それで気が晴れるかといえば、そうでもなかった。むしろその裏側に、虚無の思いがぺたりと貼りつくようでもあった。自嘲の句を吐き出すとき、同時に徒労に似たこれまでの人生が見えてくるのである。そういうとき、はげしい無力感が一茶を襲った。

曲りなりにも、ここに一戸を構えたあと、客が多くなった。流山の双樹、祇兵、布川の月船、一茶の弟子である中村二竹ほかの郷里の人びと。ひやかし半分に道彦がのぞきに来たこともある。

一茶は客が嫌いではなかった。どなたが来ても欠茶碗、と詠んだように、折角客が来ても、割勘で蕎麦《そば》を喰いに出るような体裁の悪いこともあるが、一緒に芝居や名所と言われる社寺を見に行ったりすることもあった。

だが、別れて家に戻れば一人だった。貧と孤独はいつでもじっと彼を待ち構えていた。前途に何か明るいものが見えるわけでもなかった。

木つつきの死ネトテ敲《たた》く柱哉

成美がこわい句だと言ったその句は、そういう夜に出来たものだった。句稿の皺をのばして、一茶はその句をじっと見つめた。その句が出来たときの空気は、眼を閉じれば、いまでも身の回りにあった。

一茶は立ち上がって、またひとり言を言った。

「愚按ずるに、だ」

癖になっている無意味なひとり言だった。一茶は戸を閉め、押入れから薄い布団を出して、寝支度をはじめた。

四

文化三年の五月に、一茶は上総の富津《ふっつ》にいた。句会が済んだあとで、一人の客が残って、一茶の前に座を移すと、大多喜の柳雪と申します、と言った。

「大多喜？　それは遠いところから、ごくろうさまですな」

一茶は愛想よく言った。その日は土地の庄屋織本家の老女が一茶に弟子入りしたりして、一茶は機嫌がよかった。

「わたくしに何か？」

「つかぬことをうかがいますが、宗匠は露光さんをご存じですか？」

柳雪と名乗った小肥りの中年男は、そう言ってじっと一茶の顔をみつめた。

「露光さんは、江戸で昵懇《じっこん》にしているひとですが……」

一茶はあらためて男を見た。そして苦笑しながらつづけた。

「そう言えば、このあたりは露光さんの縄張りでしたな」

一茶がそう言ったのは、男があまりに生真面目な表情で自分を見つめているので、あるいはそうしたことを咎めるつもりかとも考えたのだった。旅回りの俳諧師の間で、縄張りがどうこうということがないわけではない。

だが、男は一茶がそう言うと、どういうつもりか軽く首を振った。

「やはりそうですか。わたくしはじつは今日、商用でこちらに参りまして、たまたま宗匠の句会があることを耳にしまして、寄らせてもらったようなわけです。と申しますのは、以前に露光さんから、宗匠のお名前を耳にしておりましたもので」

「はあ、そうですか」

と言ったが、一茶はまだ男が何を言おうとしているのか、よくわからなかった。

すると男が、少し声をひそめるようにして言った。

「すると、あのことはもうご存じですか」

「あのことと申しますと？」

「露光さんが亡くなられたことです」

え？　と口を開いたまま、一茶は声を呑んだ。男の顔に、少し気の毒そうな表情があらわれた。昵懇だと言った一茶が、そのことを知らなかったのを気遣ったようだった。

「ご存じなかったんですか」

「露光さんは、さよう、去年の春先に家を出て、それから行方が知れなかったものですから」

一茶はようやく言った。

「で、何の病気でした？」

「それが……」

男は顔を伏せた。

「お気の毒に、行き倒れで見つかったのです。去年の暮れのことでございました」

一茶はもう一度息を吞んだ。重い衝撃をうけていた。

鶴舞から大多喜に抜ける山中の道で、ある朝、真白に霜をかぶった男の死体が見つかった。死体は道を少しそれて、枯れ芒《すすき》の斜面の中に横たわっていた。苦しんだ様子はなく、疲れてひと眠りしているような形で見つかったのである。

その白髪の男の死体が露光だとわかったのは、近くの根古屋の村に、露光から俳諧を手ほどきされた男がいたからである。その男は、自分の家に露光を運び、柳雪にも使いをよこして凶事を知らせた。

柳雪は、露光がくると句会にあつまる大多喜の俳句仲間を連れて、根古屋まで行ったが、露光の素姓を知っている者は一人もいなかった。江戸からくる宗匠で通っていたのである。

仕方なく村役人にとどけて、仲間で簡素な葬式を出し、役人立ち会いの上で茶毘《だび》に付し、骨にした。骨は柳雪があずかった。

「露光さんが、御家人さんだったとわかったのは、この春のことです」

と柳雪は言った。大多喜には、ほかに梅牛という方が来られます、その方から露光さんの素姓が知れましたと、柳雪は一茶が知らない俳諧師の名前を言った。

「それで南本所のお家に、お骨をお持ちしたわけです。きちんとしたお屋敷でびっくりいたしました」

「ご新造さんに会いましたか」

「はい。お武家のご新造さまが、眼の前でお泣きになりましてな。われわれももらい泣きをいたしました。気の毒でございました」

「露光さんは、あの家にもっと早く帰ればよかったのですよ」

「そのようなお話でしたな。しかし……」

柳雪は顔をあげた。生真面目そうなこの男の顔に、やっと微笑が浮かんだ。

「あの方は旅が好きでございましたな。回って来られると、いつも生き生きと機嫌よくておられましてな。それにお酒も好きで」

「そう、そういうひとです。あるいは路傍に命終るのは、あのひとの本望だったかも知れませんな」

と一茶も言った。そう言いながら、気持が限りなく滅入《めい》って行くのを感じていた。

——だが、わたしは行き倒れはごめんだよ。

一茶がそう思ったのは、木更津から江戸に帰る船に乗っているときだった。富津にいる間はよく雨が降ったが、その日は真夏を思わせるような青空が海の上にひろがっていた。白い帆がはためき、艫《とも》の方に遠く上総の山山が見えた。

露光が、柳雪という男が語って聞かせたような死を迎えることは、予想出来ないことでもなかったのである。帰れば迎えてくれる家がありながら、露光はそうしなかった。そしてそういう死を選んだと思うしかなかった。

それは一茶には思いもつかない強い生き方かも知れなかった。だがおれはごめんだ、と一茶は思った。露光のような死に方はしたくない。

死体の上に真白な霜がおりていたという死にざまは、やはりみじめだった。誰もいない路傍で息絶えることを考えると、身ぶるいするほどこわくおぞましかった。だがこうして旅暮らしを続けていれば、それはいつか自分の身の上にも起こりかねないことだった。

四十になれば、すぐ五十になる。いつまで浮草の暮らしを続けるつもりかと、なじるように言った父親の言葉を、一茶は思い出していた。

——村へ帰るか。

日にかがやく沖のあたりに眼を投げながら、一茶は思った。

そのことを考えないではなかったのだ。四十を越え、江戸で一戸を構えることが容易でないと覚ったころ、一茶は時どきそう思い、父親が死の床でしたためた遺言状を取り出して眺めたりした。

だが決心は容易につかなかった。遺言状を持ち出して本気で掛け合うことになれば、血で血を洗うような争いになる。それも煩わしかったし、江戸に未練もあった。白髪になって故郷に帰るひるみもあった。

だがようやくその決断を迫られているような気がした。故郷に帰るか、それとも露光のように行き倒れを覚悟するかだった。江戸で身を立てる道は、まず無い。喉が乾くような焦燥を一茶は感じた。

帆柱に近いところで、どっと人の笑い声が起こった。内心のいら立ちを笑われたような気がして、一茶は思わず声の方を見たが、そこにはどこかにお参りに行ってきたらしい白装束の男女がいるだけだった。誰も一茶の方を見ていなかった。船は海の中ほどまで進んでいてかなり揺れていたが、白装束の一団は揺れを気にする様子もなく、元気のいい声で話し、また声をあわせて笑った。顔を海に戻すと、一茶はみじろぎもせず身の始末を思案した。

その秋に、柏原から弟子の二竹が相生町の家をたずねて来たとき、一茶は父親の遺言状を出して見せた。

「こういうものがあるのだがね」

「なんですか」

二竹は、一茶から受け取った遺言状を黙って読んだが、やがて怪訝そうな顔で一茶を見た。

「これを、どうなさるんですか」

「いや、それがあるから、柏原へ帰ろうと思えば帰れるなと考えていたところさ」

「お帰りになるつもりですか」

「だから、考え中ですよ」

「お帰りになることはないんじゃありませんか」

二竹はあっさり言った。

「そりゃわれわれは、そうなればしじゅう教えて頂けて有難いですが。しかし先生はなんといっても江戸の宗匠なんですから、村に戻るなんてもったいないですよ」

「………」

「それに、書いてあるとおりに財産半分よこせといわれたら、仙六さんも困るんじゃないですか」

一茶は沈黙した。二竹は事情を知らなかった。しかしそれにしても、一茶が柏原へ乗りこんで財産争いをはじめたら、村の者がどう考えるかを示して見せたようにも思えた。争う相手が、義母と弟だけでないのを、一茶は感じた。

「どれ、卦《け》を立ててやりましょうか」

一茶は気重く言った。一茶は易に凝っていて、また巧みでもあったので、二竹は人に頼まれて今日は縁談をうらなってもらいに来たのだった。

五

北国街道は、照りつける真夏の日に灼けていた。道ばたの草は、ことごとく埃をかぶって、ぐったりと葉を垂れている。

わずかに生気を帯びてみえるのは、遠く鳥居川の岸に穂を咲かせている芒の群落だけだった。川筋を風が通るらしく、芒は時おり身じろぎして白く日を弾き、暑さに凌辱《りょうじょく》されたような風景の中で、そこだけが生き生きとしてみえた。

柏原の村が見えてきたとき、一茶はわずかに気持がひるむのを感じた。

村へ戻るのは七年ぶりだった。その間の過酷な旅暮らしに漂白されたように、一茶の髪は白く変っている。顔には皺がふえ、口を開けば歯が欠けている。そして皮膚の色は、風雨と日の光にまんべんなく鞣《なめ》されて、海暮らしの漁師のように、もはやさめることのない褐色に染めあげられていた。

決して楽な暮らしをしているとは見えない、江戸からきた初老の男。故郷の誰かれが、そういう眼で自分を見るに違いないことが、一茶にはわかっていた。

俳諧のうえでつき合いがある少数の人間をのぞけば、大部分の柏原の人間にとって、一茶は若いころ村を出て、その後江戸で何をして喰っているかわからない男に過ぎない。自分たちの暮らしにはもう縁のない人間だが、好奇心の対象にはなる。人びとはそういう眼で一茶を眺めるに違いなかった。

そういう、ある意味では知らない土地よりも冷ややかな眼が待っている場所に、貧しげに年寄じみた姿をさらすのも辛かったが、一茶の気持のひるみは、もうひとつ底の方から這い上がってくるようだった。

弟の仙六から、亡父の七回忌をやるという知らせがとどいたとき、一茶の心を一杯に占めたのは、あいまいになっている遺産分けの話を切り出す機会がおとずれたという考えだった。

去年の五月、上総の富津で露光が死んだと聞いたあと、一茶は深い迷いに取り憑《つ》かれて日を過ごしたようだった。迷いは、江戸に残るか、それとも故郷に帰るかという単純な中身のものだった。単純だが、決めかねた。

俳諧師として、江戸で一戸を構えるのぞみは、ほとんど失われたと、一茶は思っていた。何の手がかりもないままに、月日だけが速く過ぎるのを見てきている。そうして月日がたち、年を取るたびに、そののぞみを手に入れることの難しさが、微細な隅まで見えてくるようだった。近ごろの一茶は、そのささやかなのぞみをも許そうとしなかった江戸という町に、ひそかに憎悪を抱いて暮らしているといってよかった。

句にもそれがあらわれる。

又ことし娑婆《しやば》塞《ふさげ》ぞよ草の家
君が代やよその膳にて花の春

二句は去年の正月に出来たものである。成美にはああ言われたが、一茶はやはりこのような句を作らずにはいられなかった。自嘲から境涯のかなしみが脱け落ちると、世を拗《す》ねる色あいが濃くなり、句がふくむ笑いはいびつなものになる。

君が代やよその膳にて花の春、を作ったとき、一茶は十二年前の寛政五年の正月に、肥後八代の正教寺にいて、君が世や旅にしあれど笥《け》の雑煮と詠んだことを思い返していた。だが隣家によばれて雑煮を馳走になり、戻って来た部屋で句帖にそう記した一茶から、十二年前のつつましい気分は失われていた。

失われたのは、つつましい気持ではなく、青雲の志といったものかも知れなかった。その時は確かにあったさまざまの、胸ふくれるようなのぞみが、いまは幻のように消え失せようとしていた。一茶にあるのは、失望と不満だけだった。

一茶は穀つぶし桜の下にくらしけり、とも作り、また成美の春雨や窓はいくつもほしきものという句にさからって、ひそかに春雨や窓も一人に一ツづつという句を作った。むろん成美には見せなかった。今年の正月も一茶は、はつ春やけぶり立るも世間むきと詠んだ。

自嘲が世を拗ねる身ぶりに、そしてそこから今度は居直って世を罵る身構えに変るのは、わけもないことのようだった。一茶の胸の中には世を罵倒する気分が暗くうずまいている。

だがそれでも、もしひょっとして、江戸で俳諧の宗匠になれたら、どんなに気楽だろうと、思う気持を一茶は捨て切れないのである。宗匠の看板をあげ、女房を持ち、手馴れた俳諧で飯を喰えたら、敗残者のように故郷の村に帰り、雪に埋もれる土地でまわりに気を遣って暮らすより、どんなに気楽か知れないと思うのだ。はなやかな芝居見物、物詣で、俳友との交わり。そういうものを一切捨てて、人生の中途から、暗い雲におしひしがれたような土地に帰り、そこで命を終ると考えることは辛いことだった。わずかなのぞみでも残されているかぎり、一茶は江戸を離れたくなかった。

だが、その気持に執着すると、いずれは野垂れ死にだぞ、と死んだ露光が警告していた。今年になって、一茶はもうひとつの死を見ている。四月に、交わりの深かった友達の滝耕舜が死んだ。お互いに家をたずね合い、話しこんで夜遅くなれば、そのまま泊ったりしていた唯一の親友の死は、一茶に衝撃をあたえた。一人ずつ、親しい人が死んで行くと思った。

一茶は深い落胆の中で、耕舜先生挽歌を作ってささげ、「思ひきや、けふ此人を夢になして、残る淋しさをながらへ見んとハ。まことに沖の舟のかぢをうしなひ、老の波のよるべしられぬ心ちし侍る。あぢきなき世のならはしにこそ。此次ハ我身の上かなく鳥」と、その死を悼んだ。

帰るならいまのうちだ、と一茶はそのときも思ったのである。父親が言ったように、足腰立たなくなってから故郷に戻っても、誰も相手にはしないのだ。

故郷に帰るということを、それまでも考えなかったわけではない。それは父親の遺言状を懐にして江戸に戻ったときから、ずっと胸の中にあったことだった。だがそれは、二人の知人の死を見送ったあたりから、にわかに切実味を増して、一茶の気持の中に入りこんできたようだった。

――遺言状の文句が、まだあたたかいうちに、話をつけておかなければならない。

そう思っているときに、仙六から七回忌の通知がとどいたのである。話を持ち出す機会が、向うからあたえられたようだった。一茶の迷いに決着がついたわけではなかった。単純ながら深刻な迷いの中で、一茶はまだ心を決めかねていたが、戻るにしろ、あるいは戻らないにしろ、話の決まりをつけておくことが必要だと思ったのである。

だがそう思って眺めると、故郷は手ごわい土地に思われた。遺言状のことは、江戸に帰る直前に一度持ち出し、鼻であしらわれたという感じを持っている。今度も、そのことで故郷があたたかく迎えることはないだろう。家の者はむろん、まわりの者も。そう思うと一茶は、身体が内側から冷えてざわめくような気がした。

村が見えてきたとき、一茶を襲ってきたひるみは、亡父の七回忌に帰ってきただけでなく、胸の中に決して歓迎されないその用件を抱えていることを、改めて気重く思い出したためだった。

白く乾いた道が村まで続いていた。昼さがりの道には前にもうしろにも人影がなく、歩いているのは一茶一人だった。汗を滴らせながら一茶は歩き、ふと救いをもとめるように、あたりを見回した。空は晴れているのに、野は遠くでどんよりと霞んでいた。そして黒姫山は、不機嫌に雲に隠れたままだった。

ゆるやかな登りの道を、一茶はゆっくり歩いて村に入って行った。頭の上から、狂ったように重なりあう蟬の声がかぶさってきた。諏訪神社の前を通りすぎてから、一茶は伏せていた顔をあげ、窺うように道の前方を見た。

道の真中を走る疎水が、松並木の陰に涼しげな音をたて、遠くの道に、二、三人の人影が動いているだけだった。柏原の宿は、午睡をむさぼっているのか、静まり返ったままで、一茶を見咎める者はいなかった。

本陣の脇あたりから、不意に数人の子供たちが道にとび出したが、それもすぐに喚声をあげて道を北の方に遠ざかって行った。

門口を入ると干草の匂いが一茶の顔を包んだ。庭いっぱいに草が干してあり、その中に仙六が立って、草を返していた。後姿の肩のあたりに、父親に似た影をみて、一茶は胸を衝かれたが、一茶を迎えた仙六の態度は、父親とは似ても似つかぬものだった。

一茶が声をかけると、振りむいて「おう」と言っただけだった。そのまま挨拶をするでもなく、草を返している。鼻白む思いで一茶は家の中に入った。

出迎えたのは初対面の仙六の女房だったが、さすがに尋常な挨拶をし、すすぎの水を運んできて甲斐甲斐しく世話をやいた。

茶の間に上がると、仙六の子供が、手足を投げ出して昼寝をしていた。義母のさつの姿は見えなかった。立ったまま、一茶は聞いた。

「かあさんは？」

「畑に行っています」

と仙六の女房は言った。そして、いまお茶を淹《い》れますから、と言うと台所に立って行った。

一茶は腰をおろすと、荷を解いてみやげ物を出した。そして腰から莨入《たばこい》れを抜き出した。子供は額にいっぱい汗をかいて眠っていた。その顔の上を、蝿が一匹執拗にとび回っている。蝿を眼で追いながら、一茶はこの家の中に、いま坐っている場所しか、自分の坐るところがなくなっているのを感じた。仙六が家の中に入ってくる気配もなかった。

六

「それで、いまは何で喰ってるんだね」

と、本家の弥市は言った。弥市は酔っていた。檀那寺の明専寺で、無事に七回忌の法事が済み、そのあと家に戻ってからの酒宴も終って、親戚の者は、暮れると間もなく引きあげて行った。残っているのは弥市一人だった。

「この前言ったとおりですよ。俳諧を教えて喰っています」

「ふーん、俳句の宗匠か」

弥市は疑わしそうな眼で、一茶をじろじろと見た。

「しかしそれじゃなかなか楽には暮らせんだろう」

「まあ、何とかやっていますよ」

「しかしお前もしくじったな。この前仙六に聞いた話だが、まだ女房もいないらしいじゃないか」

「……」

「あちこちと奉公先を変ったのがまずかったな。ちゃんとひとところに勤めていたら、いまごろは店一軒持てたかもわからん。辛抱が足りなかったよ、お前は」

弥市は説教する口調になった。俳諧というものを認めていないようだった。弥市は一茶を頭から失敗者だと思うらしかった。もっとも俳諧を認めたところで、一茶のいまの暮らしぶりを知れば、弥市はやはり一茶を失敗者だとみるに違いなかった。

ようやく弥市が帰ったあと、一茶は行燈の下に首を垂れて坐っていた。僅かしか飲まなかった酒がさめて、身ぶるいするほど身体が冷えてきていた。今日は朝から曇りで、日中も秋のように涼しかったが、夕方になると霧が出て、夜気は急激に冷えてきたようだった。七月のさ中でも、日が射さなければ冷えびえと寒い土地だった。

仙六の女房と手伝いの女が座敷に入ってきて、にぎやかに喋りながら、喰い散らした膳を片づけはじめた。

「江戸の兄ちゃん」

まだつくねんと、膝を抱いて座敷にいる一茶に、仙六の嫁はそんなふうに呼びかけた。家の中で、この女だけが一茶に人なみの好意を示すようだった。

「寒くなったから、茶の間で火にあたったらいいでしょに」

「はい、ありがとう」

と一茶は言った。しかしそう答えながら、この女だって、おれがあの話を切り出せば、いままでのように親切にはしてくれまい、と思っていた。

女たちが出て行っても、一茶は背をまるめて坐りつづけていた。外の闇から押しよせてくる冷えに悴《かじか》んだように、心の中に臆病な気分がじっと蹲っているのを感じる。

——無理なんじゃないか。

と一茶は思っていた。いまこの家を支配しているのは、一茶がいたころとは手ざわりが異なるしきたりだった。一茶はそのことを、父の弥五兵衛が生きていたころにも、一度感じたことがある。いまはそのころから、またひといろ変ったようだった。その変化は、弥五兵衛が死に、仙六の嫁が家族としてこの家になじむという成行きの中で、自然に生まれてきたものに違いなかった。

いまこの家は、疑いもなくさつと仙六夫婦と、夫婦の子供の家だった。新しいしきたりが、堅実にいまの暮らしを動かし、それはまたこの家屋敷と十石の田畑、山林とわかちがたく結びついているのが感じられた。その中に他人（と一茶は自分のことを思った）が割りこむ余地があるとは思えなかった。財産を分けろなどということは、やはり無理なんじゃないか。

一茶はようやく立ち上がって、茶の間をのぞいた。茶の間には行燈が出ていなくて、寒い季節のように、炉に赤赤と火が燃えていた。炉ばたに人が二人坐り、額をつけあうようにして何か話している。火明かりに照らされた顔は、義母のさつと仙六だった。

一茶がのぞくと、さつは敏感にその気配を感じ取ったようだった。きっと一茶を振りむくと話をやめ、立ち上がって台所に入って行った。

「仙六、ちょっときてくれないか」

と一茶は言った。仙六は振りむいたが、そのままなぜか黙っている。暗くて仙六がどういう表情をしているかは見えなかった。一茶がもう一度くり返すと、仙六はようやく、何だねと言った。

「話がある」

「話なら、ここでいいじゃないか」

「いや、そこじゃまずい。二人だけで話したいのだ」

一茶が、少し強い口調で言うと、仙六はのっそり炉ばたから立ち上がってきた。暗がりに動いたその身ごなしが、また死んだ父親に似ているのを一茶は感じた。

「話ってなんだね」

行燈のそばで一茶とむき合うと、仙六は背をまるめ、手を揉みながら身構えるような口調で言った。仙六の顔には、まだ酔いが残っていた。一茶はその赤い顔から眼をそらし、しばらく黙ったが、やがて低い声で切り出した。

「親爺の遺言状のことは、おぼえているだろうな」

「ああ」

「あれの決まりをつけてもらいたいんだ」

「決まりって言うと？」

仙六は顔をあげた。かたくななものが、仙六の顔にうかび上がっていた。仙六は自分のまわりに眼に見えない囲いをめぐらし、その中に一茶を一歩も踏みこませまいとしているように見えた。むろんその囲いの中には、彼の家族がいる。

「遺言状には、この家の財産を半分に分けると書いてある」

「………」

「それは親族一同も認めたことだ。ただこの前は、今すぐというわけにはいかないから、改めて相談するということだったんだ。そうだな？」

一茶は少しずつ仙六の反応を確かめるように顔色を窺いながら、慎重に言葉をつづけた。

「あれから考えたかね。おれは、それについてお前から何か言ってくるんじゃないかと思って、ずっと待っていたんだが、何の音沙汰もなかったから、こうして聞いているわけだ」

「あの話は無理だな」

仙六はそっけなく言った。だがそのそっけなさに気がさしたように、少し顔色をやわらげてつづけた。

「おれだって喰わなきゃならないからな。少しだけ分けろということじゃないんだから」

「少しじゃないよ。半分だ」

「それが無理だと言うんだよ。あんただって、それはわかっているはずだ」

仙六はむっとしたように言った。酔いとは別の赤味が、仙六の顔をふくらませたように見えた。

「どうしても半分なきゃ、あんたが喰えないというのなら話は別だ。だが、そうじゃないだろ？　おかしいじゃないか。あんたは江戸でちゃんと喰っているんだから」

「いや、半分もらえるとなれば、おれは帰ってくるよ」

「やっぱりその話かい」

不意に声がした。一茶が顔をあげると、座敷の入口にさつが立っていた。いつの間にかきて、そこで聞き耳を立てていたらしかった。さつの頭は残らず白髪になり、顔も身体も痩せて、前よりひと回り小さくなったように見えたが、きつい眼の光は変らずに、きっと一茶を見おろしていた。

「必ずその話持ち出すから、気をつけろって、さっき言ったのさ。そんな虫のいい話をきけると思ってか」

「母さんも、ちょっと坐らないかね」

「ごめんだね。お前と話すことなんか、何もないよ」

さつは息をはずませて言った。

「とんでもない話さ。まるで財産泥棒じゃないか。自分じゃ何ひとつ働きもせんで、人が大きくした田畑を半分とろうと言うんだから」

「………」

「よくも平気な顔でそんなことが言えるもんだよ。感心するよ。村の衆に触れてやろうか。家に、いま江戸から大泥棒がきているって。え？」

「しかし、仏の遺言は遺言だからな」

「なにが遺言だね。病人をだましてろくでもないことを書かせて」

「ばあちゃん。もういいから向うへ行ってろよ」

と仙六が言った。さつはそう言われても、荒い息を吐いてしばらく一茶をにらんでいたが、やがてぴしゃりと襖を閉めて座敷を出て行った。

さつの怒りはもっともだ、と一茶は思った。おれは田畑をふやすために働きはしなかったし、いまも額に汗して働いている人間ではない。あちこち回り歩いて、かき集めてきた草鞋銭で、芝居を見たり、切見世の女を買ったりしている男だ。骨身惜しまず働いている者に、田畑を半分よこせと言えるような人間ではない。

一茶は顔をあげた。仙六が何か言っている。

「ん？」

「かんべんしてくれって言ったんだ」

「まあ、いますぐ決めろってわけじゃない。お互いにもう少し考えよう。しかしおれにも田畑もらっていいわけはあるぞ。こんなことをお前には言いたくないが、もともとこの家の跡とりはおれだ。かあさんはああ言うが、この家のもとからの財産というものはある」

仙六はちらと一茶の顔を見たが、苦しそうに顔をそむけて黙りこんだ。そのまましばらく気まずい沈黙がつづいたが、仙六がふと気がかりなことを聞くといった口調で言った。

「いつ帰るんだね」

「そうさな」

一茶は淡い行燈の光に浮き上がっている縁側のあたりに、ぼんやりと視線を迷わせながら、あいまいに答えた。黒光りしている縁側の板、その上の、いつ見ても蜘蛛が巣をかけているような煤けた天井。縁側の柱にぶらさがっている、昔から一度も使われた痕跡のない赤錆びた大きな鉄の鉤《かぎ》。いたるところに小さいころの記憶がこびりついているこの家が、まるで見も知らぬ他人が入りこんで来たかのように自分を拒むのは、奇妙なことだという気がした。

「そうだな。ふた月ぐらいは、いて行く」

「ふた月?」

「心配しなくともいい。この家に居据わろうというわけじゃない」

一茶は仙六の顔にあらわれた、新しい警戒の色を消してやった。

「俳諧の仕事で、このあたりを回って行こうと思っている。行く先先でうまく泊るようにするから、お前に心配はかけないよ」

七

一茶は数日後、年礼の東にある赤塩村毛野に滝沢善右ェ門を訪ねた。善右ェ門は柏原の中村二竹の親戚で、一茶とは古くから文通があった。お帰りの節はぜひともお立ち寄りくだされたく、といつも便りに書いていた。可候という俳号で句を作る。

可候は一茶の訪れを喜んで、今夜は近所の俳諧好きを集めますから、ぜひ一泊してください、と言った。よもやまの話が済んだあとで、一茶は訊いた。

「このあたりで俳諧のさかんな土地というと、どのへんですかな」

「まず柏原、野尻」

と可候は指を折った。一茶は首を振った。

「柏原は駄目です。あそこは長月庵さんのお弟子が多くてな。私の入りこむ余地はありません。二竹さんは例外だが」

「そういえば、親爺の平湖は長月庵の弟子か」

と可候は言ったが、はっと気づいた顔色になった。

「こちらにお帰りになるんですか。柏原に」

「いや、まだはっきりそうと決まったわけじゃありませんが、ひょっとすると帰ってくるかもわかりません」

「それはまた、思いがけない話ですな。そうなったときは、わたくしもぜひお弟子のはしに加えて頂きたいものです」

可候はにこにこしてそう言ったが、また手のひらを出した。

「するとまだどこの派にも入っていない、下手でも何でもともかく俳諧が好きというひとが多くいるところがいいですな、それなら六川、浅野、小布施……」

と可候はまた指を折った。

「六川に行ってみてください、大庄屋の寺島さんというひとが、夏蕉と言いまして句を作ります。それに御陣屋の玉木恒右エ門さんという方、其璧《きへき》と言いましたかな。それに知洞さん。この方は梅松寺の法印です」

一茶は矢立を出して、可候が言った名前をいちいち書きとめた。

もし遺産わけがどうにか片づき、帰ってくるとすれば、と一茶は仮定してみる。そのときは俳諧で喰えるだけの地盤を、柏原周辺に養っておかなければならない。土地をわけてもらっても、この年になって鋤鍬取って田に下りるということは無理だが、常総の回り先のような俳諧の知己がいれば、帰ってきても江戸帰りの宗匠で喰っていけるだろう。それなら身体も楽だし、体裁もいいと一茶は考えていた。

「それで、いつお帰りになるようになりますかな」

と可候が言った。一茶は矢立をしまいながら、少しうろたえた顔になって手を振った。

「いや、まだ本決まりというわけじゃありません」

「はて」

可候はわからない、という表情で一茶を見た。

「決心がついていなさらないということですかな」

「田畑を少しわけてもらえるかも知れんという話になっているのですよ」

「ははあ」

「死んだ父親の遺言というものがありましてな」

一茶は唐突に言った。

「可候さんもご存じのように、私は柏原の家の総領で生まれました。その総領が、江戸でうろうろしているのが、父親は気にかかって仕方なかったものとみえます」

「……」

「死にぎわに、財産分けの遺言状を書いてくれました。いまでもそのときの父親の気持を考えますとな、涙がこぼれます」

「ごもっともですな、そうですか」

「わたくしは別に、江戸で喰うに困っているわけじゃありません。立派にやっているつもりですが、仏の遺志も無には出来ません。帰れば仏もさぞかし喜ぶだろうと思ったり、それに正直の話、わたくしも少少江戸暮らしに倦きました。根が田舎者、どうしても江戸の人間になり切れないところがございましてな」

「そうですか、そうですか。それでお帰りになる」

「はい、出来たらそうしたいと思っていますが、しかし家はいま弟が継いでいます。打ち明けた話をしますと、その話合いが面倒なことになっていまして。どうけりがつくか、いま以て見当がつかんのですよ。いえ、弟を責められません。人間誰しも欲というものがあり、それがあるのが当然ですからな」

「すると、その話がつけば、お帰りになるということですか」

「そうです。それがうまく運べば、親の遺志ではあるし、わたくしは喜んで帰りますよ。だがあくまでも駄目ということになりますと、帰るのはちとむつかしゅうございましょうな」

　このあたりに地盤を作っても、遺産分けがうまくいかなければ、帰ってきても常総の旅をこの土地に移すだけのことになる。その日暮らしが変るわけではない。むしろ成美、馬橋の斗囿、流山の双樹、布川の月船といった有力な庇護者を失って、暮らしは悲惨なものになりかねない。

　そんなふうに故郷に敗残の姿をさらすぐらいなら、むしろ露光のように、他郷に野垂れ死ぬほうがましだ、と一茶は心の中で考えていた、そして遺産分けののぞみが、まったく絶えたわけではない、とも一茶は思っていた。

一茶はそれからふた月ほどの間、北信濃のあちこちを回った。そして一茶自身意外に思ったほど歓迎をうけたりした。遺産問題がうまく行けば、故郷に帰っても喰えるかも知れない。そういう感じを抱いて一茶は江戸へ帰った。江戸に着いたのは十月八日だった。

江戸には饐《す》えたような匂いが漂う家と、貧が待っていた。二、三日後にも、また下総へ出かけなければなるまい、と一茶は米櫃の中の残り少ない米をのぞきながら思った。暗い顔になった。

「そもさん」

戸を開けはなし、黴《かび》の香とも、物の饐える匂いともつかない異様な香が籠る空気を入れかえながら、一茶は例によって大きなひとりごとを言った。

そのとき不意に眼の前で、物が裂けたような感じが走った。一瞬のその感じの中に、一茶は自分の安住をどこまでも妨げている者の正体を見たように思った。その人間は、一茶が故郷に帰るのを拒み、むしろ他郷で野垂れ死にすることをねがっていた。いや、そうじゃない。もっと前からそうだったのだ、と一茶は思った。一茶の眼にうかんでいるのは、白髪のさつの姿だった。

「たまに来た古郷の月ハ曇りけり、か」

一茶はひょうきんな声で呟いた。だが険しい表情になっていた。胸に憤怒がつきあげてきている。義母のさつ。おれの不幸のすべてがそこからはじまっている、と思った。足に残る旅の疲れも、心をおびやかしてくる残り少ない米も、饐えたような家の中の匂いも、あの女が子供のおれに加えた仕打ちからはじまっている。江戸奉公、その間をつなぐ浮浪に似た日日。俳諧に救われたと思ったが、それは放浪のはじまりだった。いまもつづき、いつ終るとも知れない長く、疲れる放浪。

——遺産分けで、大きな口はきかせない。

一茶は立ち上がって、軒先にひろがる初冬の青空を見上げた。おれが黴臭い部屋で明日の米を思いわずらっているとき、連中はぬくぬくとあたたかい飯を喰い、打ちとけて笑っているのだ、と思った。

そう思うと、義母の剣幕に押されて、あれだけの話で帰ってきた自分に、言いようのない苛立ちを感じた。長い不遇な暮らしの代償を受け取るのだ。遠慮することはひとつもなかったのだ、と一茶は思った。

ひと月後の十一月五日。一茶はまた牟礼宿の西、小玉の村はずれを北にむかっていた。善光寺を出てくるときは青空だったのに、山ひとつ越えたそのあたりは霙《みぞれ》が降っていた。心を暗くするような霙だった。

一里塚から落影《おちかげ》村にかかるあたりで、日が暮れた。霙はやみそうもなく、暗さを増して行く街道の四方に音を立てた。

——雪になるかも知れないな。

と一茶は思った。そのころになって、一茶は気持がひどく萎《な》えているのを感じた。下総をひとまわりして路銀をあつめ、江戸をたったときは、一刻も早く遺産分けの片をつけねば、と焦燥に心を焼かれていたのである。その勢いが、心の中から失われていた。

やはり無理なんじゃないか、とまたしても一茶は思いはじめていた。一たんそう思うと、この間帰ったばかりの人間が、なんでまた戻ってきたかと人が見咎めはしないかと考えたり、義母や仙六が、どんな顔で迎えるだろうと、その場の気まずさを思い描いたりして、心は小さく悴《かじか》むばかりだった。一茶は、濡れた足もとから、氷のような冷えが這い上がってくるのに耐えながら、暗い道を歩きつづけた。

柏原の宿に入ったとき、霙は雪まじりになった。ぼんやりと家家の灯が漂う夜道に、時どき白いものがちらついた。家の近くまできたとき、一茶は不意に声をかけられた。

「おや、弥太郎じゃないか」

この寒い夜道に、人は出ていまいと思っていた一茶は、棒立ちになって声の主を見た。川のそばに、近所の家の年寄が立っていた。死んだ父親と同じぐらいの年輩のはずだが、男はまだ屈強な身体つきをしていた。

傘をさし、右手に小桶をさげているのは、小川に何かを捨てに出た様子だった。ぼんやりした光にうかんだ年寄の顔には、奇妙な笑いが揺れている。男は黙って立っている一茶に、浴びせるような大声で言った。

「また遺産分けの話できたか。精が出ることだの」

それだけ言うと、年寄は急に興味を失ったように一茶に背をむけて、水辺に降りて行った。

一茶は黙って歩き出した。男の嘲りが、残っていたわずかな気力まで奪ったのを感じた。おそらく義母のさつは、一茶が帰ったあと、一茶がどんな理不尽な要求を持ち出したかを、隣近所一帯にくまなく触れまわったのだ。

そう思うと、ひっそりと霙に濡れている村の家家が、それぞれにこっそりとこちらを窺っているような無気味さを感じた。村は明日眼ざめて、おれがまた舞い戻っていることを知れば、一斉に嘲り笑うだろうと一茶は思った。

戸口に出てきた仙六の嫁は、立っているのが一茶だとわかると「あら」と言った。細い眼をいっぱいにひらいて一茶を見た。親しみやすい丸顔に、七月にきたときのような笑いはうかんで来なかった。嫁は、こわばった顔でじっと一茶を見つめたが、急に無言のまま背をむけると、踏み板を鳴らして茶の間に上がって行った。

「またきたって？」

茶の間から、さつの驚愕した声が洩れてきた。

「何しに？」

「決まってるじゃないか。また田んぼ分けろっていう話できたんだろ」

そう言ったのは仙六の声だった。それっきり茶の間はしんとして、仙六の嫁も戻って来なかった。

外で、切れ目なく霙の音がつづいている。一茶は足から這い上がる冷えが、しきりに胴震いを誘うのに耐えながら、中から、誰かが声をかけてくるのをじっと待ちつづけた。そのままでは入りにくいような、不機嫌にこわばった空気が、家の中から押し寄せてくるのを感じながら、土間に佇《た》ちつくしていた。

八

弟の仙六が、突然に江戸の一茶をたずねてきたのは、翌文化五年の二月だった。

「いやあ、ひどい目にあった」

仙六はみやげだと言って、無骨《ぶこつ》な手つきで一茶に菓子袋を押してよこすと、そう言って苦笑した。

「両国橋までは迷わずにきたども、それから先がわからなくてな。人に聞いたら、あっちに行けの、こっちに行けのと言うことが違うもんだから、いやあ、いい年して迷い子になるところだった」

「何か急な用事か」

と一茶は言った。去年の暮れ、一茶は雪が降りつもった柏原に、わずか四日いただけで、ほうほうの体で江戸に逃げ帰った。それはまったく逃げ帰ったというしかない結末だった。義母と仙六は取りつく島もない態度で終始し、雪の柏原はひどく寒かったのだ。

雪の日や古郷人もぶあしらひ
心からしなのの雪に降られたり

その旅で一茶が得たのは、心も凍るようなそういう句だけだった。どうしても帰るつもりなら、喧嘩するしかないのだ、と一茶は帰りの道中で、またぞろ顔をもちあげてきた後悔に苛《さいな》まれながら戻ったのである。


——何しに訪ねてきたのか？

一茶は去年のことを忘れたような顔で、古びた畳に坐っている仙六を訝《いぶか》しんでいた。一茶は去年の冬、柏原の家の者からうけた仕打ちを忘れていなかった。

「急というわけでもないが、今年は死んだばあさんの三十三回忌で、法事あげなきゃならんが、少し日にちを繰りあげようということで、その知らせできた」

一茶ははっとした。そうか、ばあさんの三十三回忌かと思った。貧しい暮らしのやりくりにかまけて、ただ一人自分をかばってくれた祖母の死を忘れていたようだった。

「繰りあげるというと、いつだね？」

「七月のはじめにやってしまいたいと思ってな。ごくろうだけどまたきてもらいたいのだ」

行くとも、と一茶は思った。小躍りしたい気分が胸の中で動いた。わざわざには行きにくいが、それなら無理なく帰って、またあの話を持ち出せる。しかし、まだ訝しい気持が残っていた。

「その話でわざわざ来たのか」

「いや、そうじゃない」

と仙六が言った。

「例の公事《くじ》が、どうも思わしくないという話で、四、五人が、まあ村代理で様子見にきたもんで、そのついでだ」

仙六は一緒に来た人間の名をあげた。村役人二人に、あとは村で裕福と言われている百姓たちだった。仙六もその中に入っているわけだった。

公事というのは、三年前から柏原、古間、牟礼の三宿が、幕府評定所に訴えていた「川東道附通し禁止」の訴訟だった。北国街道を、人と一緒に荷が通る。その荷を運ぶ駄賃かせぎが、宿の人びとに軽視できない収入をもたらすのである。一茶の父弥五兵衛も、鑑札をうけて駄賃稼ぎをした。

ところが近年になって、野尻から飯山、中野へ抜ける川東道を通る荷が多くなり、本街道の宿場では、口銭が取れず宿場が困窮するという理由で訴えを起こしたのであった。三宿は中野代官所支配下にある天領だったので、訴訟を幕府に提出したのである。

「そうか。お前もいまは上百姓だから、村代理で来たわけだ」

一茶がそう言うと、仙六は照れたように、いや、そういうことでもねえが、と口を濁した。

そういう話をしながら、仙六はしきりに部屋の中を眺めまわしていたが、ついにこらえきれなくなったという顔色で、小声で一茶に言った。

「江戸暮らしというと、もう少し派手なもんかと思っていたが、案外に粗末な家だの」

「そりゃお前。江戸と言ってもいろいろな人間が住んでいるさ」

一茶は苦笑した。そして、待て、お茶はないがいま湯をわかして出そう、と言った。一茶が台所から白湯《さゆ》を運んでくると、仙六はどこかひるんだような顔色で、まだ部屋の中を見回していた。すさまじく破れた襖、毛ばだって糸が見えている畳。

一茶も仙六の視線を追って、そういう部屋の中を眺めまわしてから言った。

「この家だって、やっと借りたのだ。その前は江戸のはずれにある、お宮の物置に住んでいた」

「………」

「こういう話は、お前が来たから聞かせるのでな。本当は家の者にも知られたくなかった。おれにも体裁というものがある。四十六にもなって、こういう暮らしをしているとは言いたくない。村の連中には言うなよ」

「………」

「この家から、下総、常陸と知り合いをまわり歩いてな。俳諧の相手をして草鞋銭をもらってくる。俳諧師といえば聞こえはいいが、何のことはない。それで暮らしを立てているのよ。貧乏暮らしだ」

「ほかにもっと暮らしようはないのかね。弟子をとって教えるとか」

「それが出来れば言うことはないさ。そうなりたいと思って、おれもがんばったよ。ひととおりのがんばりじゃないぜ、仙六」

「そうか」

「おれだって人なみに嬶ァ《かか》を持ち、子供も欲しいからな。がんばったが、いかんせん世間は甘くないということさ。信濃の百姓の倅が、江戸で宗匠の看板をあげるのはむつかしかった」

「……」

「まだ、この体たらくだ。この間、家の前のドブ板が盗まれてな」

「ドブ板？」

仙六は怪訝な顔をした。

「そう、ドブ板だ。何のために盗んだと思うね？」

「さあて」

「寒いから、それを焚いてあったたまるわけだろうな。このあたりは、ま、そういう人間が住んでいるところでな。全部じゃないから、まあええわと思っていたら、次の日に残りも盗まれた」

一茶は笑った。実際一茶は、そのとき憤慨もしたが、おかしくもあったのだ。一茶も貧していうるが、人の家のドブ板を盗んで焚こうとまでは思わない。この界隈に、自分より上手《うわて》の貧乏人がいるということが滑稽だった。

「半分て言わなきゃいいんだよ。兄貴も」

仙六が、うつむいて小さい声で言った。

「え？」

「いや、財産分けの話だけどな」

仙六は顔をあげて、口籠るように言った。

「おれも、まさか兄貴の暮らしが、こんなふうだとは思わないから、この前はきついことを言ったが、こりゃ少し考えなきゃならんなあ」

一茶は仙六の顔を見た。自分から財産分けの話を出しながら、仙六の顔には、柏原の家で見せたような身構える感じはうかんでいなかった。仙六は、一茶とむかい合うときいつも身のまわりにめぐらしていた囲いを、自分の手で一部取りはずしていた。

「半分分けと言うから、話がきつくなるんじゃないのかね。そうじゃなくて、もう少し納得のいく線というものを、あんたが出してくれれば、おれは相談に乗るよ」

「そうか。よく言ってくれたな」

一茶はそう言ったが、そのとき一茶の内部で、ある狡猾な気持が動いた。そういう気持の動きは一茶が、人の家を渡り歩く貧しい暮らしの中で学び取ったものだった。

一茶は仙六が自分の手で開いてしまった心の隙間を、じっとのぞき込んだ。仙六は無防備に、なごやかな顔で白湯をすすり、この家はお茶もないのだからな、と言っていた。その隙間を、もう少しひろげておくことだ。

一茶は半分分けの話には触れずに、別のことを言った。

「お前には話したことがなかったが、おれは子供のころ、いまのばあさんにはずいぶんといじめられたのだ」

一茶はわざと平気そうに笑った。だがそれで十分だった。仙六はうつむいて、その話は村の者に聞いたことがある、と言った。

「総領のおれが家を出るようになったのも、もとはと言えば、そういうわけでな。ばあさんと合わないから家を出されたのだ。それでこういう貧乏暮らしをしている。誰に聞いてもらってもいい、ほんとの話だ。この前も言ったように、親爺の遺産をもらっていいだけの理由はあると思うよ」

浅草に泊っているという仙六を、両国橋まで見送ると、一茶は家に戻った。火鉢のそばに蹲ると、豆粒のようになっている火を掘り起こして莨《たばこ》を吸った。

日暮れ近い白っぽい日射しが、出窓の障子を染めているのを、一茶はぼんやり眺めた。仙六が残して行った、いろいろな隙間のことを考えていた。仙六は三十三回忌に帰ってきてくれとわざわざ告げに来、遺産分けについては、半分は困るが、ともかく相談に乗ると言いおいて帰ったのだ。隙間だらけだった。勝負をつけるなら、七月に帰ったときだ、と一茶は思った。

――今度は、へまはやらない。

と思った。

一茶の心は、死んだ祖母に移って行った。一茶は六つごろまで、夜は祖母に抱かれて寝て、しなびた乳房をもてあそびながら、眠りについたのである。

小さな髷《まげ》をいつもきちんと結い、小柄で、その上に乗ると、膝があたたかかったと思った。一茶をなめるようにかわいがり、あの気性のはげしいさつに対して、一歩もひかずに猛だけしく応酬して一茶をかばった。

三十三年にもなるのか、と一茶は思った。三十三年前。そのときから、おれの不幸が決定的になったのだと思った。そう思う気持の底から、義母のさつに対する、新鮮な憎悪が噴き上げてくるようだった。その思いに取り憑かれていた。

九

「それでは今日は、村役人立ち会いの上で、これまで話し合ったことを、きちんと書きつけに作る。遺産分けの話はこれで打ち切りということにしますからな。それでいいな」

と弥市が言った。

仙六の家の座敷に、一茶と義母のさつ、仙六、それに本家の弥市と柏原の名主嘉右エ門の五人が集まっていた。話の決まりがついたあとは、手打ちの酒を出すつもりで、仙六の嫁は台所で馳走を作っていた。十一月二十四日の日暮れ近い時刻だった。

一茶は五月に柏原に帰り、七月九日に祖母の三十三回忌を済ませると、あちこち地元の俳人をたずね歩きながら、本家の弥市を間に立てて、仙六との間に遺産分けの話をすすめていたのである。田一枚だって分けることはない、と強硬に言い張るさつを説得したのは仙六だった。そこで今日、名主の嘉右エ門を呼んで、取り決めを文書にすることになったのだった。

「話はわたしも聞いて、心配していましたが、ま、折合いがついて何よりでしたな」

と嘉右エ門がにこにこしながら言った。

「まったくです。わたしも間に立って苦労しましたが、これでほっとしました」

弥市がそう言い、心おぼえを書きつけた紙を読み上げた。

「中嶋の田、これは百刈ですな。それから同じ場所にある畑、一丁半鋤」

「ちょっと待ってください」

と一茶が言った。みんなが一斉に一茶を見た。一茶は唇をなめると、少し顫える声で言った。

「いままでの話に、わたしは不服です」

「何を言うんだ、お前」

と弥市がどなった。弥市は血相を変えていた。

「お前は本家の顔をつぶす気か」

「いや、これまでの話だと、わたしの頂き分は三が一にもなりません」

「それで結構じゃないか。手ぶらで帰ってきて、三が一近い田畑をもらえば、それで上上じゃないのかね。何を不足だと言うんだ」

息まく弥市に構わずに、一茶は嘉右エ門にむかって言った。

「わたしは半分頂きます。田畑も家屋敷も半分分け。そうしてもらってもいいわけがあります」

「またあんなことを言ってるよ、この気違い」

とさつが言った。仙六は黙ったまま、青ざめた顔で一茶を見まもっていた。

「これじゃ駄目だ。せっかく嘉右エ門さんにきて頂いたが、話のやり直しだ」

と弥市が言った。一茶は弥市にむき直ると、強い口調で言った。

「いや、名主さまがここにいらっしゃるから、わたしはこの話を出しているんだ。話をやり直すことなんぞありません。至極簡単です。半分分けと決めて文書を作ればいい」

「江戸からきた風来坊が、何を言うか」

「そういう言い方はやめてもらいたいな、本家のおじ。さっきから聞いていると、まるで頭ごなしのおっしゃりようだが、わたしも子供じゃない。四十六です。だてに年を取ったわけじゃありません」

一茶の口調に、わずかにふてぶてしい感じが出たようだった。一茶自身も思いがけない言い方になったが、江戸という大きな町で、世の荒波をしのいでいる間に、知らずに身についた啖呵《たんか》かも知れなかった。弥市はむっと押し黙った。

「それにわたしは風来坊でもない。れっきとしたこの家の総領です」

「それはともかくとしてだ、弥太郎」

と嘉右エ門が口をはさんだ。殺気立ってしまった一座の中で、嘉右エ門だけは平静さを保っていた。

「あんた、半分もらっていいわけがあると、さっき言いましたな」

「はい」

「それはどういうことですかな」

「これです」

一茶は懐から父親の遺言状を取り出してひろげると、嘉右エ門の膝の前に押してやった。

「あんなものを出したよ。お前も何か言ってやりな」

さつがまたわめいて、仙六の肩をゆすった。

「父親の遺言状です。その中に田畑はむろん、家屋敷も半分分けと書いてあります」

「ほう、ほう」

と嘉右エ門は言い、行燈の灯に書面をかざした。嘉右エ門はしばらく黙読してから顔をあげた。

「なるほど、そう書いてありますな」

「名主さん、そんなものはでたらめですよ」

とさつが言ったが、嘉右エ門はさつを軽く一瞥《いちべつ》しただけで、弥市にむかって訊いた。

「これは死んだ弥五兵衛の筆のようだが、間違いありませんかな」

「それは本物です。間違いありません」

弥市は重苦しい表情で認めたが、すぐに言った。

「しかし弥太郎は、これまでこの家にかかわりがなくてきた人間です。途中から出てきて、財産を半分取るというのは、いくら故人の遺言と言っても、承服しかねますな」

「その通りですよ。弥太郎は何ひとつこの家につくしたわけじゃないんですから」

とさつも言った。
「しかしな、みなさん」
と、嘉右エ門がみんなを見回しながら言った。
「遺言状というものは重いものです。出るところへ出れば、これが物を言います
よ」
座敷の中は、急にしんとした。たえまなくわめいていたさつも、黙りこくって嘉
右エ門を見つめた。行燈の光が照らす、ほの暗いひと間に、突然に弥五兵衛の遺志
が立ち現われてみんなを沈黙させたようだった。
その沈黙の中に、嘉右エ門の声がひびいた。
「これは、半分弥太郎に分けるしかありませんな」
その夜遅くまでかかって、次のような文書が出来上がった。

取極一札之事

一、親遺言ニ付、配分田畑家屋舗左之通
一、田弐百刈（名所佐助沢）　高壱石四斗五升四合
同所畑　高三斗九升三合　田成
一、田百刈（名所中嶋）　高弐斗弐升八合　同所畑壱丁半鋤　高七斗二升八合
一、畑三丁半鋤（名所五輪堂）　高八斗三升七合五勺

一、山三ヶ所　但中山弐割
　　作右衛門山　　壱ヶ所
　右弥太郎分
　外家屋舗半分　但南之方
　世帯道具　　壱通
　外　夜具　　壱通
　右之通引分け、双方共申分御座無く候。右ニ付、当辰得米《たつとく》にて、当年米穀、塩、味噌、薪、御年貢、夫銭《ぶせん》、高掛等差引き、巨細勘定仕り、差引き過不足急度《きっと》算用仕るべく候。
　右之趣、村役人並親類立ち合い、紛失物まで相済み候上は、双方とも已来《いらい》彼これ六ヶしき儀申す間敷《まじく》候。然る上は、遺言など等にて出し候共、反故《ほご》になすべく、此上は兄弟、親類共睦じく仕り、百姓相続仕り申すべく候。若し異変申す者これ有り候はば、村役人急度取はからひ、相背き申す間敷候。仍《よ》って取りかはしたる証文、件の如し。
　文化五辰年十一月
　　　　　　　　　　　　　柏原村百姓　弥兵衛
　　　　　　　　　　　　　同人兄　　弥太郎

同人親類　弥市

弥兵衛というのは仙六のことである。この証文が出来上がり、それぞれの捺印《なついん》が済んだ瞬間、仙六の手から田畑五石六斗ばかり、山三カ所、家屋敷半分がすべり落ち、一茶は柏原村の本百姓となったのであった。

手打ちの酒は出なかった。分配の細かなところまでダメを押し、最後には自分で筆をとって証文まで書き上げた嘉右ェ門が、弥市をうながして茶の間に引き揚げたあとに、一茶と仙六母子が残された。

しばらく気まずい沈黙がつづいたあとで、仙六がさっと立ち上がった。

「だまされた」

ひとこと吐き捨てると、仙六は座敷を出て行った。さつはまだ茫然とした顔をしていた。しかし仙六が出て行くと、きっと一茶をにらんで何か言いかけたが、声を出す前に醜く顔が歪んだ。さつは不意に両手で顔を覆うと、仙六を追って小走りに座敷を出て行った。

一茶は立ち上がると、嘉右ェ門と弥市が、低い声で話しながらお茶を飲んでいる茶の間を、ゆっくり横切って土間にむかった。

戸を開けて外に出ると、凍るような寒気が一茶を包んだが、日暮れごろさかんに降っていた雪はやんでいた。空は暗く、その下に仄白く雪が光っていた。耳が鳴るような静けさが、あたりを占めていた。

――おう、だましたとも。

一茶は心の中でつぶやいた。仙六に言ったのではなかった。仙六の背後にいる義母のさつにむかってつぶやいたのだった。

子供のころ、さつは一茶の心がねじ曲るようにねじ曲るように仕向けたのだ。そしてそのねじ曲った心で、一茶がなにか言ったり、したりすると、激しく打擲《ちょうちゃく》して心がいびつにかたまるようにダメ押ししたのだ。その当然のツケがいま回ってきたのよ、と一茶は思った。そう思う気持は快感をともなっていた。

さつの背後にいる仙六の落胆にまでは、心がおよばなかった。

だがやがて、さつに勝ったと思う陰湿な喜びとは別の、本物の喜びがやってきた。それはうねるようにやってきて、一茶の胸を満たした。

一家を出て三十年あまり。はじめて安住できる土地を手に入れた喜びが、白髪の一茶を襲っていた。一茶は履物を捨てると、はだしになって雪の中に踏み出した。足はすぐに膝まで雪にもぐったが、ちょっと立ちどまっただけで、さらに二歩三歩と前に進んだ。苦しいほど胸をしめつけてくる喜びがあって、そうしないではいられなかった。足先から鋭く衝きあげてくる雪の冷たさが快かった。

荒荒しい息を吐きながら、一茶は夜行の獣のように、庭の雪の中を歩きまわった。

○

一

一茶はぼんやり垣根のそばに立って、垣根のむこうにひろがっている東江寺の境内を見ていた。深い森だった。樫、楢、欅、えごの木などが幹を重ねているが、森は葉が落ちて明るかった。

樹の間から、空き地がみえる。地面に落葉が散り敷き、端の方に黝《くろず》んだ建物がみえるのは、小さな御堂のようなものがあるらしかった。高い梢から、空き地に日が降りそそいでいる。森はそこを中心にひっそりと明らんでいる。

「おじさん」

不意に一茶はうしろから呼ばれ、あわてて振りむいた。

おたかという女中が立っていた。小肥りで、男のようにぽきぽきした口をきく女だった。年は二十過ぎぐらいだろうが、おたかには、どこか婚期におくれた娘の、底意地の悪さというようなものが身についていて、成美の前をつくろうのが上手な裏で、一茶のように障子貼りや庭掃除で飯を喰いに来る者には、冷たい口をきいた。一茶はふだん、何となくおたかを苦手に思っていた。だがおたかは笑っていた。

「こんなところにいたのかい、おじさん」

「ああ」

「もう、ほかに捜しようもないものね」

「……」

「でも、もういいらしいよ。番頭さんがきて、みんな集まってくれって」

一茶はほっとした。おたかのうしろについて、ゆっくり歩きながら、一茶はここ数日の重苦しい気分が、ゆるやかにとけて行くのを感じていた。

五日前の朝、成美の多田の隠宅で事件が起きた。その前日、成美は隠宅を留守にして、家の者や客を連れて舟に乗り、大川の上流の紅葉見物に出かけた。そして一夜明けたその朝、成美の居間の金箱の中から、多額の金がなくなっているのが発見されたのである。

当然、前日隠宅の留守番をしていた者が疑われた。おたかたち女中三人、風呂焚きや草むしりに雇われている老爺《ろうや》、それにその日留守番に来ていた一茶などである。

一茶たちは外に出ることを禁じられ、その日のうちに本宅から人が来て、一人びとり事情を聞かれた。本宅から来た人間は一人ではなく、岡っ引とか手先とか、そういうたぐいの仕事をしているらしい、眼つきの尋常でない中年男が一緒だった。その男は時どき口をはさむだけだったが、こちらの心が冷えるような口をきいた。その日から、家の中を隅隅まで捜す仕事が言いつけられた。そんなふうに捜して、家の隅に失くなった金が落ちているわけもなかろうと一茶は思ったが、蔵前の本宅から来た男は、あくまで留守番をしていた一茶たちを疑っていて、捜させている間に、金を隠した者がどこからか金を持ち出してくると思っていたのかも知れなかった。

成美は自分の居間にこもって、その騒ぎには顔を出さなかった。そして一昨日の夜になると、蔵前の本宅の方に行ってしまった。毎月七日には成美が主催する随斎会の句会がある。その準備のために前の晩から出かけたのだが、随斎会の常連である一茶には声をかけなかった。

随斎会があった昨日も、一茶は句会に出ることも許されず、一日中家の内外を捜しまわった。しかし今日は、その捜す場所もなくなって、庭をうろつき回ったあと、隅にきて寺の境内を眺めていたのである。

「あたしらが捜したって、出て来やしないのにさ」

おたかが一茶を振りむいて言った。いつも見くだしたようなことを平気で言うおたかだが、この事件では同じ濡れ衣を着た仲間同士という気持が働いている様子で、親しげに口をきいた。

「そんなに疑うなら、裸にして調べてくださいって、よっぽどそう言おうかと思った」

「……」

一茶は顔が赤くなるような気がした。一瞬ずんぐりむっくりのおたかの裸が頭をかすめたのである。一茶はあわてて言った。

「でも、失くなったお金がどこへ消えたのか、やっぱり不思議ですな」

「外から来た泥棒でしょ。でなければ、旦那さまの思い違いですよ」

いい迷惑さ、何日も外にも出されないで、とおたかは口早に罵った。

——あのひとの思い違いなどということが、あるわけはないさ。

と一茶は思った。成美は俳人でもあるが、それ以上に練達の商人でもあるのだ。いつだったか、蔵前の店から帳簿を持ってきた店の者を相手に、成美が帳簿をめくりながらそろばんをいれているのを見たことがある。そのすばやい指の動きには、一種たくましい感じさえあって、一茶は、俳人成美とは違う別の人間をみる思いをしたことをおぼえている。あのひとが、金のことで間違うはずがないと一茶は思った。

家の中に入ると、みんなが一間に集められていて、本宅から来た番頭の久蔵と、はじめから金捜しを指図した藤次郎という男が、みんなと話していた。

だがその話は、一茶とおたかを待つ間の無駄話だったらしく、二人をみると久蔵は改まった顔になって、それでは旦那さまがおっしゃったことを伝えると言った。

「いつまでもみんなを足どめするのは気の毒だから、お金捜しは打ち切ってよろしい、とそうおっしゃっている。なお、これほど捜しても見つからないのは、外から来た者が持ち去ったに違いないし、少しでもみんなを疑ったのは気の毒だったともおっしゃった。そのお気持を有難く受けて、ちょっとでも旦那さまを恨んだりしてはなりませんぞ」

久蔵はそう言い、これだけだから、あとはそれぞれ仕事に戻ってよいと言った。

一茶も立とうとしたとき、久蔵が呼びとめた。

「昨日の会は盛会でしてな。本行寺のお住持が出色の出来でした」

久蔵も随斎会に出る俳句詠みである。会に出られなかった一茶の屈辱には、少しも気づいていない顔色で、血色のいい顔をほころばせて言った。

「こういう事情で、あなたがお出にならないと言いましたら、お住持は大そう気の毒がられましてな。禁足がとけたら、ぜひ寺の方においで頂きたいと、伝言がありました」

夕刻。夜食を馳走になって、一茶は成美の隠宅を出た。

河岸伝いに御厩《おうまや》の渡し近くまで来ると、不意に頭の上から雨が落ちて来た。見上げると、いつの間にか頭上が厚い黒雲で覆われている。一茶はあわてて懐から手拭いを出して頬かぶりした。御厩河岸の方から来る渡し舟の上でも、突然の雨に人が立ち騒ぐのが見えた。

西空には、まだ落ち切らない初冬の日があって、黄ばんだ光を町に投げかけ、黒ぐろと並ぶ向う河岸の家家の背後にある空を、はなやかに染めあげようとしていたが、北から東にかけて、空半分ほどは異様なほど黒い雲に包まれていた。

冷たい、大粒の雨だった。一茶も、河岸の地面もみるみる濡れ、雨は川の上にも騒然と音を立てた。一茶はしばらく走ったが、やがてあきらめて走るのをやめた。片側は、武家屋敷の裏塀がそっけなくつづき、雨やどりする場所もなかった。

しかし、走るのをやめると、それを待っていたように、雨は間もなくやんだ。一茶は背をまるめ、うつむいたまま、道をいそいだ。

二

——あのひとに見限られたかも知れない。

人気ない河岸の道をいそぎながら、一茶はまたその考えを胸の中で反芻《はんすう》した。盗難さわぎがはじまって、女中たちと一緒に被疑者扱いにされたときから、ずっと心の中に痼《しこ》っていた考えだった。あのひとというのは、むろん成美のことである。一茶にそう思わせたのは、今度の事件で示した成美のすげない態度だった。女中たちや腰の曲った老爺と一緒に疑われることになった一茶に対して、成美は声ひとつかけようとしなかったのである。

そういう扱いを受けても仕方がない自分の立場というものを、一茶は知っている。宿を追われたといっては転がりこみ、夜の米がないといっては飯を喰わせてもらいに来る。時には小遣いをめぐんでもらう。そのかわりに大掃除があるとか、留守番がいるとかいう雑用があればやって来て用を足す。そうやって、長い年月一茶は成美に寄食してきた厄介者だったのだ。

だが、年寄って行きどころもなく飼われている老爺の佐太平とは、おれは違うと一茶は思っていたことも事実である。

成美は、作句の上で一茶に阿諛《あゆ》や追従《ついしょう》を期待するような、俗な俳人ではなかった。だから随斎会に出て作句したり、成美や本行寺の一瓢、番頭の久蔵などと歌仙を巻いたりするとき、一茶は彼らと対等に振舞うことが出来たし、時には成美を押さえこむために、火花を散らしたりもした。

そしてそういう席で成美にほめられたりすれば、上気して江戸俳壇で名を挙げることも決して夢でないと、有頂天になったりするのである。成美に寄食してきた歳月は、同時に成美に頼って江戸俳壇にのぞみをかけてきた長い歳月でもあった。

だが今度の事件で成美が示した態度は、一茶が心の底深くしまいこんでいる、俳句よみの誇りを無残に打ちくだくものだった。厄介者である点では、老爺の佐太平とべつに変りはなく、一茶の俳諧の芸などというものは、取るに足るほどのものでないのだ、と、成美は無言の仕打ちの中にそう言っているように思われた。

一茶は藤堂家の蔵屋敷の横から、御台所町の通りに出、両国橋にむかった。そのあたりは人が混んでいた。そこまで来る間に、日は暮れ落ちて、一茶が両国橋にかかったとき、わずかに黄ばみを残した空が、寒ざむとした光を川の上に落としているだけだった。さっき雨を降らせた雲は、いつの間にか東に動いて、その下部に微かに夕映えの赤味を残していた。それは一茶が橋に来るまでの間に、空に束の間の夕映えがあったことを示していた。

――見限られたとすれば、多分あれのせいだろう。

橋を渡りながら、一茶はそう思った。ここ四、五年の間に、一茶は自分の句が少しずつ変って来たことを知っている。成美に貧乏句が多くなったと指摘されたころからの変化だった。

自嘲やひがみの句がいっそう多くなったのはやむを得ない。五十近い皺面をぶらさげて、一飯の恵みを受けるために成美の家に走ったり、息せき切って旅回りの道をいそぐとき、自嘲の思いは胸にたまって、吐き出さずにいられなくなる。自分をいじめ、いじめても足りないところは、あとはおどけるしかなかった。

しかし吐き出しても、鬱懐《うっかい》はすぐにたまって、あるときは不意に世を拗ねる句になったり、周囲に対する鋭い皮肉や悪態の句になって出てくる。自分も嫌いなら、こともなげに過ぎる世間も嫌いだった。一茶は、ちる花や已ニ《すで》おのれも下り坂、よろよろは我も負けぬぞ女郎花と自らを嘲り、また老が身の値ぶミをさるるけさの春、老ぬれば只蚊をやくを手がら哉、死支度致セ致セと桜哉とひがみ、よるとしや桜のさくも小うるさき、老ぬれば桜も寒いばかり哉と拗ねる。

そうかと思うと、一転して、斯《こ》う居るも皆骸骨ぞ夕涼と、あたりにいやみを言い、梅が咲いたというので郊外に出る人びとを見ると早速腹が立ち、梅咲くや里ニ広がる江戸虱《えどじらみ》と、型にはまった世の風流というものを罵らずにいられない。

人間がうとましくなると、物言わぬ動物や草木が好ましくなった。一茶はせっせと蛙や蚊、筍や草花の句を作った。中身が変ると、言いあらわす手法にも変化が出てきた。成美に酷評されるのを承知で、わざと広瀬惟然坊をまね、雁起きよ雪がとけるぞとよ、といった句を作ってみた。そういう言い方まで許してしまうと、あとは句はいくらでも出来た。

こういう句を作っているとき、一茶はいかにも借り物でない自分の声で、物を句にしているという気がしてくる。成美が言う百姓の地声で喋る気やすさがあった。だがそうしながら、自分が少しずつ道を逸《そ》れつつあるのを感じることも事実だった。

一茶の句のこういう変化を、成美は一概にけなすようなことはしなかった。面白い、と言い、独自の芸をつかみかけているかも知れませんなと言ったりする。だが成美はその実、一茶の句が正風からはずれたところで奇妙な実を結びつつあることを察知し、それが、江戸俳壇で通用するものでないことも、冷静に見きわめているのかも知れなかった。

――あのひとに見放されれば、それでおしまいだ。

一茶は、足もとに暗く大きい穴を見たような気がした。寒気に襲われたように、一茶は顔をあげてあたりを見回したが、橋の上には仄《ほの》ぐらい人影が動いているだけで、一茶を振りむく者はいなかった。

両国橋を渡ると、一茶は神田川の落ち口にかかる柳橋を渡って、対岸の平右エ門町に入った。そして料亭や貸席などが軒をならべ、はなやかな灯の色をこぼしている一角を通りすぎると、暗い路地を二つほど曲り、その奥にある小さな家に入った。

その家が、いまの一茶の住居だった。住み馴れた相生町の借家は、一昨年の暮れ、ようやく父親の遺産争いに決まりをつけて江戸に戻ってみると、もう他人が住んでいた。あまり長く留守にしたので、家主がしびれを切らして、別の人間に貸してしまったのである。一茶は仕方なく成美の家に転がりこんで年を越した。

昨年は春早早から葛飾、下総を旅し、そのあと郷里に帰ったりしたので、家を借りるひまもなかったが、今年の正月、郷里からわずかな小作料を送って来た時にいまの家を借りたのである。

戸をあけると、暗い中で何かが土間に落ちた。紙きれのようなものだった。一茶はそれを拾いあげると、部屋に上がって行燈に灯をともした。紙切れは家のことにつき、談合いたしたきことこれ有り、一度来てくれという家主の置き手紙だった。家主は一茶をたずねて来たが留守だったので、この手紙を残して行ったらしかった。

家主は神田の久松町に店を持つ生薬屋だったが、一茶がたびたび長く家を留守にすることを不安がっていた。それに先月の家賃が滞《とどこお》っている。談合したいというのは、そのことに違いなかった。

財産を半分にわけ、田畑については去年帰ったときに、村の者に小作させる話も決めて、一茶は一応の地所持ちになったが、それで江戸の暮らしが急に楽になったというわけではなかった。田畑はその土地に住んでこそ、暮らしのつてになるものだったが、年貢をはらい、夫銭《ぶせん》、高掛といった村費用を差しひいて、小作料として江戸まで送られてくる金は、いくらのものでもなかったのである。一茶は以前とさほど変りなく貧しかった。

「おいで下されたく候、かね」

一茶はひとりごとを言って、行燈から紙に火を移すと、煙草盆の上で燃やした。それから膝を抱いて背をまるめると、莨を喫った。所帯道具もないがらんとした部屋で、そうやって冷えた夜気の中にうずくまっていると、四方から迫ってくる敵意のようなものに取り囲まれている気がした。

——いま行ったたって、しようがないさ。

と一茶は思った。米も金もなかった。また流山から布川、富津と通い馴れた旅の道をひと回りして来るしかなかった。そうして米や草鞋銭を稼いで来ないと、家賃はやがてふた月も滞って、この家を追い出されかねない。

焦燥に駆りたてられたように、一茶は立ち上がって台所に行った。水を飲もうとしたが、思い直して火を燃やし、湯をわかした。それから小桶の底をさぐって、白菜の漬け物をつかみ出すと、丼に移して上から湯を注いだ。

行燈のそばに戻ると、一茶はしばらくは口をとがらせて息を吹き吹き、熱い湯を呑み、菜を嚙んだ。そうしていると、冷えていた身体が、腹からあたたまり、微かな幸福感が一茶を包んだ。

——何年も、こんなことをつづけて来たな。

ふと箸をとめて、一茶は行燈を見つめた。何年も、ひとりぼっちで。

それは、近ごろ時どき一茶を襲ってくる、ほとんど泣きたくなるような感慨だった。ひと一倍懸命にやったが、ついに何ひとつ報われなかった男が、こうして年を取って菜を嚙んでいる。一茶はそう自分を憐れんでみる。だがそういう思いの中に浮かんでくる自分の姿ほど、滑稽でみっともないものはないという気もしてくる。一茶は自分を嘲り、江戸の片隅に、人なみの暮らしを立てるという、ささやかなのぞみさえ許そうとしなかった世間を罵らずにいられない。

――やはり、田舎に帰るしかないのか。

一茶は、まだ中身が残っている丼を下に置いて、また脂《やに》のつまった煙管を取りあげた。このまま江戸や旅の空で、野垂れ死にしないだけの用意はしてある。帰ろうと思えば帰れないわけはない。

しかしそう思うと、江戸に対する未練が、また胸をいっぱいに満たしてくるようだった。郷里に帰るということには、何の喜びもなかった。功成り名遂げて帰るというのではない。ただ死に支度をととのえるだけだという気がしてくる。

それにくらべれば、江戸にはまだ見果てぬ夢が残っていた。すでにさめかかっている夕映えのように、光は消えかけているが、その微かな光をいとおしむ気持で、一茶の胸は満たされる。そこには二十の一茶がいて、三十の一茶がいた。若わかしい野心を胸に抱いて、俳諧というものにのめり込んで行った日日が、残映のように浮かんでいた。その野心は、満たされることのないままに終ろうとしていたが、だから田舎に帰れと誰かが言っているわけではなかった。成美、巣兆、道彦——。

一茶は当代一流と言われる人びととの交わりを思い返してみる。郷里に帰れば、野垂れ死にの懼《おそ》れはなくなるが、そのかわり彼らと交わって俳句談義や作句の上で味わった心がときめく思いも失われるのだ。待っているのは、五尺にあまる雪と、冷たい人の眼にすぎない。

今年の五月に柏原に帰ったときのことを、一茶は思い出していた。そのとき一茶がたずねて行っても、弟の仙六は挨拶もそこそこに姿を消し、義母のさつは顔をそむけたままで、むろん泊れとも言わなかった。仙六の嫁が応対したが、はじめて会ったころには、一茶に好意を示した嫁も、いまは仕方なく一茶の相手をしている様子を隠そうとしなかった。半刻ほどいて一茶はその家を出たが、家の者はその間白湯ひとつ出さなかったのである。一茶はその夜、同じ柏原の中の旅籠《はたご》小升屋に泊った。

古郷やよるも障《さわる》も茨《ばら》の花

と一茶は詠んだ。帰るということは、そういう彼らともうひと談判して、家を半分に仕切らせ、そこに割りこんで暮らすということだった。

一茶は、煙管の口を嚙み嚙み、考えにふけったが、煙管を置いて、また丼を取りあげた。だが中の湯はもうさめていて、さっきのように身体をあたためて来る幸福感はなかった。

三

しかしそれから半年ほどたった文化八年の六月、一茶は郷里に帰る様子などおくびにも出さず、上総の富津にいて大乗寺の住職徳阿と元気よく話していた。旅に出ているとき、一茶はいつも快活に話し、きびきびと動いた。そのように振舞うことを、一茶は旅回りの俳諧師のたしなみのようなものだと考えていた。衰えて這いずり回るような俳諧師を、誰も歓迎はしない。いくら年取っても、あのひとはいつまでも若いと、人に噂されるようでないといけないと思っていた。その配慮は、長い年月の間に、半ば習性化している。

そして実のところその配慮のためばかりでなく、一茶は旅に出ている間は身体のぐあいもよく、気持にも張りが出てくるのを感じた。そして江戸にいる間の、先行きを暗くみる重苦しい感情や、その逆にふてぶてしく世に逆らう気持は薄れて、旅回りが性に合っていると思ったり、まだ当分は旅で喰えると思ったりもするのだった。

「守谷の方がたの熱心さには、まったく驚きます。先がたのしみです」

と一茶は言った。一茶は、下総守谷の西林寺にあつまる人びとのことを話題にしていた。西林寺の住職鶴老は、信州飯田の生まれで、上野寛永寺から西林寺に転じた高徳だった。一茶は去年の六月に、やはり飯田から江戸に出て来ている俳人の八巣蕉雨と連れ立ってはじめて西林寺を訪れたのだが、鶴老とは初見とは思えないほど気が合い、今年の正月も西林寺で迎えている。

鶴老は、地元の俳句詠みをあつめて自分たちで句会を開くほどの俳諧好きだったので、一茶の訪れを喜び、一茶を師匠格にしてたびたび来てもらい、このあたりの俳諧を盛んにしたいなどと言った。一茶にしてみれば願ってもないことだった。馬橋の斗囿、流山の双樹、布川の月船というお決まりの旅の道に、守谷の西林寺を加えていいことになる。そういうことも、旅の気分を明るくしていた。

「そうですか。それはおうらやましい」

と徳阿は言った。

「このあたりは、昔から俳諧の集まりは絶えたことがないのに、あまり上達がないのは、つまりは宗匠のおっしゃる熱心さに欠けるためかも知れませんな」

「そう言えば、あのひとは大そう熱心でしたが、惜しいことに亡くなりましたな」

「さよう、さよう、来年の三回忌に家集を編んでさしあげる約束をされたとか」

「はい。去年の百か日に呼ばれたとき、整理しましたら、だいぶ遺稿がございましてな。今度こちらに来たのは、その用もございます」

と一茶は言った。二人が噂しているのは富津の名主織本家の老女で花嬌と名乗った俳人のことで、花嬌は一茶の唯一人の女弟子だったが、去年の春に病死した。一茶は家族に頼まれて、遺稿を整理して句集を編んでやることになっていた。

二人はしばらく死んだ人の思い出話などをした。では私はちょっと出かけて来ますからと言って徳阿が立ち上がったのは、八ツ（午後二時）ごろだった。

「ついでに砂明さんのところに寄って、句会の打合わせもして来ますかな。せっかく江戸の宗匠がお見えになっているのだから」

「外は暑いでしょうな。気をつけておいでなさい」

と一茶はお愛想を言った。徳阿が出て行くと、一茶は縁側に煙草盆を持ち出して莨を喫った。本堂脇のその小部屋は、庫裡《くり》からだいぶ離れていて、一人になると人声も聞こえなかった。

開け放した縁側の先には、裏庭の樹木が繁っていて、そこには硬い夏の日射しが照りつけていた。だが深い檐《のき》が縁側を覆っているので、日射しは一茶がいるところまで這い上がって来ることはなく、いささかの風も通っていて涼しかった。

一茶は、解放された気分でぼんやりと莨をふかしていたが、そのうちどことなく気分が落ちつかないのを感じた。そして、それが煙管がつまっていて、煙の通りが悪いせいだと気がつくと、部屋に戻って、荷袋の中から反古紙《ほごがみ》を取り出し、こよりを作った。

何本かこよりを作り、煙管に通す作業に、一茶は熱中した。うまくいかなかった。しばらく掃除しなかったために、煙管の中に脂がたまったらしかった。うまくこよりが通らないことが、一茶を一そうその仕事に熱中させた。一茶はこよりを太めに固くつくってみたが、やはりうまくいかなかった。

一茶はしばらく手を休めて、思案するように外を眺めた。だがうまく煙管を掃除出来ないことがわかると、よけいにきれいにした煙管で、思うさま莨を喫ってみたいという気持がつのってくるようだった。一茶は落ちつかない眼で、庭の樹木に照る日射しを眺め、そのうちに庭の隅の草むらの中に細い竹がまじっているのをみると、もう一度部屋に引き返した。そして今度は荷袋の中から切り出し小刀を持ち出した。

縁側の下の敷石に草履が乗っている。一茶は草履をつっかけて庭に降り、竹を切って縁側に戻った。竹を割り、細く削った。そのときには、そういう作業が楽しくなっていた。

ひごが出来上がると、一茶はそろりと煙管にさしこんだ。今度はうまくいった。

さっきこよりがつかえたところを、ひごは難なく通り抜けたようだった。ところが不意に竹はぎちっと奥につかえて動かなくなった。一茶はあわてて引き抜こうとしたが、あわてたために指先が狂って、竹はよけいに奥に入りこんでしまったようだった。

ひごはほとんど根元まで入ってしまって、わずかに爪先がひっかかるほどしか外に出ていない。一茶は指をいからして爪先で竹の尻をつかまえ、力をこめて引いたが、竹はびくとも動かなかった。何度試みても同じことだった。しまいには爪の裏が充血して痛くなった。

一茶は手のひらに煙管をのせて、じっと眺めた。脂を掃除するどころか、これで莨を喫うことも出来なくなったわけだった。煙管掃除など思い立たなければよかったと、後悔する気持が湧いてきたが、後の祭りだった。煙管は、不様《ぶざま》な役立たずの品物のように、一茶の手のひらにのっているだけだった。

しかし、このままじゃしようがない。一茶はそう思いながら口を開き、煙管の口を口の中にさし込んで、奥歯で竹のはしをしっかりと嚙んだ。一茶は歯が欠け落ち、そのために年以上にじじむさく人に見られたが、奥歯だけはまだ丈夫だった。

竹を嚙んだことを舌で確かめると、一茶は煙管を両手でにぎり、思いきり力をこめてひっぱった。そのとたんに口腔の中で、異様な感覚が起きた。思いもかけなかった激痛と一緒に、口腔の中が一瞬洞穴のようにうつろになった感覚がひろがったのである。竹が抜けるかわりに、奥歯が抜けたのだった。

「ほい、しまったぞ」

一茶はおどけた呟きを洩らした。しかしその口調とは裏腹に、一茶の顔は渋面でゆがんだ。

煙管をほうり出して、いそいで鼻紙を出すと、その中に口中のものを吐き出した。少量の血と黒く汚れた奥歯が出て来た。根が腐って、余命いくばくもなかったと知られる歯だったが、一茶は長い間じっとそれを見つめた。これがあれば、まだ物を嚙めると思って、大事にしてきた歯だった。固い物を嚙むのにも用心してきたのに、何というばかなことをしたものかと思った。

だがその後悔とは別の、もうひとつの感想が、一茶の胸をしめつけていた。

——老いたぞ。

もはや年寄だ、と一茶は思った。抜け落ちた歯を、鼻紙で丁寧に包みながら、一茶は樹木の上を照りわたる日の光に眼をやった。明るいその光景が、さっきまでと少し違っているように見えた。

その夜一茶は、徳阿に借りた小机の上で、奥歯を失った顚末を、文章にした。

……あはれ、あが仏とたのみたる歯なりけるに、さうなきあやまちせしもの哉。

かの釘ぬくものもてせば、力も入らず、すらすらとぬけぬべきを、人の手かることのむつかしく、しかなせる也。此寺ハ廿年あまり折ふしにやどりて、物ごとよ所《そ》よ所《そ》しくハあらねど、それさへ心ままならぬものから、かかるうきめに逢ひぬ。……重荷負ひて休《やす》らふごとく、たのしミのうちにくるしミ先立《さきだつ》。其折折に齢《よわい》のひたものちぢまり行くことを、今片われの歯を見るにつけツツ思ひしられぬ。いつの日、むしろ二枚も我家といひて、人に一飯ほどこさるる身となりなば、是則《これすなわち》安養世界なるべし。

文章には、短歌一首と、がりがりと竹かぢりけりきりぎりす、という一句をそえた。

——信濃に帰るしかない。

齢のひたもの（ひたすら）ちぢまり行くことは明白だ、と一茶は思った。そしてこのまま旅路に老いて、人に気を遣いながら死んで行くのはたまらないとも思った。そう思ったとき、北信濃柏原周辺の風景が、胸せまるほどの懐しさで一茶の脳裏に浮かんできた。少し傾いてどしりと居据わっている黒姫山。雑木の枝かげに小鳥が啼く鳥居川の岸辺。杉菜と蕗《ふき》の葉が、わずかに雨に濡れている畦道。

そこには、仙六や義母のさつなど、一茶の帰郷を喜ばない人がいる。彼らは一茶の強引な主張に言い負けて田畑を分け、家屋敷、家財まで半分にするなどという書付けに判を捺《お》したことをいまでは悔み、たとえ帰って来ても、家屋敷まで渡すことがあるものかと身構えているに違いなかった。

だが肉親だからこそ、憎みもするのだ、と一茶は思う。あたたかい血が通うからこそ憎みもする。他人は憎みもしないが、旅の俳諧師の老いや死をさほど心にとめもしないだろう。若い時分には快かった、他人のそのそっけなさが、一茶をおびえさせる。

――それに……。

帰って、家屋敷を半分よこせと掛け合うなら、その気力が残っているいまのうちだ、とも思った。足腰が弱ってから故郷にたどりついても、誰も相手にはしないぞ、と言った父親の言葉を、一茶は遠くからひびく警告のように思い出していた。

四

半歌仙が済み、一作と素玩が帰ると、一茶はすぐに机にむかって清書にかかり、その間に一峨は台所に立って粥《かゆ》を煮た。

「どうですか。まだだいぶかかりそうですかな」

一峨が台所から顔を突き出して言った。一峨は腰が曲っている。

「もう少しですが……」

「さきに粥を喰べてしまいましょう。さめるとうまくなくなる」

そう言われると、急に腹がすいて来た気がして、一茶は筆を置いた。時刻は九ツ(午前零時)近いかと思われた。今日庵がある橘町は、横山町通りの裏手にあって、ふだんはわりあい人通りがある場所だが、いまはあたりはひっそりと静かで、二人の話し声だけが、いやにはっきりとひびいた。

一峨は粥を運んで来ると、縁側の障子を閉めた。九月に入ったばかりで、四人で歌仙に熱中している間は、障子をあけて置いても平気だったが、夜ふけて、さすがに夜気が冷たくなったようだった。障子を閉めると、庭の虫の声が遠くなった。

二人は、しばらく梅干しを馳走に、熱い粥をすすった。うまかった。

「粥をこさえるのがお上手ですな」

一茶が顔をあげて言うと、一峨はほっほっと鳥が鳴くような笑い声を立て、おかわりをどうぞと言った。

「私、田舎に帰りますよ」

一茶が言うと、一峨が怪訝そうな顔をした。

「この間、帰ってきたばかりじゃなかったですかの」

「いや、今度は田舎に住みつこうと思いましてな」

「……………」

「もう江戸には戻りません」

「いつ？」

「さあ、雪が降らないうちに帰らないといけませんから、来月の末か、遅くとも十一月初めごろになりますかな」

「来月？　そんなにあわただしく？」

一峨は椀を置いて、一茶の顔をじっと見つめた。そして不意にぽろぽろと涙をこぼした。一峨は老いて、やたらに涙もろくなっていて、ちょっとでも心を刺戟されるとすぐ涙をこぼす。これも、はたして別れを惜しんで泣いてくれているかどうかは、わかるものじゃないと思いながら、一茶はやはり自分も眼がうるむのを感じた。郷里に引込むつもりだ、とあちこちでほのめかしたが、一峨のようにみえもなく涙をこぼしてくれた人はいなかったのだ。

一峨はひとしきり泣いて、やがて鼻紙を出し、涙をぬぐい洟《はな》をかみおわると、また粥を喰いはじめた。

「それはそれは。お名残り惜しいことです」

一峨は梅干しをしゃぶりながら、そう言い、また危うく渋面を作りそうになったが、それは梅干しが酸っぱすぎたせいかも知れなかった。

「まさか、あれのために江戸がいやになったのじゃないでしょうな」

一峨が、皺でたるんだ皮膚の底から、臆病そうに眼を光らせてそう言ったのは、夜食を喰い終って、お茶を飲んでいるときだった。

「いえ、違いますよ」

一茶は即座に言った。一峨の言うあれというのは、一茶が葛飾派から絶交を言い渡されたことを指していて、それには一峨がからんでいる。

今日庵は、葛飾派の祖山口素堂の庵号のひとつだったのを、森田元夢が継いで今日庵二世を名乗った。しかし寛政十二年に元夢が死歿したあとは、葛飾派の中から今日庵を継ぐ者もなく、橘町の元夢の庵も廃墟になっていたのである。この庵を今年になって再興し、今日庵を名乗ったのが、かつて元夢社中として句を作っていた一峨だった。

元夢の十三回忌にあたる今年に、今日庵が再建されたのはめでたいことだった。だが一峨の過ちは、庵再興を本家筋の葛飾派に相談せずに、むかし元夢の社中に名を連ねていた一茶や、元夢と親交があった夏目成美に相談を持ちかけたことであった。成美も一茶も一峨の志にすぐ賛成して力を添え、一茶は庵の普請にあたって自分も土を運び、穴を掘るほどの気の入れようだったが、果して葛飾派から横槍が入ったのである。

葛飾派は、素丸が歿し、野逸が逝ったあと関根白芹《はくきん》が頭領の位置につき、其日庵五世を名乗っていた。死んだとき、素丸は八十三、野逸は八十歳という高齢だったが、白芹はまだ六十前の壮者だった。覇気に溢れていた。

今日庵の庵号は、元来葛飾派の所有で、元夢社中の私有すべきものでないという白芹の厳しい咎めは正当なものだった。一峨は驚いて詫びを入れ、歎願してようやく今日庵を名乗ることを黙認してもらうことになったが、白芹の怒りは一峨よりも、一茶の方により強く向けられたようだった。

そういう事情を十分に知っていながら、宗家である葛飾派に、一言のことわりもなく一峨を援助した。しかも、ことが公けになって、一峨が白芹に詫びをいれたあとも、一茶はそ知らぬふりで一言の挨拶もしなかったというのが、宗家の頭領を自負する白芹を怒らせたのである。

白芹は一茶を呼びつけ、一茶が応じないのをみると、今後葛飾派との風交を禁じる旨をしたためた、激しい文面の手紙を送ってきた。事実上の破門状だったが、一茶は旅回りから帰ってきた日、その書簡を受け取ると黙って焼き捨てた。

「わたしが、今日庵の再建に賛成したのは、元夢さんがさぞお喜びになるだろうと思ったからですよ。名分がどうの、本家がどうしたなどという話は、枝葉末節の話です」

「しかし、そんなやかましいことを言われるとは夢にも思いませんでしたからな。

白芹さんに呼ばれて叱られたときは、胆がちぢみました」

「あなたがこうして再建しなかったら、今日庵というものも、廃《すた》れたままでしょう？　自分たちは何もやらんくせに、文句だけはちゃんと言いますからな。格式、格式で来た古い結社の悪い癖です」

一茶はひとしきり、はげしい口調で葛飾派の悪口を言った。

「その格式にしばられて、句会でも新句ひとつ吐けないのが葛飾派ですよ。俳諧に格式がいりますか。わたしはそういうところがいやで、気持の上ではとっくの昔にあの派から離れています。悪口を言われようが、破門されようが、いまさらどうということもありませんな」

若くて野心に燃えていたころには、葛飾派という結社も、二六庵という名跡も魅力溢れるものに見えたのだ。だが俳諧の世界がみえ、そういうものが、一人だちして俳諧師として喰って行こうとあがく自分に、さして恩恵をもたらすことのないものだとさとったときから、一茶の気持は急速にさめたのであった。

葛飾派は、喰うに困らない人たちが、風流をもてあそぶ集まりでしかなかった。そのことに気づいたときから、一茶は一人で歩きはじめ、次第に葛飾派の集まりに顔を出すこともなくなったのである。白芹の叱責は、一茶には痛くもかゆくもなかった。富津の大乗寺で、不意に帰郷の決心がついてから一年たち、もうその決心がひるがえることもないと確かめたいまは、なおさらだった。

「わたしが田舎に帰るのはですな、一峨さん……」

一茶は煙管の灰を落として顔をあげた。そして苦笑した。一峨は小ぶりな頭を壁にもたせかけて膝を抱いたまま、居眠りしていた。仰むいた顔が、どんどん前にさがってきて、あわや膝がしらにぶつかるか、と思うところで、一峨ははっと顔をあげ、薄眼をひらいて膝を抱え直す。だが、その眼に、一茶の姿が見えているようではなかった。一峨は歯が欠けた口を開いたまま、また顔を仰むける。小さく老いた姿だった。

――風邪をひきますぞ、今日庵一峨さん。

一茶は少し物がなしい気分で一峨を眺め、老人を寝かせてから、半吟の清書を仕上げなければと思っていた。

五

北信濃の夜の山野に、きれ目なく雪が降りつづいていた。一茶は笠を傾けて背をまるめ、道を見失わないように足もとを見つめながら、雪の道をいそいだ。風の音はしなかったが、暗い上空に捲く風があるらしく、雪はうつむけた笠の中にも飛びこんでくる。

一茶は時どき顔を上げて、前方に柏原の灯がまたたくのを確かめた。帰るのが遅れて夜になったとき、雪の夜道を歩く不安が胸をかすめたが、ここまで来れば大丈夫だと思っていた。夜気はこごえて、手や顔にまつわりつく雪は冷たく皮膚を刺してくる。顔をいびつにゆがめ、荒荒しい息を吐いて、一茶は雪にまみれながら闇の中を前にすすんだ。

永住を心に決めて柏原に帰って来たのが、十一月二十四日。それからほぼひと月近くたち、文化九年という年が、間もなく終ろうとしていた。

このひと月の間、一茶は古間、毛野、浅野、長沼といった北信濃の土地をせっせと回り歩いた。一茶は、四年前財産分けの約束が出来たあと、帰郷するたびに、そういう土地土地に着実に門人をふやしていた。去年の夏に帰ったときも、善光寺の上原文路、長沼の西島士英、住田素鏡などの、富裕な人びとを門人にしている。各地の有力な門人たちには、江戸にいる間に、帰郷する旨を手紙で知らせていたが、帰るとすぐに、席あたたまるひまもなく、顔出ししたのは、一茶にしてみれば当然のことだった。

このひと月回り歩いた土地は、一茶が江戸にいる間に回った葛飾から下総、上総という土地にかわるものだった。彼らが門人であると同時に、俳諧で喰って行く一茶を養う庇護者であるという事情も変りなかった。いささかの違いは、江戸から回って行く一茶を迎える江戸周辺の人びとが旦那ふうであったのにくらべ、北信濃の人びとには、江戸帰りの宗匠を迎うるに相応の、敬意がみえることだったろう。一茶の気持の中には、ほとんど慢性的な、生活に対する不安が隠されている。ついにひとつかみの米もなくなって成美の家に走ったり、晦日《みそか》に払う家賃を稼ぎ出すために、汗にまみれて旅の道をいそいだりしたときの怯えに近い気持は、まだ心の底に消えずに残っていた。帰って来たと、腹ばいになって身体を休める気にはなれなかった。

帰郷して早早の北信濃の旅は、これから先喰わせてもらう土地との繋りを確かめ、彼らに、さきに結んだ契約を思い出させるために必要な旅だったのだ。

それが今日終ったのである。旅は大方満足してよいものだった。一茶は行く先先で歓迎され、帰郷を祝われた。毛野の滝沢可候は、一茶が柏原に庵を定めたら、羽根布団を贈ると約束したし、長沼の村松春甫は紙帳《しちょう》をくれると言った。新しい暮しがはじまろうとしていた。

一茶は諏訪神社前のなだらかな坂を上がって柏原に入ったが、そのまま足を休めずに村を抜け、隣村の二之倉にいそいだ。今夜は二之倉にある実母くにの生家宮沢家に泊るつもりだった。雪はやむ気色もなく降っていたが、道を見失うほどではなかった。軽く、夜空を漂うような雪だった。

「まあ、まあ。すっかり降られて」

一茶を出迎えた徳左エ門の女房は、全身鷺《さぎ》のように白くなった一茶を見て、驚いた声をあげ、一茶が合羽と笠を取る間に、胸のあたりについている雪を手ではたき落とした。

一茶が茶の間に入ると、いろりのそばから徳左エ門が顔をあげた。

「雪になったから、今夜もどこかに泊りかと思ったが、帰って来たか」

「頼んで置いたことも心配だったものでな」

一茶はこごえた手を揉みながら、いろりのそばにあぐらをかいた。百姓の身ぶりになっていた。

薪が威勢よく燃え、一茶の冷えた身体は間もなくあたたまった。宮沢家は、二之倉で二番目といわれる裕福な百姓で、それは惜しまずに焚いている薪の量にも現われていた。

「家のことなら、一応探して置いた」

と徳左エ門は言った。一茶は北信濃をひと回りする旅に出る前に、柏原に住む家を探してくれるように、この従兄に頼んでおいたのである。

「え？　見つかったかの」

「一軒家じゃないが、岡右エ門が座敷を使ってもらっていいと言った」

「それは結構だ。そんなに長く住む家じゃないし」

「そうさ。そんなに長く住む家じゃない」

徳左エ門が、一茶の言ったことをおうむ返しに繰り返したとき、徳左エ門の女房が、炉端に膳を運んで来た。一茶は熱い味噌汁を吸って、生き返ったような気がした。

「やっぱりあの話を出すかの」

と、茶をすすりながら徳左エ門が言った。

「はあ、仕方ありませんな。もう江戸には戻らないつもりで帰って来たから」

「仕方なかろうな。仙六やばあさんがうんというかどうかはわからんが、一応は話を出してみるもんだろうな」

「約束したことだから、いよいよとなれば、私も書付けを出して争います」

一茶はむっつりした顔で言った。

「むろん向うはいい気持はしないだろうが、私も何十年というもの、辛い思いをして来たからなあ。そのぐらいのものは、もらっていいはずだと思っていますよ」

「そうさ。あんたも辛い思いをしたからな。私は、俳句の宗匠などというものは、もっと楽をして暮らしているものだと思っていたから、あんたのこともあまり気にもとめなかったのだが……」

徳左エ門は灰をならしていた火箸の手をとめて、しげしげと一茶を眺めた。

「あんた、幾つになったって？」

「五十ですよ。正月が来ると五十一だ」

「なるほど」

徳左エ門は憐れむように言った。

「それではやっぱり話を出して、争うしかなかろうの。住む家をもとめて、嫁ももらい、いまからでも人なみの暮らしをせんとな」

——嫁？

放浪の歳月の中では思いもかけなかったものが、立ち現われて来た気がした。五十のおれに嫁が来るのか、と一茶は思った。そして一瞬身もすくむような恥ずかしさと、若者のようにはなやぐ気分に襲われていた。一茶は顔が赤くなるのを感じたが、徳左エ門の言葉には気づかなかったふりをして味噌汁をすすった。

「今夜は冷える」

一茶の食事が済み、しばらく雑談したあとで、徳左エ門は不意に大きなあくびをして言った。

「あんたも疲れたろうから、寝るといい。奥に床をあたためてある」

「まだ寝るわけにもいきません。これから江戸に手紙を書くので」

「なんと」

徳左エ門はあきれたように一茶を見た。

「俳句の宗匠というものはせわしないものだの。百姓顔負けだの」

あてがわれた部屋に引きとると、一茶は行燈に灯を入れ、手焙《てあぶ》りを机のそばに引き寄せて墨をすった。そして巻紙をひろげると、しばらく考えこんでから「柏原を死所と定めて」と前書きし、次に行を改めて句を書いた。

　是がまあつひの栖《すみか》か雪五尺
雪が降りつもる夜道を帰りながら案じた句だったが、書いてから迷いが出た。中七の坐りが悪い気がしたのである。一茶はつひの栖かの隣に、死所かよと併記した。

それから句帖を取り出して、帰って北信濃を回っている間に出来た句を、丁寧な筆で清書して行った。二句目は、ほちやほちやと雪にくるまる在所哉、で句は全部で二十四句になった。それが終ると、一茶は今度は江戸の夏目成美にあてて、清書した句の批評を乞う旨の手紙を書いた。そして夜が更けて行った。

手紙には、叱正を願うと書き、「辺地に引込み候へば、彼の流行とやらんにおくれはせぬかと、それのみ用心仕候」と書いた。

一段落すると、一茶は筆を置いて手焙りの上で悴《かじか》んだ手をおし揉んだ。障子にさらさらと雪があたる音がした。徳左エ門の家の者は、とっくに眠りについたらしく、家の中は物音ひとつしなかった。生き物のように、外で音を立てる雪の気配に耳を傾けていると、一茶の胸を、少しずつ悲哀に似た感情が染めてくるようだった。深夜の雪の音は、いかにも郷里に落ちついてしまったことを感じさせ、同時に、江戸でついに日のめを見なかった男が、年老いて戻り、郷里にうずくまっていることを感じさせるものだった。

ついひと月ほど前に暮らしていた江戸が、にわかに手もとどかない遠い場所に変ったように思われた。芝居や両国の見世物を見たこと、あちこちと名所をたずねまわったことなどが次つぎと頭の中に浮かんできた。そして成美、巣兆、道彦など、当代の宗匠と言われる人びとと交際し、そこでひととおりの俳人として待遇されたことを思い出すと、いまは世に見捨てられてしまったような心細さもこみあげて来るようだった。

——だが、江戸に戻ることは出来ない。

少なくなった炭火をかきよせながら、一茶はようやく江戸に対する未練をたちきるように、そう思い直した。江戸には、素丸も元夢も、露光もいなかった。馬橋の立砂も、滝耕舜も、そして帰郷する寸前には、流山の秋元双樹も死んでいた。成美も一峨も年老い、本行寺の一瓢にはいずれ伊豆の寺に去る話がある。

本当の俳諧好きはだんだんに少なくなり、あとは道彦や、近ごろは道彦にべったりくっついている蕉雨のような、世故にたけた人間がはしゃぎ回る世の中になって行くのだ、と思った。

——腰を据えることだ。

今度うかうかと江戸に出て行ったら、命取りだぞと、一茶は自分をいましめた。そしてしっかりと腰を据えるためにも、仙六に家屋敷を半分渡せと談じこまなければ、と思った。

成美に送る句稿と手紙を、もう一度読み返し、溜息をひとつついて立ち上がると、一茶は行燈の灯を細め、寝支度をはじめた。そのときになって、身体がひどく疲れていることに気づいた。火が消えかけているために、部屋の中はしんしんと寒くなってきていた。

六

「言うだけのことは言った。今度はお前が返事する番だぞ、仙六」

と一茶は言った。一茶は猛りたっていた。ここが正念場だと思っていた。だが仙六はうつむいて灰をかきならしているだけで、顔をあげなかった。二人のほかに、仙六の家のいろりのそばには義母のさつ、本家の弥市、二之倉の徳左ェ門がいたが、一茶ひとりが精力的に喋っているだけで、ほかの者は喋り疲れたように、顔に疲労の色をにじませて黙りこんでいた。時どきいろりの火がはじける音と、火に吊した鉄瓶の湯がたぎる音がつづいているだけだった。

仙六にすれば答えようがなかったかも知れない。年が明けて文化十年となった正月の十九日。一茶たちは集まって、弥五兵衛の十三回忌の法事をした。その直後に、一茶は帰郷してからはじめて、仙六に家屋敷、家財の分与を迫ったのだが、一茶の要求は仙六一家にとっては苛酷な中身のものだった。

家屋敷、家財はこの前、書付けにしたとおり、半分受け取りたい、と一茶は言った。仙六たちも、ここまでは予想していたことだったが、そのあとに一茶はさらにつけ加えた。

「本来なら遺言書どおり、親爺が死んだ年に財産を分けるべきだったことはわかっているな。それがこの前に相談が出来るまで延びのびになっていたということなのだから、親爺が死んだ年から田畑を分けた六年前までの田畑の収入は、仙六が一人で横領していたということになる」

だから享和元年から文化四年までの七年間の田畑の収入から、半分の代金を元利ともにもらいたい。また遺言書によって、一茶のものになるべきはずだった家屋敷に、これまでずっと住んでいたわけだから、この分の家賃もまとめて受け取りたい。計算したところ、籾《もみ》代金と家賃はあわせて三十両になる。

一茶はそう言い捨てにして、そのときは帰った。そして二十六日になった今日、徳左エ門を同道して来て、仙六に最後の返事を迫っているのだった。仙六の方でも、本家の主人弥市を呼んで話し合いに入ったが、言い合いがつづくだけで埒が明かずに、そのまま夜になっていた。

「あんた方は、おれが無理をいっていると思うかも知れないが、おれにすれば当然のことを言っているだけだがね」

「何が当然だよ」

不意にさつが鎌首をもたげるようにして言った。

「自分は、さんざ江戸で遊び暮らして来たくせに、途中から帰ってきて田んぼは取りあげる、家を半分よこせ、それで足りなくて金も出せというのが当然の話かよ」

「遊び暮らしたと？　このおれが？」

一茶は憎にくしげな笑いを浮かべてさつを見た。

「その日の飯を喰いかねて、旦那衆の台所に入りこんで冷や飯を恵んでもらうような暮らしもしたぞ。それもみんなばあさんのおかげよ」

「ふん。自分が好きでえらんだ道じゃないか」

「ばあさん、少し黙れよ」

本家の弥市が手を焼いたように言った。

「あんたが口を出すと、よけいに話がこんがらかる。悪態ついても、話はちっとも片づかないんだから」

「そのとおりだ」

と徳左エ門も言った。

「結局弥兵衛（仙六）さんが、どう考えているかということでな。なるほど弥太郎さんの言うことは、少少きついことは事実だ。しかし弥太郎さんも、これから柏原の人になって暮らして行くわけで、そうなればそれ相応の暮らしの物は要る。それに少少きついと言ってもだ。弥太郎さんのこれまでの苦労を考えると、これだけの物は何としてももらいたいと思いこんだ気持には無理からぬものがある、と私は思うがの」

「……………」

「だからここは、喧嘩してむりやり物をむしり取られるという考え方ではなくて、だ。これまで他国でさんざ苦労してきた兄に、暮らしの物を分けてやるという気持になってもらうと有難いわけだが……」

徳左エ門は一茶の側についた者の言い方をした。そして、兄弟が物を半分に分けるのだから、考えようによってはあたり前。それで弥兵衛さんの身上が潰れるわけでもあるまい、とつき放した言葉をつけ加えた。

「兄の言うこともわからんわけではないが……」

ようやく仙六が重い口を開いた。うつむいて火を見つめたままだった。

「しかし住んでいる家を二つに仕切って、そこに入りこんで来るなどと言う話は、わたしはこれまで聞いたこともないもんな。そういう約束は確かにした。しかし正直のところ、そこまではやらないだろうと思っていました」

「やるさ。決めたことは守ってもらう」

「うん。だから大した兄貴だと思っているわけですよ、いまは。それに金をよこせと言うが、そんな大金は田んぼでも売らないと出て来ないな」

「よし、わかった」

一茶はもてあそんでいた火箸を、ぐいと灰につき立てた。

「二之倉のとうさん、本家のおじ。仙六の腹は、家もわけたくないし、金も出さんということなんだ。これじゃ何日話し合っても埒明くわけはない。私は江戸に訴えて出ますよ」

ちょっと待て、と弥市が言い、仙六も待ってくれと言った。

「何も金輪際分けないとがんばっているわけじゃない。こっちの立場も少しは考えてくれと言っているだけじゃないか」

「いや、もう話は倦きた。この話が出てから何年たったと思う。十年だよ、十年。

いっそ訴えて出て、役所の裁きではっきりさせてもらう方がいい」

一茶は荒荒しく座を立とうとした。するとさつが金切り声で仙六の女房を呼んだ。子供を寝かせつけるために、寝部屋にいたらしい仙六の女房が、あわてて茶の間に出て来た。するとさつはふるえる声で言った。

「お前な。お寺に行ってお住持さんを呼んで来い。弥太郎が無理なことを言ってどうしようもないから、ご足労だども来てくれと言ってな」

その夜、一茶と徳左ェ門が仙六の家を出たのは四ツ（午後十時）過ぎだった。菩提寺《ぼだいじ》明専寺の住職秀円は、越中の中島村から本山の斡旋で明専寺に婿に入って、まだ二年目という若い住職だったが、懸命に調停した。その結果、家屋敷、家財は先年取り決めたとおりに二分する、享和元年から文化四年まで田畑得米の代金と、享和元年以来の家賃あわせて三十両はきびし過ぎるから、十一両二分にまけるということで、和解が出来たのであった。

今夜は、その取り決めをそれぞれ覚書にして双方で納め、明日、村の有力者銀蔵を立会人に頼んで、改めて正式に熟談書を作ることとして引き揚げて来たのである。金額の点をのぞいて、一茶の言い分は、ほぼ全面的に通ることになったわけだった。

「ここでいい」

村はずれまで送って来た一茶を、徳左ェ門は押しとめると、笑顔になった。

「これで一応片づいたな」

「おかげさまでな。夜遅くまでごくろうをかけて、相済まんことです」

「なに、いいさ。これで、叔母も安心することだろう」

徳左エ門は、一茶が顔も知らない実母のことを言った。徳左エ門にも宮沢家の当主として、仙六の一家に対する彼なりの気持があることを告白したような言い方だった。一茶は黙って頭をさげた。

一茶はしばらくそこに立って、徳左エ門が提げる提灯の明かりが、ふわふわと雪の道を遠ざかるのを眺めた。空は暗く曇っていたが、雪が降る気配はなく、その下にほのかに白い野がひろがっていた。その野の奥に、二之倉、熊倉、赤渋と南から北につらなる村村の微かな灯が見えた。夜気は硬くこごえて、耳が鳴るほど静かだった。

——これで死に所が決まったか。

徳左エ門の提灯が、豆ほどの点になるのを見とどけてから、一茶はそう思いながら足を返して借家の方にむかった。藁沓《わらぐつ》の下で、こごえた雪がぎしぎしと音を立てた。

郷里に帰ってきた自分に、満足しているわけではなかった。五十一の一茶の胸の中には、まだ江戸に夢を残した気持がある。あきらめが悪い人間だからの、と一茶はそういう自分を顧みる。だがそれは老境に入ったために、むしろ痛切で、時には十分生ぐさく一茶をゆさぶってくる気持だった。

しかしその気持はともかく、これで明日の棲み家も定かでないような、長い放浪の暮らしが終ったことも確かだった。仙六やさつには、さほど同情を感じなかった。三十数年の旅暮らしで味わった、数数の辛く心細い思いにくらべれば、仙六やさつはやはり恵まれていたと思うのだ。いまはそれが十分に見えていた。

間借りしている家は、茶の間を通らずに外から出入り出来るようになっていた。岡右エ門はただの百姓だが、俳諧が何であるかを知っていて、一茶を住まわせても、母屋とかかわりなく、そっとして置く心配りを見せた。

一茶は外からじかに自分の部屋に上がると、行燈に灯をともした。留守の間に、机のそばの手焙りに炭火を用意した跡があったが、炭は白い灰になっていた。灰だけが、まだ微かにぬくもりを残している上に、一茶は中腰のまま手をかざし、その姿勢のまま、机の上にある封書を取った。

封書は、昨日とどいた成美からの手紙だった。手紙の中で、成美は懇切に一茶の句を添削し、短い評を加えていた。雪五尺の句の中七の置きで一茶はさんざん迷ったが、成美はつひの栖かという七語を取っていた。ためらいなくそうしたことは、死所かよの方を、一気に朱で消していることでわかった。その句には極上上吉の評がついていた。

だが、成美は歌舞伎の評もどきに仕立てたまとめの評の中では、次のようにも言っていた。

頭取曰「当座のたてもの、外に真似人なし。いづれさまも、おつしやり分はござり升まい」。ヒイキ「いひぶんのあるのないのといふ事があるものか。日本中引くるめての名人名人」。わる口「情がこはくて一ツ風流だから、切落《きりおとし》では請とらぬ。雪の中でお念仏でもいつてゐるがいい」。ヒイキ「此たうのいも、たうへんぼくめ。鍋の中へたたきこんで、杓子のむね打をくらはせるぞよ」

一茶はわる口のところをじっと見つめた。昨日はじめて読んだときには、苦笑して眺めたところだが、二度三度と読み返しているうちに、そこから容易ならない辛辣な針がのぞいて、こちらの胸を刺してくるようだった。

切落しというのは、芝居の見巧者、つまり芝居見物の玄人とも言うべき人たちが集まる、かぶりつきのことである。成美は、ほかに真似人なし、名人と持ち上げながら、一方でしかし玄人は認めないと言っているのだった。

じっと見つめていると、そこから成美の本音が聞こえて来るようでもあった。確かに成美は、真似手のない句風は認めるが、しかしそれは俳壇では通用しませんよと言っているのだと思われた。成美のその批評には、俳壇のこわさがひそんでいた。

「ま、それはそれで」

一茶は手紙を巻きながら、つぶやいた。ある時期から、成美たちと違う道に逸れてしまったことは否めなかった。それを切落しで請取ろうが請取るまいが、いまさら後に戻ることは出来ないと一茶は思った。そう思う一茶の気持の中に、かすかだがふてぶてしい自信のようなものが顔をもたげはじめていた。田舎趣味の何のと言っている旦那衆に、本物の百姓の句がわかるはずがないさ。一茶は胸の奥底のあたりで、不遜ともいえる呟きを吐き捨てると、手紙を手文庫の中に投げ入れた。

七

一茶が、折入って話があるから来い、と二之倉の徳左ェ門に呼ばれたのは、それから一年たった翌年の正月だった。

「どうだね。こっちの暮らしに馴れたかの」

と徳左ェ門は言った。

「ま、どうにか」

と一茶は言った。どうにか、と言ったが、一茶は去年、途中尻に癰《はれもの》が出来てふた月以上も善光寺の上原文路宅に病臥するという事故はあったものの、そのほかは精力的に北信濃の門人の間を歩きまわり、十分に俳諧で喰える見通しをつけていた。

表看板である歌仙の伎倆《ぎりよう》は、上方、江戸で一流の俳人と付き合って鍛え抜いたという自信がある。一茶の指導は評判がよかった。そして成美に、切落しでは請取らぬと言われた句も、驚くほど沢山出来た。

一茶がいた江戸では、其角の江戸座にはじまる闊達《かつたつ》で洒落た言い回しの浮世風と、美濃派の支考、伊勢派の麦林舎乙由の二人が唱えた、いわゆる支麦調と呼ばれる田臭を帯びた軽み俳諧の流れが混淆《こんこう》して、俳諧の底流を形づくっていた。

その中で一茶は、どちらかと言えば其角、沾徳《せんとく》、沾州とつづく浮世風に惹かれたと言ってよい。田舎蕉門と呼ばれた支麦の流れにはむしろ冷淡だった。本物の田舎者が、自分の田臭を隠した気味もあったが、やはり本来持っているものと逆の立場にある洒脱軽妙な句風に惹かれたのである。

だが、江戸にのぞみを断って、郷里に腰を据えてみると、おのずから田舎者の生地が露出してくるようだった。都会びとの型にはまった風流ぶりとか、かいなでの田舎趣味のいかさまぶりもあきらかに見えてくる。

　はつ雪やといえば直ニ三四尺

　雪行け行け都のたはけ待おらん

三年前につくった、はつ雪をいまいましいと夕哉、はつ雪やそれは世にある人の事という句には、自分の身に引きつけた拗ねがまじっていたが、今度の句は風流に対するはっきりした嘲罵になった。それだけ雪深い田舎に果てる覚悟が決まったということでもあった。

むろんそういう句ばかりをつくっていたわけではない。雪ちるや銭はかり込大《おお》叺《かます》、春雨や喰《く》わ れ残りの鴨が鳴といったきちんとした句、春風や鼠のなめる角田川《すみだ》という奇想の句も出来た。

出来た句を、一茶は片っぱしから成美に送って、批評をもらっている。江戸を離れて、成美に密着していた気持に、やや隙間が出来た感覚はあったが、何と言っても成美は江戸俳壇にそそり立つ巨峰だった。どのような形であれ、そのひとにつながりをつけておくことは、信濃の片隅にしりぞいて句を作っている孤独感を救い、また俳諧師一茶を飾ることにもなると一茶は思っていた。

芭蕉翁の臑《すね》をかぢつて夕涼

成美に送る句稿の中に、一茶はこの一句をすべりこませた。百姓俳諧者一茶のひそかな居直りをふくませた句だったが、成美はそれを自嘲の句ととったかも知れなかった。

句はいくらでも出来た。あばら骨なでじとすれど夜寒哉、大の字ニ寝て涼しさよ淋しさよといった境涯の句。夕月や大肌ぬいでかたつぶり、逃る也紙魚《しみ》が中にも親よ子よ、人来たら蛙となれよ冷し瓜、泣な子供赤いかすミがなくなるぞなど、身辺のあわれに小さいものを材料にした句。一茶は行くとして可ならざるなきという心境になっていた。成美の批評とはかかわりなしに、自分なりの句世界が大きくひらけようとしている予感があった。

信濃路や雪が消えれば蚊がさわぐ、また出稼ぎの信濃人を嘲って、かしましや江戸見た雁の帰り様といった悪態句も相変らず吐き、かくれ家や歯のない口で福は内というような、老いを嘲る自嘲の句も出来たが、江戸にいた時のように、貧に責められて自他を罵ったころの凄愴な句は影をひそめ、句柄が幾分丸味を帯びてきたようだった。

正直なものだ、と一茶は思った。まだ引越しは済んでいないが、仙六の家にはいつ入ってもいい約束が出来ていたし、また旅回りといっても、北信濃の旅は、葛飾から常総を駆けた旅にくらべれば、自分の家の庭を歩くように楽だった。そういう暮らしのゆとりは、句作の上ばかりでなく、顔にも出て、一茶はこの一年の間に固ぶとりに肥り、顔は丸くなっていた。

そのことを徳左エ門もその日口に出した。

「あんた、こっちへ来てから肥ったな」

「そうかも知れませんな。近ごろは喰うに困らないから」

何気なく言ったが、一茶はふと自分の言葉に気がさした。一茶にはつねに、もたいなや昼寝して閩田うゑ唄、道とふも遠慮がましき田植哉と昔詠んだような、鍬を持たない身のひけ目がある。それに空き腹をかかえて飯をたずね歩いたのは、ついこの間のことではないか。

「ところで、今日来てもらったのは、だ」

徳左エ門は一茶に、皮を剝いた柿をすすめながら真面目な顔を作った。

「あんたに嫁を世話したいと思ってな。ずっと探していたのだが、やっといい人が見つかった」

「まだ若いひとですよ」

と、その時茶を運んできた徳左エ門の女房が口をはさんだ。お前は黙っていなさい、と徳左エ門は女房に言った。

「まだ若いひとだ」

女房を叱ったものの、徳左エ門もそれを言いたかったらしく、自分もそう繰り返した。

一茶は黙って聞いていた。いくらか警戒する気分が動いている。

「いくつだと思う？」

「四十ぐらい、ですかな」

「二十八だ」

一茶は柿を齧《かじ》っていた顔をあげた。突然に汗ばむような恥ずかしさに襲われ、一茶の顔は真赤になった。徳左エ門が笑っている。驚いたかという顔をしていた。一茶はいそいで言った。

「それじゃ、先さまに気の毒だ」

「いや、むこうはそれでいいと言っている。そう、ひょっとしたら、あんたも以前見かけたことがあるかも知れないな。本陣で働いていたひとだから」

「さて」

と一茶は首をかしげた。心あたりはなかった。本陣の中村家にはたびたび出入りし、去年亡くなった六左エ門桂国とも、また弟の観国とも親しかったが、女中たちの顔まではおぼえていない。

女の名前は菊と言い年は二十八。野尻宿の北、赤川村の常田久右エ門の娘だ、と徳左エ門は言った。常田家は下男、下女を雇う上百姓で、徳左エ門の家とは親戚の間柄だった。

「あんたの母親は、この家の人間だから、あんたも、常田の家とはまんざら赤の他人というわけじゃない。むろん先方は、あんたのことを知っていた」

「出戻りか何かですかな」

「いや、遅れてはいるが、これまでひとり身だった」

「ほう」

一茶は茫然としてつぶやいた。茫然とする気持の中に、一点釈然としない感じがあった。

「そんなひとが……。それでよく先方が承知しましたな」

「それはわたしもうまくくどいたからな。江戸帰りの宗匠で、いまにこのあたり一帯に一茶社中をたてる人だと言ったよ」

徳左エ門は俳諧には縁のない人間だが、どこかで耳にしているらしく、生齧りのそんな言葉を口にした。

「それとも何か。あまり若いのは気にいらんかな」

「いや、いや」

一茶はあわてて頭を下げた。

「私にはもったいない話だ。先方さえよかったら、ぜひその話をすすめてもらいます」

「そうだろうな。菊さんなら、気だても容貌も悪くないし。それに若い。あんたがいやならわたしがもらいたいくらいだ」

ばかなことを言うもんじゃありませんよ、と徳左エ門の女房が言った。

外に雪囲いがしてあるので、家の中は昼も薄ぐらく、出るまで気づかなかったが、外に出ると珍しく日が照っていた。大きな千切れ雲が、ゆっくりと空を走っていて、二之倉を出て野に出ると、雪の野は雲が走り去るとまぶしく日にかがやいた。ぼんのくぼにあたる日射しが春のようにあたたかく、一茶は何者かに祝われているような気がした。

深くえぐれた一条の道が、青白いくっきりと目立つ翳《かげ》をともなって野を蛇行《だこう》し、二之倉と柏原の二つの村をつないでいた。振りむいて山を見た。黒姫山も、その奥の戸隠、飯綱につらなる山も中腹まで雲に覆われ、山容はあきらかでなかったが、その白い山山の腹にも日がかがやいていた。

一茶は、菊というまだ見たこともない若い女のことを思った。徳左エ門から話を聞いている間は、きれいすぎる絵空事を聞かされているようで実感が薄かったが、二之倉から遠ざかるにつれて、だんだんに嫁を迎える喜びがこみあげてくるようだった。

——人なみじゃな。これで人なみじゃ。

人気のない雪の道を、一茶は踊るような足どりで歩いた。自然に足もとが浮きたって、一茶は二、三度したたかに滑り、あやうくころびそうになった。

背が低くて肥り、その上に着ぶくれているので、一茶の身体は一層丸く見えた。時には人を刺す鋭い光を宿すこともある細い眼が、いまは丸い顔の中で笑っているだけなので、一茶は全体に雪にうかれ出た狸のように見えた。

——子供たちよ。

柏原に近くなって、村はずれの原っぱで子供たちが雪を投げて遊んでいるのを見ると一茶はさらに眼をほそめて、心の中で呼びかけた。

子供を見ると、一茶の心の中には、その後の世の辛酸も知ることなく遊びたわむれて過ごした、子供のころの自分の姿が重なって見えてくる。可憐な生き物に思えてくる。

——元気なものだ。

雪の原をすべってくる、甲高く鋭い子供の叫び声を聞きながら、一茶は今日はとりわけ彼らを祝福してやりたいような気持になっていた。そして、立ちどまると、ふと若者のような身ぶりで、道わきの雪を掬《すく》って口に入れた。

縁談は、何の支障もなくすらすらとまとまって、菊の嫁入りは四月の初めと決まった。その準備のために、一茶は二月の下旬になると、仙六の家に行き、徳左エ門と銀蔵の二人を立会人にして、家を二つに分けた。屋敷は間口九間三尺八寸、奥行き二十三間一尺だったのを、そのうち間口四間三尺二寸ずつに分け、家も半分に仕切った。

また、土蔵と仏壇は、話し合いの上で仙六に一茶が金三分を出し、一茶の持ち分とした。一軒を半分に仕切った、奇妙な家に住む老俳諧師に、菊という若い女が嫁入ってきたのは、もの憂く晴れた日射しの下に、北国の花がかおる晩春の日だった。

八

一茶は、推敲《すいこう》していた句稿の上から、ふと顔をあげてあたりを見回した。縁先の地面を、日暮れ近い油のように色濃い日射しが染めているばかりで、人の気配が絶えていた。昼すぎまで、にぎやかに人声が聞こえていた、背中あわせの仙六の家も、いまは物音ひとつ聞こえずひっそりしている。みんな外に働きに出ているらしかった。時刻は七ツ半（午後五時）近いと思われた。まだ日が落ちる時刻ではないが、飯支度の女たちはそろそろ田畑から戻りはじめるころである。

――どこへ行きやがった。

一茶は舌打ちした。昼少し前、どこへ行くとも言わず、ふっと姿を消した菊のことを考えていた。菊は昼には戻って来ず、仕方なく一茶は朝の残り物を腹におさめて、一人で遅い昼飯を済ませたが、間もなく日が暮れる。

菊が姿を消したまま、昼飯も喰わせずに亭主をうっちゃっておく理由はわかっていた。昨夜の喧嘩を根に持っているのだ。その喧嘩の中で、一茶がふと嫉妬に駆られて口にしたひと言が、まだ菊を怒らせているに違いなかった。

――そんなに怒るのは、身におぼえがあるからだろうさ。一茶は意地悪く、突きはなした気分でそう思い、また机の上の句稿に眼を落とした。だが一たん気が逸れると、仕事に身が入らなかった。

句稿は長沼の門人松井松宇の六十の賀を祝う句集に編み入れる他人のものだった。一茶は松宇に頼まれて、先月からその撰と跋《ばつ》を書く仕事に追われていた。賀集の名を「杖の竹」とすることも決まっている。だがその間に瘧《おこり》を病んで寝こんだり、途中で撰に倦いたりして、仕事はまだかなり残っていた。

仕事に倦きる理由はわかっている。地方俳人の句は、やはりこなれていない凡句が目立ち、手を入れなければ載せられないものが沢山あるせいだった。労多く楽しみのない撰だった。

菊を娶《めと》って暮らしが一段落した一昨年の秋、一茶は江戸に行って、帰郷記念の句集「三韓人」を発行して暮れに帰った。成美の序を掲げ、成美、道彦、具堂、巣兆、寥松、完来、白芹、一峨など当代の江戸俳壇の宗匠がずらりと顔をならべている豪華な句集だった。

くらべるわけではないが、松宇の賀集を編んでいると、つい「三韓人」が頭の中にちらつく。だが投げ出すわけにはいかない仕事だった。松宇は長沼上町の名主で、今後も長く一茶の庇護者となるはずの人間だった。

一茶は筆を取り、またしばらく句を推敲した。静かすぎるような刻が移った。だが、四半刻ほどしたころ、一茶は突然筆を投げて立ち上がった。女め、と思い腹の中に怒気が動いていた。喧嘩の面あてもいい加減にしろ、と思ったのである。

一茶は草履をつっかけて外に出た。庭に回ると、丁度仙六の女房が、鍬を肩にして畑から戻ってきたところだった。一緒について行ったらしい女の子が、女房の袖につかまっている。

「菊を見なかったかの？」

と一茶は聞いた。あんなに憎み合っても、他人でない血は、やはりいつの間にか通い合うものだった。近ごろは、一茶も仙六一家と少しずつ声をかけあい、時には喰い物をやり取りするまでになっている。また、一茶は田畑を昔のまま小作に出していたので、菊は本陣や二之倉の宮沢家にも雇われて行ったが、隣の家の仕事を手伝うことが多かった。

ひょっとしたら隣の畑でも手伝っているのでないかと思って、一茶はそう聞いたのだが、仙六の女房はあっさり首を振った。

「いいえ、今日は家には来ていませんよ」

「そうか」

「菊さん、どうかしたかの」

「うむ。昼前家を出たきりで、まだ帰らんのだ」

そう言ったとき、一茶は突然に不吉なものが胸に滑りこんできたのを感じた。怒りはしぼんで、かわりに胸にざわめくような不安が生まれた。それはあたりを染めている、淡い夕の光のせいかも知れなかった。

「何かありましたかの」

仙六の女房は内緒話をするときのように、声を落とした。心配そうな口ぶりの裏に、女たちが共通して隠している好奇心がのぞいていた。一茶は口の中であいまいな返事をもらして、庭を出た。

本陣に行っているはずはなかった。喧嘩のもとには本陣のことも入っている。そして二之倉は一昨日手伝いが終ったばかりだった。

――赤川に帰るはずはない。

赤川の実家に行くなら着物ぐらい換えて行くだろう。菊はいつもの野良着のままでいて、ふっといなくなったのだ。

一茶は表でしばらく街道の人通りを眺めたが、やがて諏訪神社の方にむかい、坂下の川べりまで降りて行った。

真夏のころは、素裸の子供たちが騒いでいた鳥居川の川べりは、点点とつらなる芒《すすき》の穂が、ひっそりと夕日に照らされているばかりで、人影ひとつ見あたらなかっていた。そこまで降りて行ったときには、一茶の胸ははっきりと不吉な思いで占められていた。

――あんなことは、言わなきゃよかったよ。

昨夜の喧嘩で、つい口を滑らせたひと言を一茶は悔んでいた。

まだ暑かったひと月ほど前に、一茶は思い立って三介沢の田を見回りに行った。小作の吉蔵が、田の水はけが悪いと言っていたのを思い出したのである。暑くて家の中にいるのもいやになり、外の方がまだよかろうとも思ったのだ。その帰りに、山下の道で嘉助という村の者に会った。

嘉助は、村人から少し変り者と見られている男だった。人と会っても顔をそむけて通るような無口のくせに、村の中のことをよく知っていて、時どき思いがけないことを言い出して人をびっくりさせたりする。それも人を喜ばせるようなことは決して言わず、聞いた人が、そのひと言に胸を衝かれて立ち竦《すく》むようなことを、平気で口にする男だった。

その日、嘉助がむこうから笑いかけて寄って来たとき、一茶が何となく警戒する気持になったのは、そういう嘉助の性癖を耳にしていたからである。

「嫁さんは、元気で働いてますかの」

と嘉助は言った。一茶は無言で嘉助を見た。だが嘉助は一茶の険しい眼を、まったく歯牙にもかけない口ぶりで言った。

「あの人は、本陣の旦那とナニかあったひとでの」

「………」

「うん、死んだ旦那じゃなくて、いまの旦那とさ」

「………」

「村のもんは、みんな知ってることだが、誰《だ》ァれも言わない」

一茶が顔色を変えて立っているのを見ながら、嘉助はケッケッと喉につかえるような笑い声を立てて離れて行った。うまく一茶の胸をえぐってやったのが嬉しくてたまらない、という様子に見えた。痩せこけたそのうしろ姿が、一茶が句に詠む死神に似ていた。

本陣の中村家では、一昨年当主の六左ェ門桂国が死んで、いまは弟の観国が後を継いでいる。

嘉助は、観国と菊の間に、ただならぬ関係があったと言ったのだ。菊が本陣で長く働いていたことを考えると、まんざらでたらめを言ったとも思えなかった。菊の婚期がおくれたのは、それかとも思った。

一茶はかっとのぼせ上がった。はじめに襲って来たのは、身のおきどころもないような恥辱感だった。そして次には怒りが来た。観国も菊も、知らぬふりで菊を世話した徳左エ門も、ただではすまさんぞと、一茶は猛り狂う思いだった。

だが、その怒りも恥辱感も、家に戻ったときにはみじめに萎《な》えていた。五十二の男が、二十八の女を娶ったのだ。手つかずのおぼこ娘をもらうつもりだったわけではない。それが本当だとしても聞かなかったことにするしかない、と思ったのである。菊は今年の四月に一茶の子を生んでいた。千太郎と名づけた男の子は、育たずにひと月足らずで死んだが、子供を失ったことで、夫婦の絆《きずな》はかえって強まっていた。事を荒立てても何の得にもならない。

一茶はそう思って、そのことは胸にしまって置くつもりだったのである。だが怒りは消えても、嫉妬の火は消えずに残っていたようだった。ささいなことからはじまった昨夜の口争いが、やがて口汚く相手を罵る夫婦喧嘩に変り、菊が一茶の年のことを言ったとき、一茶は思わず胸にあったひと言を菊に投げつけてしまったのである。

そのひと言で、菊は不意に青白く黙りこんでしまった。朝になっても口をきかず、そしてこの始末だった。

鳥居川は、下流に行くに従って、流れは速く、ところどころに青黒く淀む淵が目についた。まさかと思いながら、一茶はその淵をのぞかずにいられなかった。

山かげに沈みかけている日を振りかえり、振りかえり、一茶は心をせかれながら、おろおろと流れに眼を走らせて、岸を走った。

菊は川に身を投げたりはしなかった。一茶が疲れて家に戻ると、平気な顔で台所仕事をしていた。だがむっとおし黙ったまま、その夜も口をきかず、翌朝は怒りを再発させた一茶に抗《あらが》って、せっかく丹精して庭に育った糸瓜《へちま》を、全部ひっこ抜いてしまった。

九

数日後の日暮れ、一茶はひと雨あった雨あがりの道を、柏原から野尻にむかって歩いていた。ちょっと家のまわりを散歩するつもりが、いつの間にか宿をはずれて遠くまで来ていた。

雑木林の向うに、大きくて真赤な夕日が半分沈みかけ、その日にむかって高い空を、幾十羽とも知れない鳥の群れが、声も立てずに飛んで行くのが見えた。

——行くわ、行くわ。

一茶は時どき立ちどまって空を眺め、またのそのそと歩き出した。微かに人恋しい気持になっていた。

夫婦喧嘩はまだくすぶりつづけて、菊は昨日から赤川の実家に帰っていた。いつ帰ってくるとも言わずに出て行ったのだから、今日帰ってくるという保証はなかっいていたのである。日暮れになってふらりと家を出たとき、一茶は何となく街道を北に歩いていたのである。菊が今日帰ってくるつもりなら、いまごろはとっくに出会っているはずだった。

——帰って来やしないな、こりゃ。

舌打ちして、一茶は引き返そうとした。道は柏原と野尻の中ほどかと思われた。若い女房の尻を追っかけるように、こんなところまで来てしまった自分にも腹を立て、どうやら今夜も実家に泊るつもりらしい菊の強情さには一層腹を立てながら、一茶は道ばたに寄って小便をした。

ちびちびとしか出ず、しかもいつ終るともなく長い小便を、いつものように少しもてあまし気味に一茶がしおわったとき、街道をこちらに近づく人影が見えた。あたりは薄ぐらくなって、人影は男か女かわからなかったが、近づくに従って女だと知れた。いそぎ足に歩いてきた女は、一茶をみると、足をそろえるようにして立ちどまった。そして、透かしみるように顔を傾けて声をかけてきた。

「とうさん？」

「おう」

と一茶は答えた。一茶には女が立ちどまったときに、菊だとわかっていた。

「迎えにきてくれたかね」

「おう」

と一茶は言った。そして不意に目がうるんでくるのを感じた。

なんと、意気地がないぞ。一茶はうろたえて自分を罵った。ついこの間までは、江戸の片隅にたった一人うずくまって、人恋しいなどとはさらさら思わず、何者かにむかってせっせと爪をといでいた男が、いまはこの体《てい》たらくだ。そう思ったが、心にひろがる安堵はとめようがなかった。

菊は小走りに駆けよると、一茶の袖をつかんだ。

「よかった、迎えに出てもらって」

菊は歩き出しながら、浮き浮きした声で言った。まだしっかりと袖をつかんでいた。

「出るのが遅かったから、途中でだんだん暗くはなるし、心細かった」

「……」

「とうさんの、好物をもらって来たから、早く帰って喰べよ」

菊はようやく袖から手を離したが、ぴったりと一茶に寄りそって歩いた。小娘のようなしぐさだった。

一茶は、菊が嫁にきた日のことを思い出していた。盃事が済んで、二人だけになってから一茶はおずおずとこう言ったのだ。

「こんな年寄のところに嫁にきて気の毒だが、頼みますぞ」

「……………」

菊はそのとき、少し不思議そうな顔で一茶を見た。化粧に馴れていないらしく、少し白粉がはげかけているその顔には、何を言われているかわからないというような、当惑した色が正直に出ていた。

一茶はそのとき、下ぶくれの生まじめな顔をしたその若い女が、親子ほどもある年のひらきをまったく気にしていないことを悟ったのだった。身構えていた気持が、あっけなくはずされたのを一茶は感じた。

「仲ようせんとな」

不意に襲ってきた感動に動かされて、一茶がぎごちなく手をさしのべると、菊ははたしてこのひとを生涯の夫と思うらしく、ためらわずにしっかりと胸に縋《すが》って来たのだった。

そのときのことを、一茶はその夜ひさしぶりに、ひとつ床の中で菊を抱きながら、また思い出していた。

「おまえは菩薩《ぼさつ》さまじゃ」

一度子供を生んで、ふっくらと重味と嵩《かさ》を増した菊の乳房を弄びながら、一茶は酔い痴《し》れたように囁いた。菊を抱くとき、一茶の脳裏を、江戸の娼婦にあなどられながら過ごした夜の記憶が、かすめて過ぎることがあった。その記憶は、いまの幸福感を倍加し、欲情を高めてくる。

一茶の手は、さらに隠されたふくらみを探り、痴愚の動きを示しはじめていた。菊は、閨《ねや》では機嫌のいい女だった。一茶の手の動きに身体をくねらせ、喉の奥で含み笑いながら、一茶の耳に息を吹きかけた。

「あれ、ま。大げさな」

「観音さまじゃ。菊」

「観音さまなら、なぜ悪口言って泣かせた？　ん？」

菊は一茶の耳を噛んだ。そして唇を移して、鳥が餌をひろうように、あわただしく毛深い胸を吸ったが、やがて不意に一茶の背中の肉を摑むと、白い胸をつき出してのけぞった。

闇の中で、一茶は白髪も、皺も消えて、双身の歓喜天に変化《へんげ》していた。一茶は象頭裸身の魔王で、抱き合っている菊は、可憐な十一面観音の化身だった。象頭を宙にふりたてて、一茶は荒荒しく動いた。菊のよろこびに歔《すすりな》く声が、遠くに聞こえた。

明け方の冷気に眼ざめて、障子に眼をやると、もううっすらと日の光が這っていた。耳を澄ませると、隣の仙六の家では、人が起きたらしく、小さな物音が聞こえてきた。だが菊はまだ眠っていた。菊の眠りの深さは、一茶が身じろいでも、ぴくりとも動かないことでわかった。

胸もとに、顔を押しこんでくるようにして眠っている菊を見ながら、一茶はふと顔をしかめた。昨夜の痴態を思い出したのである。五十四の男と三十の女が、まるで二十の男女のように騒騒しく睦み合ったのだ。

その記憶を不快に思ったわけではなかった。むしろ胸の中には、菊に対して深まった思いがある。一茶が顔をしかめたのは、昨夜の声を隣に聞かれはしなかったかと思ったのだった。

それは幾分かの羞恥心を含んでいたが、それよりも、もっと直接に、そのことで菊が隣に何か言われはしないかという気がしたのである。表づらでは、何気なさそうにつき合いも戻り、また働き者の菊は、田畑を手伝ってほめられもしていた。だが、心の中まではわかるもんじゃない、と一茶はまださつや仙六を疑っていた。いい年してこうだ、とさつが村に触れ回ったりしたら、菊が恥ずかしがろうと、一茶は思った。

だが一茶がそんなことを考えたのは、ちょっとの間だった。襟が開いて、乳房もあらわな菊の胸を隠してやってから、一茶は這って床を出た。

机のそばに行くと、あくびをひとつして、煙管に莨をつめた。

――なんと、昨夜は五つも交ったぞ。

煙を吐き出しながら、一茶はそう思った。だが、それでとくに疲れたという気はしなかった。眼もしっかりしていて、手足にも力が残っていた。だが菊は昨夜、しまいには息も絶え絶えになったのだ。一茶は自分の若さが誇らしかった。

一茶は机の上の句帖を引きよせ、寝巻の裾からふんどしがはみ出ている大あぐらのまま、昨日八月八日の項を開いた。そして筆を取りあげて「晴。夕方一雨。雲竜寺葬。菊女帰」と書いた。そしてしばらく考えこんだあと「夜五交合」と書き足した。

気配に気づいて振りむくと、布団の中から菊が顔をあげて、じっとこちらを見ていた。菊は一茶と眼が合うと、すばやく布団の中に顔を隠したが、やがてきっぱりと起き上がると厠《かわや》に立って行った。間もなく勢いのよい尿の音がした。

――おれたちは、まだ若い。これからじゃの。

一茶はそう思い、五つじゃぞと心の中で呟いた。満ち足りていた。

十

子供は少しも目放しならなかった。ちょっと静かだと思うと、縁側のはしまで這って行って、危なげな恰好で下をのぞいているし、つかまり立ち出来るようになってからは、障子につかまって紙を破ったりする。怒る真似をしてみせると、よけいに喜んでこちらの顔を窺いながら障子を破ってみせる。

さとと名づけた女の子だった。去年の五月に生まれて、あとふた月も経てば誕生を迎える。最初の子を、じっくりと顔を見る間もなく失った一茶は、この子がかわいくてならなかった。

しぐさのひとつひとつがめずらしく、愛らしくて、一茶はいつの間にか仕事をよそにして、子供の相手ばかりしている自分に気づくのだ。五十七になって、はじめて味わう人の親の気持だった。今年の元日、一茶はさとを祝って、這へ笑へ二ツになるぞけさからハ、と詠み、また、目出度《めでたき》もちう（中）位也おらが春と詠んだ。

だが、これでは仕事にならないな、と顔をしかめることもあった。いまもそうだった。江戸の俳友青野太笻《たいこう》に手紙を書きかけ、去年太笻からもらった手紙を思い出して、手文庫の中を探している間に、さとは机にのび上がり、書きかけの手紙の上に墨をぬっていた。

「こらッ」

一茶は子供の手から筆を奪い取ると、大きな声で叱った。さとはびっくりしたように、眼をみはったまま泣き出した。しっかりと机につかまって一茶の顔を見ながら、大きな口をあけて泣いている。顔が涙でびしょびしょに濡れた。

「よし、よし」

一茶は子供を抱き上げてあやした。軽くやわらかい感触が、手の中ではずんだ。子供は一茶に抱かれると、よけいに大きな声で泣いた。

「どうしたの？　さと」

台所から菊が手を拭きながら出て来た。

「手紙を書きかけたら、このとおりだ」

一茶は言いながら、子供を渡した。菊はよしよしと言い、坐って子供を抱き取ると、襟をくつろげて乳房をひっぱり出し、子供にふくませた。子供はしゃくりあげながら乳房に吸いついて、間もなくおとなしくなった。

大きく白い乳房から眼をそらして、一茶は机の上を片づけ、改めて巻紙を乗せた。

「どこにやる手紙ですかの」

と菊が言った。それで一茶は、さっきまで考えていたことを妻に喋ってみる気になった。

「江戸の友だちさ。太笻といって気骨のある男だ」

「とうさんのように？」

菊はくつくつ笑った。

「茶化さずに聞け」

一茶は菊をにらんだ。

「成美さんのような、しっかりした俳句詠みもいなくなって、いまは道彦だの、道彦門下の四天狗だのという連中が江戸でもてはやされているらしい。中身なんか、なにもありゃしないのだ、連中は。太笻はそういう世の中を嘆いている」

「……」

「おれも同感よ。道彦なんか、去年この街道を駕籠で通ったりして、大そうな羽ぶりだが、なに、世渡りがうまいだけで、つくるものといえば芋みたいなもんだ。江戸でおれは友達づき合いしたからよく知っている」

「……」

「蕉雨も芋さ。ただ道彦にくっついたから名が売れただけの話でな。俳諧ならおれの方が上だ。そういう連中が江戸でのさばって、一人前の宗匠づらをしていると思うと、腹が煮えてならん」

「人のことはいいじゃありませんか」

「よくない」

と一茶はどなった。菊に話している間に、本当に腹が立っていた。嫉ましかった。

「でもとうさんだって、お弟子が沢山いて、ちゃんと喰べていけるんですから、それでいいでしょ。ね、おさと」

菊はこういう話にはあまり興味もなさそうだった。乳房をしまい、さとを抱き上げて立つと、豆腐を買って来ますからと言って外へ出て行った。

——ふん、何も知らん女だ。

一茶は荒荒しく机にむかうと巻紙をひろげ、筆を噛んだ。

菊は本当にただの農婦だった。丈夫で若くて、懸命に働くだけの女だった。むろん一茶はそれを承知で嫁に迎え、思いがけなく若い妻を得たことを身の果報とも思い、二、三年は若い身体に溺れたのだ。

だが娶《めと》って六年にもなり、子供も出来てみると、鳴子百合だ、碇草《いかりそう》だと精のつく薬草を漁ってはげむ房事にも、少し倦きが来た。その分だけ、話し相手には不足な菊に、不満が出て来たようだった。

一茶は太笻に手紙を書いた。去年太笻は、上方旅行に出かける道彦の仰ぎょうしい出立ぶりを知らせ、ついでに金令舎の四天狗などと呼ばれている蕉雨、護物《ごぶつ》、何丸、菊塢《きくう》の近況をあげて悪口を言っていた。その道彦は、上方からの帰りの道を北陸道に回り、金沢から一茶が住む柏原を通る北国街道をくだって江戸に帰って行ったのである。むろん一茶には何もおとずれもなく、駕籠で柏原を通り抜け、牟礼宿に泊ったということだった。

口曲入道大坂大当たりにて、山吹ぽつぽふくらし、その当りついでに加州金沢は飛脚の口緒かねて先触れいたし候ところ、かの口緒とりもちて、ここにても黄葉さらひこみたる噂、しかとした事は知らず。その帰り、わが柏原をも通り候ところ、菴は錠ぴんとかかりて、二里江戸の方牟礼といふ所のはたご屋に泊り候ところ、その後十月二十日上田といふ小都会に参りて、三、四日逗留仕り候。その上田に泊ったとき、道彦は二階に、画賛金千疋《びき》、唐紙三つ切金百疋、短尺二葉金百疋と張り札を出したと人に聞いた、と一茶は書いた。

二階に上がりて張り札を見て、眼を回してはふはふに帰る者もあり、また千疋の画賛買ふ人もあり、屛風一双、唐紙十一葉のぞむもありて、ここにて八葉ほど、そのほか越高田二葉など小売あつめたらば百葉ばかり、ぶつしめて帰りしならん。さてあぢな世の中なり。

書きながら、一茶は心が暗い怒りで満たされるのを感じた。くだらない世の中だ、と思った。怒りの裏には、ごそりごそりと金をさらって行く道彦に対する羨望と嫉妬がぴったりと貼りついている。しかしいつの世にも、こういう人間が勝つのだ、とも思っていた。

彼らは一茶が必死になって這い上がろうとし、ついに這い上がれなかったその道を、楽楽と歩いていた。そういう人間は、一茶のように年中人の顔色を窺ったり、控えめに物を言ったり、二年も同じ物を着ていたりはしないのだ。そして死んだ成美のように、わざと流れの外にいて、孤立を楽しむようなこともしないのだ。

彼らはいつでも、世の中の真中にいる。派手に着飾り、ずかずかと人の話の中に割りこんできて、大きな声で喋り、笑い、そこでもやはり真中にいる。羞じらったり、下手に遠慮したりもせず、気ままに振舞いながら、それでいて何が世に迎えられるかは、ちゃんと嗅ぎわけているのだ。

世の中を、大手を振って歩くのは、そういう連中だ。おれと道彦を分けたものは、多分芸の巧拙ではなくて、そういうものなのだ、と一茶は思うのだが、それはわかったただけではどうしようもないものであった。

三年前、一茶は松宇の「杖の竹」の編集を終ると、江戸に行った。「杖の竹」と、その前から頼まれていた、同じ長沼の門人、佐藤魚淵の記念句集「あと祭り」の出版が目的だったが、そのついでに葛飾、下総をひとまわりして旧交をあたためた。

そして布川にいる間に、夏目成美の死を聞いたのである。不思議なことにそのとき、一茶の悲しみは薄かった。その夜したためた日記に、一茶は「成美歿」の三文字だけを、そっけなく記している。

むろん一茶は、そのあとすぐ江戸に引きかえして、成美の追悼句会にも加わったが、かつて馬橋の大川立砂や、友人の滝耕舜を悼んだような悲嘆は、その間もついにおとずれなかった。一茶自身が老境に入って、人の死がさほど珍しくなくなったのだといえば、それまでである。しかしそうではない。別に納得がいく気持を一茶は持っていたのだった。

いつからか、一茶の気持は、少しずつ成美から遠ざかっていて、その死もさほど痛切には感じなかったのである。その一種の乖離《かいり》ともいうべき気持は、故郷に落ちついて、もはや成美を頼ることもなくなったと思ったときからはじまったようだった。

句の添削も受け、口も養ってもらったが、江戸にいる間、最後まで成美から離れなかった一茶の本心をいえば、いつか江戸に俳諧師の看板をあげるとき、このひとが力になってくれるだろうという気持があったのである。成美はそれだけの、隠然とした実力を俳壇に持つ人間だったのだ。

しかし成美は、そういう世俗的なことでは、結局一茶に手を貸さなかったのである。そして、そのことについては一茶も最後まで口に出さず、成美も言わないままに、一茶は郷里に帰ったのであった。

なぜ成美が手を貸さなかったか。その理由は、いまでは一茶にもわかっている。

成美は、師をもとめず、結社に拠らず、自分ひとりの研鑽で当代一流の俳人の座を占めた人間だった。見事な独行の俳人だったのである。そういう成美にとって、また喰う心配のない成美にとってはなおさら、俳諧は純粋に芸そのものだったのだ。葛飾派も業俳を嫌ったが、俳諧が喰うための手段でもあるという考えは、成美においてもっとも遠いものだったに違いなかった。成美の芸は、そういう世俗的なものとまじわりを絶った場所で、孤独に光っていたのである。

たとえおれの望みを知っていたとしても、あのひとがあちこちと口をきいて、立机襲名に手を貸すようなことはあり得なかったのだ、と一茶は成美を離れて、もはや頼る必要がなくなったころにようやく気づいたのであった。

俳諧で喰わなければならなかった一茶は、ある意味では頼るべき人を間違えたかも知れなかった。そう思いあたったときから、一茶の気持は少しずつ成美から遠のいたのである。だが、それなら一茶は、誰を頼ればよかったのだろう。

——道彦は、反吐《へど》が出るわな。

太笻にやる手紙から、薄ぐもりの光が漂う庭先に眼を投げながら、一茶はいまもためらわずにそう思った。

俳諧は、一茶にとって確かに喰うための手段であったが、それだけではなかった。やはりそれ以上に芸だったのだ。金が儲かればいいというものではなかった。俳句よみのその誇りは、いまもしっかりと腹の中にある。ろくに芸もたずに世にときめいている連中をみると腹が立った。道彦の芸が、何ほどのものかと思う気持が腹の底にある。結局おれは、道彦でなく成美を頼るしかなかったのだ、と一茶はいつもの結論にたどりつくのだった。

――だが、勝負はどっちだ。

自問するまでもなく、勝負はついていた。道彦は、俳諧行脚とは名ばかり、駕籠で大名旅行をしているし、同じ信濃から出た蕉雨、何丸も、道彦の門下に入ったばかりに、一茶が江戸を去ったころから、めきめきと名を挙げ、いまでは道彦門の四天狗などともてはやされている。蕉雨などは、いずれ金令舎の後を継ぐだろうと噂されているというではないか。

そして一茶は、といえば、百姓親爺にちょっぴり毛が生えたほどの存在でしかなく、いまは江戸俳壇にも忘れられ、目出度もちう位也と詠むしかないのだ。

――あの蕉雨が……。

一茶は歯ぎしりしたくなる。嫉妬と反感で眼の前が暗くなるのを感じる。

江戸を去る直前に、一茶は蕉雨と知り合い、下総守谷の西林寺を一緒に訪ねたり、二人で半歌仙を試みたり、短い期間ながら親しくつき合っている。ちょっとした才能だな、という気はしたが、一茶は蕉雨をそれほど高く買ったわけではなかった。何丸には会ったことはなかったが、同じ郡内の吉田村の出だということと、また博覧強記で、「芭蕉翁句解参考」、「七部大鏡」という大部の著述をすすめていることは聞いていた。だが一茶は何丸に対しても、俳人を名乗るなら句を見せろ、おれが判定してやる、という気持がある。

――才能でなど、あるものか。道彦のヒキさ。

一茶は頬杖をついて、庭をねめつけた。怒りは嫉妬に、そして憎悪に変るようだった。

不意に子供の声がして、一茶は夢からさめたように縁側のはしを振り返った。いつの間にか、さとが障子につかまって、危なっかしく立っていた。さとは一茶が振りむいたのをみて、障子をゆさぶりながら、けらけらと笑った。

一茶は、いそいで立って行って、子供をつかまえた。外をのぞくと、庭のはしで、菊が洗濯物をとり込んでいるのが見えた。一茶はどなった。

「危ないじゃないか、子供をほうり出して」

「でも、急に降って来たから」

菊は振りむきもせずに言った。みるといつの間にか、庭の土がしっとりと濡れている。菊は留守番の一茶が、雨が降り出したのにも気づかなかったのに腹を立てている様子だった。

――ふん、雨の番までしていられるか。

一茶は舌打ちして子供を抱いた。

「な、さと」

一茶は赤ん坊の頬をちゅと吸った。乳の匂いがした。さとは機嫌よく笑って、一茶のたるんだ頬の肉をつかんだ。

――ま、それはそれよ。女房子供がいて、家があって、そのうえのぜいたくも言えまい。

と一茶は思った。

その子供が、疱瘡《ほうそう》をこじらせて死んだのは、誕生がすぎてひと月あまりしかたたない、六月二十一日のことだった。突然に襲いかかってきた不幸に、一茶は茫然とした。だが一茶の本当の不幸は、そのときはじまったばかりだったのである。

十一

障子が白くなったのを見て、一茶は菊の寝顔の上に耳を寄せた。短いせわしない呼吸が耳に触れた。昨日の七ツ過ぎにそうなってから、状態は少しも変っていなかった。

一茶は身体をひいて、行燈の光に照らされている菊の寝顔を眺めた。瘦せて、眼《がん》窩《か》がくぼみ、頰骨が高く出て、別人のように面変《おもがわ》りした顔だった。乾いた唇が少しまくれて、前歯がみえた。病いが、菊の容貌を醜くしていたが、その顔には、どことなく子供じみた表情も浮かんでいた。

そばの火桶に、上体をかぶせるようにして、菊の母親が居眠っていた。その母親は、ここ二、三日ほとんど眠っていなかった。

一茶が肩をつつくと、母親ははっと胸を起こして、いそいで病人の顔をのぞいた。

「大丈夫だ。変りはない」

小便に行ってくるから頼むと言いおいて、一茶は部屋を出た。菊の実家は広く、茶の間を通り抜け、土間に降りて入口に出るまで、足が不自由な一茶は、杖をつかわないで歩くのに苦労した。一茶は三年前の文政三年の秋に中風を患って、片足の歩行が不自由になっていた。ようやく歩けるようになったとき一茶は、ことしから丸儲ぞよ娑婆遊びと詠んでいる。

昨夜、一時は危篤かと思われて、遅くまで起きていた実家の人びとも、いまは眠っているらしく、家の中はしんとしていた。土間に大きな甕《かめ》を埋めこんである、菊の実家の小便壺は、小便を出すと静かにひびく音を立てる。一茶は小便の出が悪くなっているので、音は途中でとぎれては、また思い出したように細ぼそとつづく。一茶は少し物がなしいような気分で、その音を聞いた。

むかしは、小便の滝を見せうぞ鳴く蛙、という句を作ったこともあったと思いながら、一茶は小便をしまいにすると、入口に立てかけてある杖を取って、戸を開けると外に出た。少し息苦しく、外の空気を吸いたい気持になっていた。

六月の空は明けはじめていたが、あたりはまだ仄《ほの》ぐらかった。赤川の村落に、かぶさるようにそびえている長範山の中腹に、薄わたのような雲が動いているのは、夜半に降った雨の名残りらしかった。背後の空は晴れて、峰のあたりには黄味を帯びた光が漂っていたが、山の腹はまだ黒黒と夜の色をまとっていた。

——菊は、助かるまい。

一茶はふとそう思った。さっき耳をおし当てたときに聞いた、短く弱い呼吸の音が、まだ耳の奥で鳴っていた。

菊が病気で寝こんだのは、今年の二月だった。一たん回復して、家の中のことも出来るようになったが、三月の初めにまた寝こんでしまい、その後はみるみる衰弱した。野尻宿から医師を呼んだがいっこうにききめがなく、四月半ばになるとついに起き上がれなくなった。

一茶自身、歩行が不自由な人間である。仕方なく一茶は、駕籠で病人を実家に運び、看取ってもらっていたのである。だが病状は悪くなるばかりだった。菊は昨日からは物も言わず、眼も開こうとしない。

——何の因果だ。

一茶は杖に縋《すが》ったまま、凝然と黒い山を見上げた。

最初の男の子がひと月足らずで死んだとき、一茶は悲しみはしたが、世にあることだと思ったのである。だが四年前にさとが死に、一年置いて生まれた石太郎という次男が、またも百日足らずで死んだとき、一茶は一家を遠くから見つめている、何者とも知れぬものの悪意のようなものを感じないではいられなかった。

次つぎと子を失った夫婦は、ただ寄りそって暮らすしかなかった。しかし去年の三月、菊は運命に抗うようにまた男の子を生んだ。一茶は、この三男に金三郎という名をつけた。一茶は六十だった。もはやこれが最後の子だろうと思い、ぜひとも丈夫に育てあげねば、という気持で、強そうな名を選んだのである。

だが、今度は菊が重病に倒れた。一茶の一家につれない、世の悪意のようなものは、まだこの一家から眼を放してはいないようだった。

一茶は妻を思い、よそに預けてある子供を思った。少しおびえたようにまわりを見回した。子供は隣村の赤渋村に預かってくれる家があって、ひと月ほど前からそこにいた。その子供にも、何か悪いことが起こってはいないかと、ふと思ったのであった。

不意に家の中で、人が泣く声がした。一茶は、はっとして身体を回し、家に入ろうとした。そのとたんに、不自由な方の足をしたたかにねじって、濡れた地面に転んだ。

「菊さんが、早く」

家を飛び出してきた実家の嫁が、泣き声でそう言い、走り寄って一茶を助け起こした。一茶が、嫁に助けられてそばに行くのを待っていたように、菊は息をひき取った。やつれた顔から、みるみる血の気がひいて、穏やかな仏顔に変るのを、一茶は凝然と膝を摑んだまま見つめた。

菊の遺体は柏原に戻し、明専寺の住職を頼んで葬式を出した。金三郎を呼び寄せたので、乳をあたえている赤渋村の富右エ門の娘が、金三郎を背負ってやって来た。

一茶が、子供の様子が尋常でないのに気づいたのは、家についた娘が、金三郎を背からおろして抱いて見せたときだった。

「これは、どうした？」

思わず一茶は言った。赤渋村にやる前は元気だった子供が、見るかげもなく瘦せていたからである。子供は一茶を見ても笑いもせず、どんよりした眼を宙に据えていた。

「こんなにまあ、瘦せてしまって」

「腹くだしているもんだから」

「まだ腹くだしていると？　ずっとかの」

問いつめながら、一茶は背筋を冷たいものが走り抜けたのを感じた。

菊が寝たきりの病人になって、子供の面倒もみられなくなったので、一茶は乳母を探した。その時顔見知りの富右エ門が預かると言った。「おらの娘なら、樽の飲み口あけたほど乳が出る女だ。乳母にはもってこいだ」と、富右エ門が請け合ったので、一茶は安心して預けたのである。

預けたのは先月の十六日だった。だが間もなく、次の日の夜から、子供が腹をくだしていると知らせて来たので、一茶は薬を送ったりした。だがその後は病人の看病にかまけ、子供は難なく元気になったものと思いこんでいたのである。だが、あれからずっとぐあいが悪かったというのか。一茶ははげしく言った。

「あれから、ずっとかの？」

「ずっとというわけでもねえども」

頬骨が出て、肉が薄い顔をした富右エ門の娘は、おびえたように一茶を見て口籠った。

菊の遺体を焼いて骨にしたその夜、一茶は細ぼそと金三郎が泣く声を耳にすると、茶の間から起き上がって、客が寝ている座敷の方に行った。そこには葬いに集まった親戚の女たちが寝ていて、富右エ門の娘もそこにいた。

娘は起き上がって、金三郎に乳をやっていた。娘は人の眼から胸を隠すように、深く金三郎を抱きこんで背をまるめていたが、障子の陰からのぞいた一茶の眼に、娘が手に何か握っているのが見えてきた。金三郎は、どうやら乳首ではなく、それに吸いついているようだった。

「………」

水か、と一茶は思った。身体が冷えた。行燈の光が十分にとどかず、はっきり見えないのがもどかしかったが、女の胸が男のようにひらべったく、乳房らしい厚みも見えないのはわかった。

――鬼だ。

足音を忍んで茶の間に戻りながら、一茶はそう思った。出もしない乳を、金ほしさに出ると偽って、富右エ門が仕組んだことに違いない。金三郎は恐らく預けられたときからずっと、水を飲まされていたのだ。だからあんなに痩せおとろえてしまった。一茶はのぼせ上がったように、一気にそこまで思いつめた。

「ばあちゃん」

茶の間に戻ると、一茶は小さく身体をまるめて炉端に寝ている、義母のさつを揺り起こした。そしていま見てきたことを話した。

「あんなもんで乳が出るわけがない。まるで胸が、男と変りなかったぞ」

「なんのさね、ばか言うもんじゃない」

さつは歯の抜けた口をすぼめて、じっと聞いていたが、話が終ると、憐れむように一茶を見て言った。

「何を見たもんか、おまえは。女子の乳なんてものはの、大きいのもあればちっちゃいのもあるわさ。ちっちゃいから乳出ないなんてことはあるもんかよ」

「じゃ、何であんなに痩せた」

「そりゃ、ぐあい悪いからだわさ。おまえ、考えてもみろ、ひと月も水飲ませていたら、これまで生きていねこて」

「ともかく、富右エ門のところには置けん。明日にも引き取る」

と一茶は言った。

翌日、一茶は喧嘩腰で富右エ門から子供を引き取り、間もなく柏原の南の中島村で、乳母が見つかったので、そこに預けた。

乳母だという、丈夫そうな中年女が金三郎を抱いて帰った十七日の夜、一茶は父ひとり子ひとりになったその子が不愍《ふびん》で、まんじりともせず夜を過ごした。一茶に譏《そし》られた富右エ門が、金三郎を帰すとき、「この子は五日目で死ぬぞ。五日目で死ななくても長くはないわ」と、捨て科白《ぜりふ》を言ったという噂にもおびえていた。

一茶は起き出して、行燈に灯をともし、燈芯をかき立てて机にむかうと、紙をのべて文章を書き出した。

……けふその五日目になんありける。もしや呪咀することもはかりがたくなど、つらつら思へば思ふ程、うしろ淋しく、天井にさはぐ鼬鼠《いたち》も、もののさとし(話)かなど、手に汗を握りつつ、ことに日の暮るれば、まれに訪《おとな》ふ人なく、夜はしんしんとしづまりて、只一人座せば、残灯壁にそむけてうすぐらく物凄きに、火の用心の拍子木もひしととだへして、里はづれなる犬の遠吼《とおぼえ》も、その里人をとがむるにやと心を冷やし、板戸に風のおとづるるも、告げて来しやとおどろきて、夜一夜まじりともせざりき。

夏の夜のさらでも明くる草の戸を
しとど水鶏《くいな》の何たたくらん

最後の和歌をひねり出すのに手こずり、一茶がその文章を書き終ったときには、夜が明けようとしていた。書いている間に、文をつづる三昧境《さんまいきょう》にひきこまれ、肝心の子供の心配が胸に戻って来たのは、書き終ってしばらくたってからだった。

障子が白んできたのを見ながら、一茶はもう一度、書いたものを丹念に読み返し、ところどころに筆を入れた。そしてうなずいて「五月十八日暁　一茶記」と書き、行燈の灯を吹き消した。それから枕もとにそのまま置いてあった徳利を傾け、ごくごくと喉を鳴らして、葬式の残り酒を飲むと、頭から布団をかぶって寝てしまった。

その年、文政六年の暮れに、一茶と菊の最後の子供金三郎が死んだ。明専寺で供養をしてもらったあと、遺体を入れた小さな柩《ひつぎ》を仙六が背負い、一茶がその後について、小丸山の墓地にのぼり金三郎を埋めた。先に帰っていいと仙六に言い、一茶はあとから雪の道をそろそろと降りた。丘の斜面で、一茶はふと灰色の雪空を見上げると、そこで足をとめて動かなくなった。疲れたわけではない。六十一になって、ただひとり残されたという気持がこみあげてきたのであった。だがこのとき、知りあいの人間がそこを通りかかったら、一茶を気が違ったとみたに違いない。一茶は薄笑いをうかべていたのである。あくまでも不運に出来ている自分の人生を、一茶は罵り、笑わずにいられない。薄笑いしながら、一茶は心の中にひろがる暗黒を、凝然とのぞきこんでいたのである。

十二

「珍しいの」

杖をつき、片足を引きずりながらやって来た一茶を見て、本家の弥市は無愛想に言った。菊が死んで一年近くたっていた。

「元気か。何か用かの」

「折入って頼みがある」

「頼み？」

弥市は縁側に突っ立ったまま、じろじろと一茶を眺めおろした。四月も半ばになるというのに、一茶は垢じみた袷《あわせ》の上に、冬の間離さずに着ていた綿入れの袖無しを、まだ羽織っていた。髭も、白い無精髭がのびたままで、一茶が縁側に近づくと、異様な匂いが押しよせてきた。

弥市は顔をしかめたが、ま、上がれと言った。

「いや、ここでいい」

一茶は不自由な足をかばいながら、ようやく縁先に腰かけた。

「男やもめに蛆《うじ》がわくというが、あんたもだいぶむさくなったな」

弥市は自分も坐り、奥にお茶を持ってこいと声をかけてから、ずけずけと言った。

「菊に死なれて、一人だから無理もないが、あんたは弟子回りをしないと喰って行けないひとだろ？　もうちょっと身ぎれいにしないと嫌われるぞ」

「………」

「洗濯物なんかは、遠慮せずに隣に出しゃいいじゃないか。むくだっていやとは言ってないだろ」

むくというのは、仙六の嫁である。洗濯物はないかと、よく声をかけるのだが、一茶は面倒で、めったに出さなかった。

「頼みというのは、そのことで」

と一茶が言ったとき、弥市の女房がお茶を運んできた。

「そのこととは何だ」

「嬶ァ《かか》を世話してもらえんかと思ってな」

「嬶ァ？　あんたのか」

弥市は、女房と顔を見合わせた。そして苦笑しながら言った。

「あんたの江戸仕込みの厚かましさには呆れるよ」

あんた、と女房が袖をひいたが、弥市はかまわずに言葉をつづけた。

「いまから数えれば三年前だ。あんたな、弥太郎。あのとき何をやったか、忘れたわけじゃあるまい」

文政四年の暮れもおしつまった二十九日に、一茶は村役人に一通の願書を提出した。宿場である柏原では、表通りの伝馬屋敷に住む者に、伝馬役の負担があった。しかし実際には、直接出るかわりに役金を納める習わしになっていた。一茶の願書は、この役金免除を願い出たものだったが、中身は次のように、奇妙なものだった。

正月二日集会の節、万屋弥市どのは、役金などいくら出すものやら、一向にしらざるよしに候。私は享和元酉のとしより、文化十年酉迄、金一歩づつ、御上納同様上納仕候。御帳面御改下さるべく候。其内享和元より文化十迄十三年のうちは、江戸住居、又は岡右エ門どのの家の小隅借りて住むうちも、空家に金一歩づつ上納仕候。

(中略)おのれ中風此かた、歩行心のままならず、出入の度に駕賃に追ひまくられて、困窮の上に、生れるの死ぬの、又生れるの死ぬのと、大にこまり候。なよ竹の直ぐなる御捌《おさばき》にて、役金、ちとの間休ませ下されたく候。其代り今迄長長よい子の顔して休みたる弥市より、役金はお取立下され候はば、生生世世有難く存じ奉り候（後略）

自分は至極まじめに納めているのに、納めずに得をしている者がいる、と本家の弥市を槍玉にあげ、自分の方は当分休みにして、代りに弥市から取り立ててくれとごねた文書だった。

「あのことは謝る。申しわけないことをした。このとおりだ」

一茶は立ちあがると、縁の外で不自由な足を回し、弥市にむき直ると頭をさげた。丁寧すぎるしぐさの中にわざとらしさが見えた。一茶は顔をあげると、顔色をうかがうように弥市を見た。ふてぶてしく、したたかなものを感じさせる眼つきだった。

忌まわしいものを眺めるように、弥市は一茶を見かえしながら罵った。

「謝ってすむというもんじゃあるまい。おれは恥かかされた。それも忘れて、よくもいけしゃあしゃあと、そんな頼みごとが出来るな」

「過ぎたことはいいじゃありませんか」

と女房はなだめた。

「いや、おれが言いたいのはただ。こういうこともあるから、身内の者を村役人に指すような真似はするんじゃない、ということさ」

弥市は息まいたが、急に女房を振りむいて、お前に誰か心あたりのひとはいないか、と言った。夫婦は時どき、値ぶみするように一茶を盗み見ながら、ひそひそと小声で話し合った。いや、六十二だ、と弥市が一茶の年を言ったのが聞こえた。その間一茶は、細く怖い眼つきで、庭の隅に咲いているすもものの花を見つめながら、身じろぎもせず、四月の光を浴びていた。

翌月の二十日過ぎになって、弥市は山向うの飯山城下から、中年の女を一人連れてきた。田中という飯山藩士の娘で、名前は雪という。年は三十八だと弥市は言った。弥市の女房は、飯山から後妻に来た女だったので、そのつてを頼って、縁談をまとめたのである。

雪は男のような怒り肩を持ち、上背も一茶よりありそうな女だったが、肥ってはいなかった。少し冷たい感じがする細面の美人だった。

雪が来て、家の中は片づいた。数日、一茶はじっと雪の様子を窺った。うす汚れた一茶を見て、雪はとまどった顔をしたが、一茶もとまどっていたのである。一緒の部屋にいても、一茶から遠く離れて、膝も崩さず坐っているような雪をどう扱っていいかわからなかった。しかしある夜、雪が行燈の灯を消して自分の床に入ったのを見すますと、一茶はそろりと床を抜け出した。

——男と女じゃ。

と思っていた。一年以上も断たれていた欲情に、火がついていた。新しく女房になった女に対する興味が、その火を煽り立てていた。頭の中で、ふくらんだ血管がごんごんと音立てるのを聞きながら、一茶は手さぐりで暗い畳の上を這って行った。

雪は、はじめ少し抗った。その動きにも雪のとまどいが現われていた。だが、一茶が執拗にむしゃぶりつくと、やがて抗うのをやめた。

だが、突然に一茶は、強い力で押しのけられていた。あえなく、一茶は夜具の外に転がり出た。起き上がった雪が、小走りに部屋を出て、台所に入ったのが、気配でわかった。はげしく嘔《は》く声が聞こえてきた。

一茶は、空っ腔を抱いてその声を聞いていたが、やがてまた畳を這って自分の床に戻った。

一茶は足が不自由でも、駕籠を雇ってあちこちと門人の家をたずね歩き、めったに家にいなかったが、時には客が訪ねてくることがある。そういうある日、一茶は客と酒を飲み、夜になって客が帰ったあとも、ひとりで飲みつづけた。

一茶が酒を飲みはじめたのは、先妻の菊を娶って家に落ちついたころからだったが、すぐに手が上がって、近年は酒を手離せなくなっていた。死ぬ間ぎわまで酒を欲しがった亡父の体質を受けついだようだった。その夜も一茶は大酔して寝ると、寝小便を洩らしてしまった。

——長いことはないぞよ。

翌朝、不機嫌な顔で、寝小便の後始末をしている雪を盗み見ながら、一茶はそう思った。夫婦の先行きが見えていた。

それまでも雪は、時どき飯山の実家に帰ったが、寝小便の一件があってから、実家帰りは一層ひんぱんになった。戻って来ても、仕事もせずに、部屋の隅でぼんやり考えこんでいるようなことがあった。

雪は雪で、やはり夫婦の先行きを見ているのかも知れなかった。俳諧師という名につられて縁組みを承知したものの、来てみるとうす汚れた中風年寄がいるのにまず仰天したろうし、暮らしてみて、さらに失望を深めたに違いなかった。

——こりゃ、無理だったわ。

そういう雪を責めることは出来ない、と一茶は思った。むしろ釣り合わない縁談にのって、柏原くんだりまで来てしまった女が哀れだった。

雪は、身体もきかないただの中風年寄とばかり見ているようだったが、一茶の頭は少しも衰えていなかった。今年になってからも、浅野、中野、田中、善光寺といった土地を回りながら、文虎、素兆、希杖、蘭腸、梅塵、文路などと盛んに歌仙を巻いたし、発句も相変らず年に二百、三百と出来た。句にもむきだしの嘲りや罵倒が少なくなり、隣から敲《たた》き出されて来る蚊かな、昼の蚊やだまりこくつて後からといった飄逸味が加わってきている。俳諧師としては、まだやれると一茶は思っていた。

だがその俳諧師が、夜は寝小便を洩らすことも事実で、それは一茶にはどうすることも出来ないことだった。雪がこんな年寄のところに来たのを後悔して、去ろうとするなら止むを得ないことだと一茶は思っていた。

八月三日に、雪は離縁して去った。ふた月あまり、一茶の家にいた勘定だった。雪が去った日の日記に、一茶は「晴。犬鰹節一本引。雪女離縁。卜英来」と記した。一茶はまたひとりになった。

雪が去って、ひと月ほど経った閏《うるう》八月のはじめ、一茶は善光寺の上原文路の家に滞在しているうちに、二番中気を患った。今度は言葉まで不自由になった。しかし家へ帰っても、養う人間もいない年寄である。一茶はその身体のまま、門人の家から家へ転転と手渡されて、その間に養生し、十二月になってようやく柏原の家に帰った。一茶は、寒空のどこでとしよる旅乞食と詠んだ。

十二月の柏原を、赤い日が染める日暮れがあった。すすけた障子の上に、その気配を感じとると、一茶は不自由な足をあやつって戸口まで出、雪に埋まった敷居の上にうずくまって、身動きもせず外の風景を眺めた。

雪はばったりやんで、新雪の雪野原の上を赤い日射しが這っていた。一条の光は軒下までしのびこんできて、皺深い一茶の顔を照らした。

どこかで哀しげに澄んだ子供の声がするのに、一茶はじっと耳を傾ける。二番中気を病んでから、脳にも少し衰えが来た。その衰えた脳の襞《ひだ》に、そうしていると取りとめもない物思いが浮かんでくるのだった。裸足で川のそばを駆けた子供のころ、腹をすかせて、何か喰うものは落ちていないかと、江戸の町町の軒先を眼で窺いながら歩いた、浮浪のような二十のころ。そして露光、元夢、成美。赤ら顔の道彦の哄笑。その道彦も死んだそうな。

「菊よ。おお、さとよ、石太郎、金三郎」

一茶の眼に、不意に涙が溢れる。一茶は思い出に縛られて身動きも出来なくなる。そして日が落ち、野を染める光も消えて、寒気が身体を包んでくるころ、ようやく身じろぎして立ち、家へ入る。

家に入って、灯をともしてみてもひとりだった。飯を支度するのもものうい。一茶は這うようにして台所に入り、徳利の底に、まだ酒が残っているのを確かめると、大事そうに胸に抱えて灯のそばに引き返した。

医者に禁じられた酒だが、一茶は酒をやめる気にはなれない。

「寝酒いざ、としが行こうと行くまいと、さ」

飲むと、身体があたたまり、わずかに気持が浮き立ってくる。そしてあたたまった体温に刺戟されて虱《しらみ》がさわぐらしく、身体がかゆくなってきた。一茶はしばらく懐から手をさしこんで、あちこちと身体を掻いたが、酒が終りになったのをしおに、帯をゆるめ下着をぬぐと、行燈と手焙《てあぶ》りをそばに引き寄せ、虱取りをはじめた。

行燈の光に照らされて、虱があわてふためいて走り、縫目に隠れていた卵が一列に光った。それも放っておけば虱になるのだ。一茶はしばらく不自由な手を使って虱退治に夢中になったが、やがて身ぶるいして着物を身につけ、行燈を吹き消すとそのまま敷放しの床の中にもぐりこんだ。

しばらくごそごそと寝ごこちを定める物音がつづいたが、やがて一茶の、長く力ないあくびが聞こえたのを最後に、部屋の闇は静まりかえり、そして冷えて行った。


「ざっと一万」

いや待て、ひょっとしたら二万ぐらいも作ったかな、と一茶はつぶやいた。

「二万句じゃぞ。日本中さがしても、そんなに沢山に句を吐いたひとはおるまい」

「えらいもんだねえ、じいちゃん」

と、そばに寝ているやをが言った。やをは前の妻雪が去ってから丁度二年たって迎えた、三度目の妻だった。まだ若かった。やをの声は眠げだった。

「なにしろ、花のお江戸で修業したひとだもんなえ」

「なにも沢山作ろうと思って作ったわけじゃない。だがわしは、ほかには芸のない人間でな。鍬も握れん。唄もうたえん。せっせ、せっせと句を作るしかなかったの」

「……」

「誰もほめてはくれなんだ。信濃の百姓の句だと言う。だがそういうおのれらの句とは何だ。絵にかいた餅よ。花だと、雪だと。冗談も休み休み言えと、わしゃ言いたいの。連中には、本当のところは何も見えておらん」

「……」

「わしはの、やをを。森羅万象みな句にしてやった。月だの、花だのと言わん。馬から蚤虱、そこらを走りまわっているガキめらまで、みんな句に詠んでやった。その眼で見れば蚤も風流、蚊も風流……」

一茶は口を噤《つぐ》んだ。闇の中に、やをの寝息が聞こえている。その向うにやをの連れ子の倉吉の幼い寝息も聞こえてくる。若くて丈夫なやをには、眠りもすみやかにおとずれるらしかった。一茶は微笑した。

やをは気だてのいい女だ。こうして一緒に寝ていれば、それがよくわかる。雪なとどいう女は、ひとつ床に入るのもいやがったものだ、と一茶は思った。

去年の八月、二之倉の徳左エ門が、やをを連れてきたとき、一茶はやをが三十二だと聞き、その若さを危ぶんだ。恐らく居つくまいと思ったのである。だが、やをは年寄をいやがらなかった。

「病人の一人暮らしでは、どうにもしようがあるまい」

徳左エ門はそう言い、この女なら大丈夫だと太鼓判を捺《お》して、素姓も打ち明けた。やをは越後の二股村から、柏原の小升屋に乳母となって雇われて来た女だったが、隣の柏原で一番の大地主、中村徳左エ門の三男倉次郎とわりない仲になった。そして倉吉という子を生んだ。倉吉はまだ二つだった。

「ついては、その子もろともにひき取ってもらうことになるが、どうだな」

と徳左エ門は言った。そのとき一茶は、ふと心の中で笑いが動いたのをおぼえている。やをという女の素姓の上に、死んだ菊のことを重ねてみ、徳左エ門を、よくそういう事情の女を押しつけてくる男だと思ったのであった。

だが、そのことをべつに不快に思ったわけではない。そういう事情でもなければ、若い女が年寄の面倒をみにくるはずはなかったし、菊と似た事情の女というだけで、やをに親しみも感じるようだった。

そういう眼でみると、やをは幾分菊に似通っているようにも見えた。菊は色が白く、やをは浅黒い肌をしていたが、丸顔で丈夫そうなところや、ちょっとしたしぐさに似たところがあった。ただ、やをは無口だった。

無口だったが、冷たい女ではなかった。子供を連れて一茶の家の者になると、くるくると働き、一茶の面倒もよく見た。今年の閏六月一日に、柏原に大火があり、八十三軒も焼け、一茶も焼け出されて、いまは屋敷の中の土蔵に住んでいる。その火事のとき、やをは足の不自由な一茶を背負い、子供の手をひいて、必死に逃げのびたのである。

——やをがいなかったら、助からなかっただろうよ。

一茶はそのときのことを思い出しながら、ふと襟もとの寒さに首をちぢめた。土蔵の中は、寝起きする場所と土間と大きないろりが一緒になっている、暗く寒い部屋だった。

昼すぎから降り出した雪が、夜もやまずに降っているらしかった。土蔵の軒のあたりに、時どき呟き声のように、ひそひそと雪があたる音がした。一茶は寝返りを打って、やをに身体を寄せた。

すると、それまで静かに寝息を立てていたやをが、眼をさましたらしく「寒いかね、じいちゃん」と言った。そしてかき抱くように一茶の背に手をまわすと、子供にするように、ひたひたと背を叩いた。そのまま、やをはまた眠りに落ちて行くようだった。

あたたかい肌だった。一茶はやをの腿の間に、いつも冷えている不自由なほうの足を突っこんだ。やをは拒まなかった。そうしているうちに、久しぶりに一茶は股間に、なつかしい力がみなぎってくるのを感じた。

「じいちゃんな、身体にさわるわさ」

一茶の動きに気づいたやをが、今度ははっきり目ざめた声でそう言ったが、やがてやをの口から呻き声が洩れた。前のようにすれば、身体にはさわらない、と一茶はせきたてた。やをは黙って身体を起こすと、一茶の上に身体を重ねた。無言のときが流れて、闇の中で一茶が、極楽じゃと呟いた声が聞こえた。

「やを。わしの子を生め」

一茶は回らない舌でそう言った。そして最後の命をしぼりこむように、小さく身ぶるいした。同時にやをの身体が前に倒れて、一茶の胸の上に俯《うつぶ》せになった。並んでもとのように横たわると、やをは一茶の耳に小さな声で、何かささやきかけた。

「子がいると？　この中に？」

一茶は手をのばして、若い妻の下腹を撫でた。熱い、言われてみれば少しふくらんだかと思われる腹だった。女の腹というものは、不思議なものだ、と一茶は思いながら、滑らかな肌を撫でまわし、また言った。

「ごくらくじゃ」

そう言った直後、一茶はひどく悪い気分に襲われた。光の見えない闇の中なのに、後頭部から後に墜ちて行くような感覚が起こり、嘔き気がこみ上げてきた。

——疲れたかの。

一茶はやをの腹から手をひき、息をひそめてじっと闇に眼をみはった。

翌朝、食事が済んだあとで、一茶は不意に倒れて意識を失った。そのまま眼を開くことがなく、七ツ半（午後五時）ごろ死んだ。

「家にいることが嫌いで……」

枕もとで、一茶の死を看取った義母のさつが言った。さつは八十になっていた。

さつは小さく皺ばった手で、一茶の額を撫でた。

「旅ばっかりしてらったひとでなえ。もう出かけることもなくて、眠ってるようだなえ」

膝の上で手を握りしめて、やをが泣いていた。文政十年の十一月十九日。一茶は六十五だった。雪はまだ降りやまずに、柏原の山野を白く包みこんで動いていた。

あとがき

一茶という俳人は、不思議な魅力を持つひとである。一度一茶の句を読むと、そのなかの何ほどかは、強く心をとらえてきて記憶に残る。しかもある親密な感情といったものと一緒に残る。これはいったいどこから来るのだろうかと考えることがあった。

われわれは、芭蕉の句や蕪村の句も記憶に残す。それは句がすぐれているからである。一茶にもすぐれた句はあるが、一茶の句の残り方は、そういう意味とは少し異なって、親近感のようなもので残る。

それはなぜかといえば、一茶はわれわれにもごくわかりやすい言葉で、句を作っているからだろうと思う。芭蕉や蕪村どころか、誤解をまねく言い方かも知れないが、現代俳句よりもわかりやすい言葉で、一茶は句をつくっている。形も平明で、中身も平明である。ちょうど啄木の短歌がわかりやすいように、一茶の句はわかりやすい。

そしてそれは一茶が、当時流行の平談俗語を意識したというだけでは片づかない、もっと本質的な、生まれるべくして生まれた平明さのように思われる。

長野の小林計一郎氏にお会いしたとき、氏は一茶の「父の終焉日記」や「おらが春」など、発表のあてもないのに力をこめてつづった文章に触れて、中身は自然主義文学です、という意味のことを言われた。一茶の作品のわかりやすさは、そういうところから来ているのだろう。

ただ俗耳に入りやすい言葉でつづられているというだけでは、人の心に残る作品とはなり得ない。われわれが一茶の文章や句から、ある感銘をうけるのは、そこにさながら赤裸々な告白文学を読む思いがするからではあるまいか。一茶の作品のわかりやすさは、そういう中身を含んでいる。

われわれは一茶の中に、難解さや典雅な気取りとは無縁の、つまりわれわれの本音や私生活にごく近似した生活や感情を作品に示した、一人の俳人の姿を発見するのである。

こういう一茶を、まず普通のひとと言っていいであろう。俳聖などとも言われたが、それは一茶の衣裳として、似つかわしいものではなかったという気がする。

しかし、そのただのひとのままに、一茶はやはり非凡な人間だったと思わざるを得ない。一茶の句の中には、自分の旧句の焼きなおしがあり、他人の句の剽窃《ひょうせつ》があり、また同じ着想のうんざりするほどの繰り返しがある。句柄は時に平明のあまり無造作に流れる。彼の句も凡人のしわざと言わなくてはならない。

だがその句が二万句を超えるとなると、やはりただごとではすまないだろう。最晩年にいたっても、年に二百も三百も、ひたすら句をつくりつづけた一茶の情熱はどこから来るのだろうか。このひともまた、やはり尋常ならざる風狂の部分を抱えて生きた人間だったと思わざるを得ない。しかも二万という生涯の句の中に、いまもわれわれの心を打ってやまない秀句が少なからずあるとなれば、なおさらである。

この小説は、文藝春秋の内藤厚氏のご協力、長野市の小林計一郎氏のご教示を得て書き上げることが出来たものである。あらためて感謝申しあげたい。

昭和五十三年三月

藤沢周平

参考書目

一茶集（古典俳文学大系＝集英社）、芭蕉集（〃）、連歌俳諧集（日本古典文学全集＝小学館）、近世俳句俳文集（日本古典文学大系＝岩波書店）、一茶・七番日記、蕪村・一茶（日本文学研究資料叢書＝有精堂）、芭蕉（鑑賞日本古典文学＝角川書店）、蕪村・一茶（〃）、俳句・俳論（〃）、蕪村・一茶（日本古典鑑賞講座＝角川書店）、俳句・俳論（〃）、小林計一郎著「小林一茶」（吉川弘文館人物叢書）、小林計一郎著「写真俳人一茶」（角川文庫）、伊藤正雄著「小林一茶」（三省堂）、栗山理一著「小林一茶」、川島つゆ著「一茶の種々相」、山口剛著「西鶴・成美・一茶」、横山青娥著「詩人一茶」、栗生純夫著「一茶新考」、西谷碧落居著「一茶の再吟味」、黄色瑞華著「一茶小論」、藤本実也著「一茶之研究」、藤岡筑邨著「信濃路の俳人たち」、近世文芸と民俗（民俗文学講座＝弘文堂）、毎日新聞社長野支局編「信濃の宿」、小林寛義・市川健夫著「ふるさと地理誌」、能勢朝次著「連句芸術の性格」、ほかに科野、石楠、俳句研究掲載の一茶関係論文を拝見させて頂きました。厚くお礼申しあげます。

解説

藤田昌司

小林一茶は一七六三年（宝暦十三年）、信濃国柏原（長野県上水内《かみみのち》郡信濃町）の農家に生まれた。名は信之《のぶゆき》。通称弥太郎。

幼時、生母に死別し、継母に冷たく扱われて、不幸な幼少期を過ごし、十五歳で江戸に奉公に出されたことは、この作品に書かれている通りである。

しかしそれから十年の間、つまり葛飾派の俳諧師・今日庵元夢《げんむ》の驥尾《きび》に付して、菊明とか、菊明坊一茶などの号で、俳句を発表するようになるまで、どこで、何をしていたか、まったくわかっていない。その消息は、江戸の雑踏の中に、ふッと掻き消えていたのである。

江戸に出た弥太郎が最初、谷中の書家の家に奉公したが腰が落ち着かず、米屋、筆屋などと奉公先を転々と替えるうちに、誘われて当時ご法度《はっと》だった三笠付け（宗匠が下の句を出題し、参加者に上の句を付けさせて、戯《ざ》れ歌を作る遊び。金を賭ける）の集まりに出入りし、しばしば秀句を作って賞金をかせぎ、俳諧師に認められるようになった——と、この小説では、その間の空白が埋められている。これはもちろん、作家の想像だ。

それからの一茶の足跡は、かなりはっきりしている。その足跡をたどって、一茶について書かれた本も多い。それだけに小説家が、持ち前の想像力を駆使して、思いのままに人物像を造形することは、一茶に限ってはできない。

それにもかかわらず、この作品は、小説家藤沢周平氏の視線でからめとられ、裸にされ、息吹《いぶ》きを吹き込まれ、現代に蘇生させられた一茶である。一茶に対する作者の入魂の、ただならぬ深さを感じないわけにはゆかない。その意味でこれは、一茶の実像に肉薄していながら、あくまで藤沢氏の一茶であろう。

作者をこのような入魂へ導いたものは、何であったのか。一茶の境涯に対する、作者の共鳴である。

「ええ、私も田舎から出てきて、業界紙の記者をやりながら、一茶のような〝根なし草〟の悲哀をたっぷり味わいましたからねえ」

と、藤沢氏は私に語ったことがある。この小説に書かれている通り、一茶は俳諧師として多少名が売れてからも、その生活は、住む家もなく、米びつに米もなく、豪商・夏目成美の庇護《ひご》を受け、二六庵竹阿の没後は勝手に〝二代目二六庵〟を僭称《せんしょう》して、その弟子たちの家を訪ね歩き、一宿一飯の世話になったり、路銀を無心するなど、いわば〝乞食に毛の生えた〟ようなものだった。

秋寒むや行先々は人の家

秋の風乞食は我を見くらぶる

四十を過ぎてなお、こんな〝貧乏句〟を詠んだ一茶である。そのような漂泊と赤貧に疲れた初老の男の悲哀に、作者は自分の運命を重ねながら、この小説を書いたものと思われる。

藤沢氏は一九二七年（昭和二年）、山形県鶴岡市の郊外の農家に生まれ、山形師範（山形大学）を卒業後、郷里で中学校の社会科教師を勤めた。小説好きの姉の影響で、小さいころからよく本を読んでいたというから、そのまま教職をしていれば、今ごろは山形県のどこかの中学で、〝文弱〟な校長として、日教組と文部省の板バサミになって悩んでいたかもしれない。

しかし教職について二年後、二十代の後半に、氏は結核に罹《かか》り、治療のため休職、東京・北多摩の病院に入院を余儀なくされたのである。闘病五年、肋骨を切り取り、肺をつめて、ようやく健康を取り戻した時には、すでに休職期間を過ぎ、教職に復帰することは許されなかった。こうして藤沢氏は、職を求め、都塵の中にさまよい出て、業界紙の記者となった。新聞を二つほど替わって三つ目がハム、ソーセージ関係の業界紙「日本加工食品新聞」。取材して原稿を書きながら、広告も取るという仕事だったが、不思議に水が合って四十過ぎまで勤め、「暗殺の年輪」で直木賞を受賞した時は「編集長」だった。

小説を書き始めたのは、四十歳に手がとどくころになってで、「こんな生活で一生を終えるのだろうか」と焦りを感じた時、小説を書いてみようという気になったという。

藤沢氏の小説には、どれにもみな、人肌のぬくもりがある。時代小説を書きながら、英雄豪傑や、歴史にいどんだ梟雄《きょうゆう》などには、余り興味を示さない。好んで取り上げるのは、市井《しせい》の庶民、下級の武士たちである。

藤沢文学の世界には、青春の真っただ中で志を失い、挫折した自分自身の屈折した思いと、その精神を培《つちか》った故郷・庄内地方の風土が、色濃く影を落としている、といえよう。

余談だが、私は十余年前、鶴岡で一年勤務し、この地方の人びとと親交をもつことができた。みちのくの〝小京都〟というにふさわしい静かな城下町である。この地方の方言にカタムチョという言葉がある。意固地といった意味だ。藤沢氏は自分をカタムチョだと言う。「……多分、慣れない都会に住んで、そこで流されず自分を見失わないためには、私はカタムチョであるしかなかったのである」（エッセイ「流行嫌い」から）

藤沢氏と一茶の出会いは、闘病生活中のことである。病院の中の句会に入り、静岡の俳誌「海坂」に作品を送り、指導を受けた。一度、作品が巻頭を飾ったことがあるというが、次第に熱が冷め、句作から遠ざかった。しかしそれが機縁で、俳句に関する書物を読むようになり、小林一茶と出会ったというわけだ。

それまでの藤沢氏には、

瘦蛙まけるな一茶是にあり

やれ打つな蠅が手を摺り足をする

といった句で知られる、善良な眼をもち、小動物にもやさしい心配りを忘れない、多少こっけいな句を作る俳諧師の姿があるだけだった、という。

「そういう私の一茶像をみじんにくだくようなことが、私が読んだ文章には記されていた。それによれば、一茶は義弟との遺産争いにしのぎをけずり、悪どいと思われるような手段まで使って、ついに財産をきっちり半分とりあげた人物だった。また五十を過ぎてもらった若妻と、荒淫ともいえる夜夜をすごす老人であり、句の中に悪態と自嘲《じちよう》を交互に吐き出さずにいられない、拗《す》ね者の俳人だった」

（エッセイ「一茶という人」）

「そしてゆっくりと、価値の再転換がやってきたのが近年のことである。一茶はあるときは欲望をむき出しにして恥じない俗物だった。貧しくあわれな暮らしもしたが、その貧しさを句の中で誇張してみせ、また自分のみにくさをかばう自己弁護も忘れない、したたかな人間でもあった。

だがその彼は、またまぎれもない詩人だったのである」（同）

一茶についてのこのエッセイには、氏がどうして「一茶」を書くに至ったのか、内面のプロセスが述べられているので、紹介したわけだが、氏もいうように、一茶は俗であることを隠さない俗物であり、俗から出てあやうく俗を突き抜けたところにあった。

藤沢氏がこの小説で書こうとしたのは、そのような一茶の〝ただの人ぶり〟であり、ただの人のままに〝非凡〟だという複雑な人間の研究であった。

一茶は生涯に約二万句を詠んだといわれる。あるいはその何倍もの句を詠んでいたかもしれない。凡句、駄作が大半という説があるが、これだけ濫作をすれば、そうなるのが当然だろう。

しかし一茶の場合、一句一句が秀句か凡句かは、余り問題でない。重要なのは、二万句を越える句を詠んだということである。「やれ打つな……」や「痩蛙……」だけでなく、馬からシラミ、ノミに至るまで、どんなものでも、句にならざるはなし、という俳句人生だったのだ。

「慈悲心とか、小動物をかわいがる心があったと言われるんですが、そうではなく、何でも詠んでやろうというところがあったんですね。エキセントリックな性格があって、小さなものに執着した。それは慈悲心なんかと関係ないんです」と氏は私のインタビューにこたえ、語っている。

もちろん、このおびただしい句の中に、秀句が少なくないことは言うまでもない。それは人それぞれの心の琴線に触れる句である。

藤沢氏は最も好きな句として、

木がらしや地びたに暮るゝ辻諷《つじうた》ひ
霜がれや鍋の墨かく小《こ》傾城《けいせい》

の二句を挙げる。「地びたに暮るゝ……」と、辻諷いと共に街行く人びとを見上げるローアングルの視線に共鳴し、「霜がれや……」の句は、芭蕉の「ひとつ家に遊女もねたり萩と月」や、其《き》角《かく》の「小傾城行てなぶらん年の昏《くれ》」などと比べれば、人生の底辺に生きる人間へのよりそい方がわかるであろう、というのだ。

そして、このような一茶への共鳴のしかたこそ、藤沢文学のもつ肌のぬくもりであり、心にぬくもりを失った現代人にとっての魅力でもあるといえるだろう。


(文芸評論家)

初出　「別册文藝春秋」　一九七七年春季号〜一九七八年新春号
単行本　一九七八年　文藝春秋刊
この本は一九八一年に小社より刊行された文庫の新装版です。
内容は小社刊「藤沢周平全集」第八巻（一九九三年）を底本としています。

＊本作品には今日からすると差別的表現ととられかねない箇所がありますが、それは作品に描かれた時代が反映された表現であり、その時代を描く表現としてある程度許容せざるをえないものと考えます。作者には差別を助長する意図はなく、作者は故人であります。読者諸賢が本作品を注意深い態度でお読み下さるようお願いする次第です。

文春文庫編集部

文春文庫

一《いつ》茶《さ》

定価はカバーに
表示してあります

2009年4月10日　新装版第1刷
2025年5月25日　　　　第15刷

著　者　藤《ふじ》沢《さわ》周《しゆう》平《へい》
発行者　大沼貴之
発行所　株式会社 文藝春秋

東京都千代田区紀尾井町 3-23　〒102-8008
TEL 03・3265・1211(代)
文藝春秋ホームページ　https://www.bunshun.co.jp

落丁、乱丁本は、お手数ですが小社製作部宛お送り下さい。送料小社負担でお取替致します。

印刷製本・TOPPANクロレ
Printed in Japan
ISBN978-4-16-719242-6

夜間飛行

脚注解説＝著者

第一章　新人CA・美緒

1

まだ夜が明け切らない湿った朝もやの中、七瀬美緒《ななせみお》は羽田空港の客室乗務員室、通称「客乗」に横付けしたタクシーから、意気揚々と降り立った。

紺の制服に身を包んだ美緒は、入社二年目の国内線乗務のCAだ。今日から二泊三日のフライト☆1予定だった。

「おはようございます」

まだ人気のない客乗のフロアに、美緒の明るい声が響く。

デスクにいる男性スタッフと笑顔で挨拶を交わし、今日の全ての便名と乗務するCAの名が連記されているフライトメンバー表にざっと目を通す。

「二百三十期・七瀬美緒」の欄に印をつけ、出勤したことを記した。

(今日のフライトメンバーは誰かしら?)

まだ新人の美緒にとって、同乗のCAが誰なのかは大切なことだった。

ただでさえ緊張感の絶えない仕事の上、気難しい先輩と一緒だと、お客様以上に先輩に気を遣い、気苦労の多いフライトになってしまうからだ。

(パーサーは白城里沙子《しらきりさこ》先輩だわ。嬉しい、二泊三日一緒なのね)

美緒はほっと胸を撫でおろした。

里沙子がパーサーなら、緊急事態でも起こらない限り、とても和やかなフライトになるだろう。

入社五年目で二十七歳の里沙子は、学生時代にミス・キャンパスの栄冠に輝いた経歴の持ち主で、CA専門誌の表紙も飾ったことのある、美緒の憧れの先輩だ。上品に整った顔立ちでスリムな長身の肢体は、大勢のCAの中でも一際目立っている。

仕事ぶりもスマートで、穏やかな笑顔を絶やさず、常に乗客の安全と快適さを考えながらてきぱきと業務をこなすその凜々《りり》しさは、業務中も思わず手を止めて見とれてしまうほどだ。

入社したての頃、まだ慣れないフライトで失敗の連続だった美緒に「私も新人の頃

は、周りに迷惑をかけっぱなしだったのよ」と、里沙子はよく笑顔でフォローしてくれた。

　尊敬し、憧れている先輩とのフライトだと思うと心も弾む。

（里沙子先輩の欄にも印がついているわ。もう出社なさっているのね）

　奥の更衣室に向かう前に、個人のメールボックスを確認する。メールボックスといっても、Ａ４サイズが入る高さ八センチほどの引き出しだ。東京ベースのＣＡ三千名分がずらりと連なり、毎月のフライトスケジュールや給料明細、様々なものがこれを使って配布される。

　時には乗客からのお礼状などもあり、フライト前後には確認が義務づけられていた。

メールボックスの引き出しを開けると、小さな包みとメモが入っていた。

同期の橋田梨奈《はしだりな》からだ。

〈ヤッホー♪　沖縄ステイから帰ってきたよ。美緒の好きな「紅芋アンダギー」入れておくね。また同期フライトの時にはカラオケ行こう〉

　猫のイラストの書かれた可愛いメモと温かい心遣いに、美緒の顔は思わずほころぶ。

　訓練中、苦楽をともにした同期三十五名は、ＯＪＴ[☆2]フライトを終え訓練生バッジが外されると、皆ばらばらの班に配属される。

お世話になった教官や助け合ってきた仲間のいない空間は、別世界のように心細い。やはり「同期」には特別な絆があるのだ。

スケジュールの合わない仲間ともこうして繋がっていられることが、美緒にはとても嬉しい。

(今回のステイでは梨奈に何か買わなくちゃ)

梨奈からの土産物を手に、軽やかな足取りで更衣室へと向かった。

ステイ用の洋服やランジェリー、分厚いフライトマニュアルなどを手早くナイトバッグに詰め込み、ショルダーバッグを肩から下げると、美緒は大きな鏡の前に立った。綺麗に切り揃えたボブヘアとピンクのスカーフを整えながら、鏡の中の自分と見つめ合う。

(みんなは可愛いって言ってくれるけれど、もう少しホッペのお肉が落ちないかしら……。Dカップのバストはこのままで、もっとウエストを絞って……ヒップも痩せなくちゃ)

鏡の前でマシュマロのような頬を軽くつねりながら、フッとため息がこぼれた。

若さゆえのふっくらした頬や張りのある下半身も、洗練された里沙子と比べるとどこか垢抜けない。

里沙子を見ると、いつもコンプレックスばかり感じてしまう。

（いつか里沙子先輩みたいに素敵なＣＡになれるといいな。頑張るのよ、美緒）

鏡に映った自分にそう言い聞かせて、更衣室をあとにした。

フライトに関する一通りの調べ物をし、時計を見ると、ショウアップ[☆3]までまだ三十分ほど時間がある。美緒はコーヒーでも飲もうとカフェに向かった。

人気のない廊下を曲がると、誰もいないはずのミーティングルームから何やら声が聞こえてくる。

（なにかしら？）

不審に思い、こっそりとドアに耳を近づけると、中からかすかな喘ぎ声が聞こえてきた。

「ン……ウウッ」

「いいぞ。そのまま根元まで咥えてくれ」

わずかに開いたドアの隙間から顔を覗かせる。次の瞬間、信じられない光景が目に飛び込んできた。

（あ、あれは……？）

ミーティング用の椅子に、両足を広げて悠然と座る男性。

その股間に両膝をついた女性が、顔を埋めた後ろ姿が見える。

二十二歳の美緒にも、それが何をしているかは一目で理解できた。

（ウソ……）

脇に置かれた紺色のショルダーバッグ。綺麗に結われたシニヨンヘアにグレーの制帽が、激しく前後に打ち振られている。それはまぎれもなくCAの後ろ姿だ。

（信じられない。こんなところで……）

制服のままの大胆な行為に、美緒は戸惑いを覚えながらも、どうしても目が離せないのだ。

（あ、あれは……堂本《どうもと》キャプテン？）

間違いない。銀縁の眼鏡が光る男性はパイロットの堂本隆志《たかし》だ。

五十五歳の堂本は、パイロットの中でも首席クラスのベテランで、通常のフライトの他、パイロットの育成や試験官もこなす。技術も権力もある男だが、あまりにも神経質でワンマンなため、周囲からは煙たがられている。

美緒も何度も同乗したが、高慢な雰囲気や物言い、鋭い眼差しには、いつも身のすくむ思いだった。

堂本とは今日のフライトが一緒のはずだ。

（じゃあ、あのCAは一体誰……？）

美緒は身を乗り出した。ここからでは後ろ姿しか見えない。堂本の威圧的に構える表情が、目にいやでも焼きついた。

「ふふっ、お前は本当にこれが好きだな」

堂本が満足げに言うと、それに応えるかのように、制服の上からでも分かる形のよい尻がくねくねと揺れた。

クフンクフンという悩ましげな声が、室内に高く低く響く。

（こんなこと……信じられない！）

多少の冷静さを取り戻すと、美緒は急に腹立たしくなった。人の命に関わるフライトの前にこんな淫らな行為をすることが、美緒にはとてつもなく汚らわしく思えたのだ。

不快感を覚えた美緒が、その場を立ち去ろうとドアを離れたその時、堂本の声が聞こえた。

「いいぞ、里沙子……このまま移動するぞ」

（リサコ……？）

美緒は自分の耳を疑った。

一度離れかけたドアに再び忍び寄る。

堂本は咥えさせたまま立ち上がり、壁を背に仁王立ちになった。先ほどとは違い、真横を向いた堂本の屹立を頬張る、フライトを前に美しくメイクをし終えたCAの横顔がはっきりと見える。

(り、里沙子先輩?)

目の前の光景を信じたくなかった。だが、堂本の怒張を咥えているのは、まぎれもなく白城里沙子だった。普段は口紅で美しく彩られた上品な口許が、男根を受け入れるため、Oの字に開かれている。

絶対に見たくはない先輩の姿だった。

行儀良く両膝をついた里沙子は、先ほどよりもさらに激しく頬張り始めた。片手で睾丸《こうがん》らしきところをすくい上げながら、唇が陰毛に接するほど奥まで咥えている。うっとりとした表情で、口許を唾液まみれにして頭を振るその姿は、いつもの上品で凛《りん》とした里沙子からはあまりにもかけ離れていた。

堂本が軽く腰をよじると、肉棒に突かれた里沙子の内頬がぐんと膨らむ。

(いや……あんなに頬が膨らんで……)

一心不乱に頬張る里沙子の口内を、堂本はこれでもか、と肉棒で掻き回す。そのた

びに頬が膨れ、輪郭が変形し、苦しげな表情がさらに歪んでいく。

「ふふ……せっかくの美貌も台無しだな」

堂本が蔑《さげす》みの言葉を口にすると、里沙子はそれを待っていたかのように眉根を寄せて、いやいやと首を振り、くぐもった喘ぎを漏らした。

だが、そこに悲愴感は感じられない。その証拠に、以前よりもうっとりした表情で堂本への奉仕を続けている。

(里沙子先輩……?)

美緒は複雑な気持ちになった。

じつは美緒はフェラチオがあまり好きではない。もう別れてしまったが、唯一つき合ったことのある彼に言われるまま応じてはみたものの、男性器を口に含む行為に強い抵抗を感じてしまうのだ。根元まで呑み込んだり、長時間頬張るなど到底できない。

だが、目の前の里沙子はどうだろう。屈辱の言葉を浴びせられながらも、淫らに喜悦を滲ませて屹立を頬張っている。

日頃から敬愛し、知性も品格も美しささえも十分に兼備した女性が、なりふり構わず男のものを美味しそうにしゃぶっているのだ。悲しかった。見たくなかった。それなのに、その陶酔した横顔から目が離せない。

「里沙子、壁に手をついて後ろを向きなさい」

堂本は無理やり屹立を抜くと、里沙子を壁に立たせた。

「尻を出すんだ」

「キャ、キャプテン、そろそろショウアップの時間が……」

壁に手をついた里沙子が、喘ぐように訴えた。

「ダメだ。これが欲しくないのか？」

ニヤリと薄笑いを浮かべた堂本が、いきり勃つ肉棒で制服の上から里沙子の尻を突く。

「……っう、キャプテン、いけません」

熱い吐息とともに、里沙子の尻が揺れた。

「向こうに着くまで我慢できるのか？」

そそり勃つ肉竿が、形良く張り詰めた尻をさらに突き上げる。

「ウッ……」

「言うことを聞いておとなしく尻を出しなさい」

里沙子が恥ずかしそうにスカートをまくり上げると、紺色のストッキングに包まれたキュッと盛り上がった尻が現れた。

（まさか……里沙子先輩……やめて）

美緒の願いも届かず、里沙子はパンティとストッキングを一度に下げて、白桃のような尻を惜し気もなく晒したのだ。

「ああ……キャプテン、お願いです……」

里沙子はくねくねと尻を揺すり、恥じらいながら男根をねだった。

（里沙子先輩、なんてことを！）

あまりにも信じ難い光景だったが、その一連の流れから、二人の関係が今に始まったことではないと美緒は察知した。ある程度の信頼関係や機会を重ねていなければ、このようなやりとりにはならないはずだ。

戸惑う美緒だが、気持ちとは裏腹に、火照った下半身から何かがあふれてくるのを感じていた。

「ああ……キャプテン、早く」

里沙子のうっとりした声に、堂本はあらわな尻をわしづかみした。

「フフフ、里沙子はいけない子だ。たっぷり味わいなさい。ほら」

「ウウゥッ……あァァッ」

ズンと突き上げられて、里沙子の躰が弓のようにしなった。

その瞬間、美緒の下半身もじわっと熱くなる。自分も硬い肉棒に貫かれた気持ちになったのだ。

ぴっちりと閉じた秘貝を、一気にこじ開けられるあの甘美な衝撃。膣粘膜を穿《うが》たれる心地よい窮屈感……。

今まで、嫌悪していた堂本だったが、あからさまな男女の色事を前にすると、思ってもみなかった感情が湧いてくる。いやでも「男」を意識してしまう。しかも、相手は憧れの里沙子である。冷酷でいつも人を見下す人間にしか映らなかった堂本と、入社当時から慕っていた里沙子が、まさかこんな関係だったとは……。

呆然としながらも目を離せずにいると、美緒はいつの間にか太腿と両膝をこすり合わせ、耐え忍ぶような喘ぎを漏らしていた。

（ああ、私……変だわ……）

里沙子は顎を突き上げ、見事な脚線美を震わせながら、必死に尻を揺すり続けている。

「もっと声を出していいんだぞ」

「いけません……人が……アァッ」

里沙子が言葉ほどいやがっていないことは、美緒の目にも明らかだった。恥じらい

や否定の言葉の裏に、満ち足りた女の色香が滲み出ている。心から陶酔しきっているのが分かる。

ぬめ光る逞しい肉棒が、ほの白く張った双臀の間に消えてはまたグロテスクな姿を現している。

「今日のフライトはノーパンでやりなさい。わかったな」

「えっ……ノーパン……は、はい……わかりました……ああ」

「よし、そろそろ出すぞ」

「あん……嬉しい。里沙子の中に……いっぱい出して。いっぱい欲しい」

「イクぞ、イクぞ、ウウゥ……ッ!」

「ああッ、あッ、あッ……あああァァ……」

腰の動きが急に速まり、堂本は「ウッ」と呻いて下腹を押しつけた。

里沙子も壁に胸をこすりつけるように上体をのけ反らせ、

「イッちゃう……」

と、小さく喘いだ。

肉棒を抜かれ、満足げに崩れ落ちる里沙子の秘唇から、しぶかせたばかりの白いエキスがとろりと流れ落ちるのが見える。

下半身を露出したまま、陶酔しきった表情で横たわる里沙子。その里沙子が、一時間後にはキャビンの入り口に立ち、優美なたたずまいで乗客を迎えるなど、とても想像できなかった。

(信じられない。あんなに感じて……)

茫然自失のまま、美緒はドアを離れてふらふらと歩きだした。

(搭乗前だというのに、いやらしく腰を振って、おねだりまでして……)

里沙子が敬愛してやまない憧れの存在であったがゆえに、ショックは大きかった。

自分自身に、これは幻なんだと必死に言い聞かせながら廊下を歩いていると、太腿にぬらりとしたものが滴り落ちるのを感じた。

(えっ……?)

その場に立ちすくむ美緒は、一瞬にして、内腿に垂れてきたものが何であるかを理解した。

(いや、いや……)

太腿に滴るほどの情欲の印をあふれさせた自分を認めたくなかった。それでも、下腹部は熱く疼《うず》き、とうとう美緒は一歩も動けなくなった。

(なぜ……)

必死にこらえていたものが一挙に押し寄せてくる。気づいた時は、足を内股にしたままずるずると開いて、廊下に座り込んでいた。

リノリウムの冷たさを感じながら、美緒は嗚咽《おえつ》が込み上げてくるのを抑えきれず、肩を震わせて啜《すす》り泣いた。

2

「おはようございます」

離陸の一時間前、客乗のデスクに七名のＣＡが集合していた。

まだショックが癒えぬ美緒は、気持ちがなかなか切り替わらないのだった。

息を切らして駆けつけた里沙子が、ブリーフィングを進めていく。

「今日から二泊三日、パーサーを務めます白城里沙子です。ポジションは４Ｌが水島《みずしま》さん、２Ｌが朝倉《あさくら》さん……」

里沙子は先ほどのことが嘘のように身なりを整え、耳に心地よい落ち着いた美声でフライトインフォメーションを伝えていた。

美緒は無意識に、ピンクの口紅が引かれた艶やかな里沙子の口許を眺めた。

（あの美しい唇が、さっきまでキャプテンのものを頬張っていたなんて……）

里沙子の陶酔した表情が脳裏に浮かび、躰が熱くなってしまう。

「七瀬さん、聞いていますか?」

「は、はい」

「なにをボーッとしているの?」

「も、申し訳ありません。大丈夫です」

里沙子から注意を受けて、美緒は我に返った。

(いけない、今は仕事に集中するのよ)

CA間のブリーフィングを終えると、次はコックピットクルーを交えてのブリーフィングだ。一列になって、パイロットの待つ運航本部への階段を上がる。

美緒は里沙子のすぐ後ろについていた。階段を昇るたびに里沙子の形よいヒップが揺れ、いけないと思いつつも、ついつい目を凝らしてしまう。

(本当にノーパンなのかしら……?)

里沙子の放つ甘い香りが、美緒を淫靡な世界へと引き戻す。

運航本部に着くと、早朝ということもあって多くのパイロットたちが慌ただしく打ち合わせをしている。同乗のコックピットクルー二名がこちらを振り向いた。

美緒は真っ先に堂本を見つめてしまう。

「本日、白城以下六名のＣＡがご一緒させて頂きます。宜しくお願い致します」

パーサーの里沙子が挨拶をした。

堂本が口端だけのクールな笑みを浮かべる。コ・パイ（副操縦士）が伝える飛行ルート、気流の状況、予測されるタービュランス（乱気流などによる揺れ）などの情報を聞きながら、ＣＡたちは素早くメモを取り始める。

最後に機長の堂本が、そしらぬ顔で口を開いた。

「今日は、雲の影響でいつもより揺れが多いかもしれない。サービス時以外は、各自着席してキャビンウォッチを怠らないように。宜しく頼む」

「はい、了解致しました」

全員が表情を引き締めた。

「それから、白城くん」

「は、はい」

予想外に名前を呼ばれた里沙子の顔に、かすかな緊張が走る。

「顔色が悪いようだが、大丈夫かな？」

心配する素振りでじつは里沙子を辱めているのだと、美緒は眉をひそめてしまう。

「は、はい……ご心配をおかけして申し訳ありません。体調は万全ですので」

「そうか。君たちは、保安要員だということを常に忘れないように。そのためには自分自身の体調管理も大切な仕事だ」

「はい……普段から気をつけます。本日もどうぞ宜しくお願い致します」

ＣＡたちが里沙子にならって一礼をした。

乗務員を乗せたクルーバス[☆4]がシップ[☆5]に到着し、プリフライトチェック[☆6]を終えると、いよいよボーディングだ。

パーサーの里沙子がエントランスに立つ。２Ｒの美緒は、里沙子とともにキャビン前方の担当だ。

「いらっしゃいませ。ご搭乗ありがとうございます」

ボーディングが開始されると、ＣＡたちの明るい声がキャビン内に響いた。

座席への誘導や手荷物ケアの合間に、美緒は無意識に里沙子の横顔を見てしまう。涼しげな笑顔で搭乗客を迎える里沙子の下半身が、まさかノーパンだなんて誰が考えるだろう。

ボーディングを終え、離陸前の準備が整うと、里沙子の搭乗歓迎アナウンスが始まった。

「ご搭乗の皆様、おはようございます。本日も帝都《ていと》航空にご搭乗頂きまして、まことにありがとうございます」

他のCAは、朝刊・雑誌・毛布などのキャビンケアで大忙しだ。

突然、里沙子のアナウンスが乱れ始めた。

「本日の……き、機長は堂本……ぁぁ……客室のチ、チーフは……白城でございま……」

荷物のケアをしていた美緒が不審に思って見ると、里沙子は真っ赤な顔をして、苦しそうに壁にもたれかかっている。

急いで駆け寄ると、里沙子はギャレー（厨房）でお腹を押さえながらしゃがみ込んでいた。

「あっ、ダメ……ううっ、いや……」

里沙子は頰を赤らめ、額にあぶら汗を滲ませて身悶えをしている。

異常を察知した2Lの朝倉が、機転を利かせてアナウンスの続きを行なう。一瞬、ざわついた客がまた平静を取り戻した。

美緒は心配になって聞いた。

「里沙子先輩、どうなさったのですか？」

「だ、大丈夫よ……ご、ごめんなさ……」

そのとたん、美緒の足元にブルブルと震える小さな物体が転がってきた。手のひらに載るほどの、ピンクの半透明状の卵のようなものだ。

「あっ」

二人が同時に叫ぶ。

突然現れたオモチャのような物体に、美緒は息を呑んだ。

床に転がり落ちた細長いカプセル状の物体は、しばらくブルブルと震えていたが、やがて静まった。

美緒がこわごわ見ると、里沙子は火が出るほどに頬を紅潮させ、それを素早くつかんでスカートの中に潜り込ませる。

「せ、先輩……？」

「美緒さん、見なかったことにして。お願い」

里沙子が今にも泣きそうな表情で訴えてくる。

「は、はい……」

そう答えながらも、美緒は戸惑いを隠せなかった。

さっき見たピンクの物体……美緒は初めて目にするもので、もちろん使ったことも

使われたこともなかったが、それが何であるか、ある程度の知識は持っていた。

そして、里沙子のどこに収められてしまったのかも。

（あれは、確かピンクローターというものだったわ……まさか、キャプテンが？）

しかし、里沙子は紺色のストッキングを穿いている。そのまますると入ったならば、ストッキングの大切な部分は破かれているか、もしくはガーターベルトで吊ってあるのだろうか。

「もうすぐ離陸よ。業務に戻りなさい」

里沙子がパーサーの顔に戻って言う。

「は、はい……」

美緒は動顛しながらも、言われるままに離陸前のキャビンチェックを終え、着席した。

「皆様、お待たせ致しました。当機はまもなく離陸致します。お席のベルトを、今一度お確かめください」

落ち着きを取り戻した里沙子の、離陸のアナウンスが流れる。

美緒の不安をよそに機体は轟音とともに飛び立った。

3

空の青さが目にしみる。

窓の外に広がる青一色の世界を見て、幾分か冷静さを取り戻した美緒は、空の美しさに目を細める。今日は揺れがあるらしいが、今のところは穏やかなようだ。

美緒は機内に異変がないか、慎重に広いキャビンを見渡す。これが「キャビンウォッチ」と呼ばれる業務だ。

平日の千歳行き、しかも始発便ともあって、機内は比較的ビジネスマンが多い。幼い子供を連れた家族が二組、「VIPチャイルド」と呼ばれる、子供一人で搭乗する女の子の姿も見える。幼い子供には、特に目をかけてあげなくては。

(あとで、ノベルティとキャンディを持って行ってあげよう)

機内には、「ノベルティ」と呼ばれる子供用のパズルや飛行機の模型、気圧の変化による耳痛予防のために飴も用意されている。

後方には、北海道ツアーに向かう二十名ほどのお年寄りの団体がおり、皆ガイドブックや地図を広げて楽しそうだ。

十分ほどで水平飛行になり機体が安定すると、シートベルトのサインが消えた。

美緒は子供たちにノベルティやキャンディを配り、一足先に機内サービスの準備に取りかかる。

「美緒さん、ドリンクサービスまで時間があるので、先にキャプテンにお出しするクルーミールの準備をしてくださるかしら？」

里沙子は何事もなかったかのように指示をする。

美緒は水色のエプロンをつけ、カートから「クルーミール」と呼ばれる乗務員用の弁当を出し、お茶を淹《い》れた。パイロットやCAの食べるクルーミールは、和・洋・中とバラエティーに富んでいる。ただ、万が一上空で食中毒になった場合を想定し、パイロット同士が同じ種類の弁当を口にすることはできない。

健康を気遣う堂本はいつも和食だ。自動的に、コ・パイは、洋食か中華のチョイスになる。

食事の用意ができると里沙子はエプロンをつけ、コックピットのドアをノックして中に入っていった。中からガチャンとロックされる音が聞こえる。

（里沙子先輩、大丈夫かしら……）

美緒は気が気でない。里沙子の大切な部分には、ピンクローターが入っているのだ。

機内サービスは事前に打ち合わせをしていたので、里沙子が不在のままでも滞《とどこお》り

なく進んでいる。

美緒はタイミングを計りながら、ドリンクのポットを交換しにいったり、空いたカップをさげていく。表情が沈みがちになると、今月の目標である「スマイル・スマート・スピーディー」を何度も心の中で唱えながら、黙々と業務をこなしていく。

だが、釈然としない気持ちは深まる一方だ。

「美緒さん、忙しい時にごめんなさいね」

十五分ほどして、里沙子がコックピットから戻ってきた。

心もち髪がほつれ、呼吸を乱した里沙子は、口紅もほとんど落ちている。どんなことが行なわれたかはだいたい予想できた。

(あの狭いコックピットで、コ・パイにバレないなんて無理だわ。たぶん、キャプテンに押し切られたか、もしくは二人とも仲間かのどちらかね)

信じられなかった。乗客の命を預かるパイロットがそんなことをしているとは。

美緒は憂鬱な気持ちを引きずりながらも、心の曇りを払い去るように、笑顔を作った。

「キャビンのことなら大丈夫ですよ。サービスもうじき終わります」

「そう……ありがとう」

そう答えた里沙子はどこか悲しげだった。沈んだ表情のまま、備えつけの鏡の前で

髪を整えている。

「ねえ、美緒さん……あなた、キャプテンとのことを見ていたでしょう？」

「えっ？」

うろたえる美緒をよそに、里沙子が続けた。

「知っているのよ、見られたこと……もちろんキャプテンも」

「あ、あの……なぜ私って……？」

「ショルダーバッグにつけた赤い人形のお守り、あれはあなたでしょう？」

ああ、そうかと思った。同期の梨奈とお揃いで買ったお守りは、確かにいつもバッグにつけている。

「あのお守り、遠くからでもけっこう目立つのよ」

何もかも見透かされていたのだと知った美緒の顔が、みるみる引きつっていく。

「も、申し訳ありません。覗くつもりはなかったのですが……」

「いいの、気にしないで。でも、キャプテンはあなたのことをお気に召したようよ」

「えっ、どういう意味でしょうか？」

「……それよりも、あなたに見せたいものがあるの」

鏡の前でグロスを塗り終えた里沙子は、悲哀に満ち、それでいて情欲を滲ませた妖

しい視線を送ってきた。

「な、なんでしょう？」

いつもとは明らかに違う里沙子の眼差しに、美緒はすくみあがる。

「ちゃんと見ていて……」

後ろ向きにギャレー台に手をかけて足を広げた里沙子が、いきなりスカートをまくりあげた。

美緒は思わず息を呑む。

高々と突き上げられた白桃のような尻が剝き出しになり、紺色のストッキングに包まれた脚がすらりと伸びている。成熟した下半身に張りついたパンティストッキングは、ヒップと局部だけが大きく空いたデザインになっていた。

「キャプテンからの命令なの……美緒さんに見てもらいなさいって」

里沙子は今にも泣きださんばかりに、頰を真っ赤に染め上げた。

「セ、センパ……」

美緒は混乱寸前だった。キャプテンの命令？

確かに、機長は絶対的な存在だ。乗客・乗員の命を守る立場である、総責任者のキャプテンの命令には、絶対従わねばならない決まりがある。

だが、なぜ？　ここまで忠実に守るなんて、あまりにも愚かしい。

美緒の唖然とした姿など無視するように、里沙子は「ちゃんと見て」と、流し目を送りながら尻を揺らしてくる。美緒は訳も分からず、ただ見入っているばかりだ。

脚線美の延長には、しっとりとピンク色にぬめる花びらが見える。そしてその上には、美しい里沙子にも存在するのが不思議な排泄のすぼまりが、蕾のようにひっそりと息づいていた。

「ああ……本当は恥ずかしいの……でも命令なのよ」

消え入りそうに呟く里沙子。

美緒は敬愛する女性の器官を、絶望にも似た思いで、息を詰めて見入っていた。

潤んだ蜜壺からは、かすかな振動音が聞こえてくる。その音が次第に大きくなると、里沙子は苦しそうに喘ぎ、尻をぷるぷると左右に揺すり始めた。

「ああッ、美緒さん……ちゃんと見て」

何ということだろう。カーテンで目隠しをされているとは言え、布一枚を隔てた向こう側には大勢の乗客がいるのだ。

あふれでた女蜜が太腿を伝い、ストッキングに恥ずかしいシミを広げていた。ギャレー灯に照らされた女の粘液が、妖しさを帯びながらまだらに光っている。その信じ

難い光景を、美緒は喪失感と不安に押し潰されそうになりながらも、ただ、凍りついたように見つめることしかできなかった。

「アッ、アッ……我慢できないわ」

里沙子がもどかしそうに腰をくねらせた。

すると、淫らな花びらの中心から、何かが顔を覗かせた。歓喜のあまり、激しく蠢《うごめ》く膣肉に今にも押し出されそうなピンクローターだ。

「ああっ、あっ、イク……ううウッッ……ッ！」

里沙子がギャレー台をぎゅっとつかみ、しなやかな背中を弓なりに反らせて、「うっ」と呻いた。

その瞬間、体内に押し込まれていたピンクローターが勢いよく飛び出した。

足元で振動し続けるピンクのカプセル。目前では絶頂に達した里沙子が、尻を突き出したまま、あられもない姿でギャレー台に突っ伏している。

「ああ、美緒さん……里沙子、イッちゃったわ」

振り返った里沙子の瞳からは、涙がこぼれ落ちていた。

悲しみと屈辱、そして目的を成し遂げたわずかな達成感を滲ませたような目で、じっとこちらを見つめてくる。

美緒は放心状態だった。理解を超えた行為に、ただ呆然と立ち尽くすことしかできなかった。頭がボーっとして、何も考えることなどできない。いや、こんな時に冷静でいられる方が異常だ。

だが、それに反して、思ってもみなかった劣情も湧いてくる。

美しさと淫靡さの違いは、何と曖昧なのだろう。その二つが常に紙一重であることを、いやでも思い知らされる。

里沙子の汚辱に恥じらんだ表情も、濡れた唇も、控えめにヒクつく女の園も、完璧な脚線美もあまりにも卑猥で悩ましすぎた。

下腹部が熱い。ジーンと痺れている。

いや、下半身ばかりか全身が火照り、汗ばんでいるのが分かる。

その時、シートベルトのサインが点灯した。

ハッとする二人。まもなくキャビンにいるＣＡがギャレーに戻って来るはずだ。

起き上がった里沙子は、スカートを戻しながら申し訳なさそうに言った。

「美緒さん、足元のそれ……あなたに持っていてほしいの。お願い……」

「えっ、私がですか？　な、なぜ……」

「今は詳しく話している余裕はないの。とにかく、お願い」

いつの間にか振動の止んだローターを見つめながら、里沙子は唇を噛み締めた。

ひっそりと咲く一輪の花のように愁いを帯びた里沙子のたたずまいは、あさましい痴態を晒したことなど嘘のようにどこかはかなげで、それでいて強い意志を持っているようにも見える。

美緒は震える手で、まだ生温かいぬめりを帯びたローターを拾い、そのままスカートの右ポケットに忍ばせた。ＣＡのスカートのポケットは、充分なゆとりを持ってデザインされており、文庫本などすっぽりと入ってしまう深さだ。奥深くまで入れておけば、間違っても飛び出すことはないだろう。

だが、よくよく考えるとおかしな話だ。

なぜ里沙子本人が持たないのだろう？　普通なら誰もが秘密にしておきたい物のはずだ。

明らかに不自然な流れに、やはりこれは返そうと、美緒はためらいがちにポケットの中にある物体を握った。

「せ、先輩、私やっぱり……」

最後まで言う間も与えられず、里沙子は「ありがとう、お願いね」と泣きそうに微笑む。その時、朝倉がカートを引きながら戻ってきた。

コックピットからの連絡を受けた里沙子は、一変していつもの凜としたオーラを放ちながら、穏やかな声でアナウンスを入れる。

「皆様、これからしばらくの間、揺れることが予想されます。お席のベルトをしっかりとお締めおきください。なお、機長からの指示により、私たち乗務員も安全のため着席させて頂きます」

ローターを右側ポケットの奥深くに忍ばせた美緒は、キャビンに戻り、ジャンプシートに着席した。前には四十代なかばのビジネスマン風の男性が朝刊を読んでいる。

揺れが始まった。

里沙子のアナウンスが続く。

「この揺れは、飛行には差し支えありませんのでご安心ください。しばらくの間、お立ちになりませんようお願い致します」

キャビンの安全を見ながらも、美緒は鼠蹊《そけい》部辺りに収まっているローターが気になって仕方がない。言われるままに受け取ってしまった自分に後悔した。

(このローター、どうしたらいいのかしら)

美緒の手についた里沙子の愛液が、先ほどの光景を思い出させてしまう。

(キャプテンがお気に召したってどういうこと？　それにローターはコックピットか

らキャプテンがラジコン操作でもしていたのかしら? そんなことをしたら計器に狂いが生じるはず)

戸惑いと不安がよぎる中、突然、美緒のポケットの中のローターが激しく振動し始めた。

(えっ?)

躰がびくんと跳ねる。

(いやっ! な、なに?)

美緒はとっさに、スカートの上から両手でローターを押さえつけた。

鼠蹊部内側のふっくらとした恥丘のすぐ脇が、「ヴィーン」という強い振動で刺激される。

(ど、どうしよう……)

このままでは周りに気づかれてしまう。すがるように右後方のパーサー席を振り返ってみるが、パーティションが邪魔して里沙子に伝えるのは不可能だ。

(ダメだわ。ここからじゃ気づいてもらえない)

落胆しながら正面に向き直ると、朝刊を読んでいたビジネスマンが訝《いぶか》しげにこちらを見ている。機内にはエンジン音が響いているとは言え、ローターの音は明らかに異

鶴岡市立 藤沢周平記念館 のご案内

藤沢周平のふるさと、鶴岡・庄内。
その豊かな自然と歴史ある文化にふれ、作品を深く味わう拠点です。
数多くの作品を執筆した自宅書斎の再現、愛用品や自筆原稿、
創作資料を展示し、藤沢周平の作品世界と生涯を紹介します。

利用案内

所在地	〒997-0035 山形県鶴岡市馬場町4番6号（鶴岡公園内）
TEL/FAX	0235 - 29 - 1880/0235 - 29 - 2997
入館時間	午前9時～午後4時30分（受付終了時間）
休館日	水曜日（休日の場合は翌日以降の平日） 年末年始（12月29日から翌年の1月3日まで） ※平成25年4月より、休館日を月曜日から水曜日に変更しました。 ※臨時に休館する場合もあります。
入館料	大人320円［250円］高校生・大学生200円［160円］ ※中学生以下無料。［ ］内は20名以上の団体料金。 年間入館券1,000円（1年間有効、本人及び同伴者1名まで）

交通案内

・JR鶴岡駅からバス約10分、「市役所前」下車、徒歩3分
・庄内空港から車で約25分
・山形自動車道鶴岡I.C.から車で約10分

車でお越しの際は鶴岡公園周辺の公設駐車場をご利用ください。（右図「P」無料）

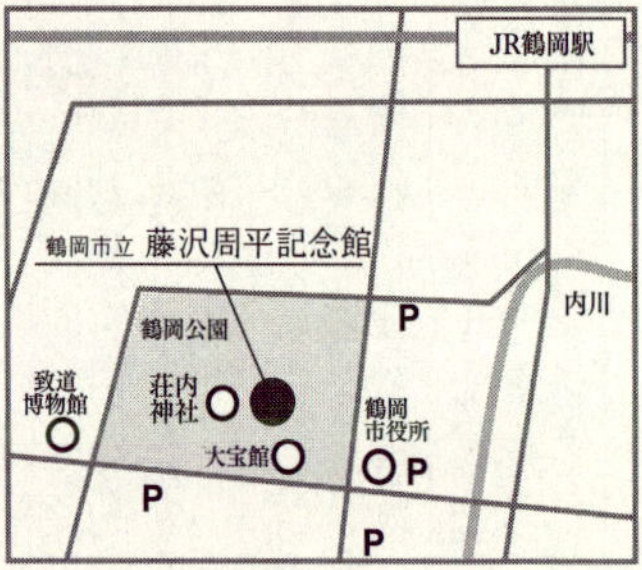

―― 皆様のご来館を心よりお待ちしております ――

鶴岡市立 **藤沢周平記念館**

（　）内は解説者。品切の節はご容赦下さい。

藤沢周平
風雪の檻
獄医立花登手控え（二）
重い病におかされる老囚人に「娘と孫を探してくれ」と頼まれ、登が長屋を訪ねてみると、薄気味悪い男の影が――。青年獄医が数々の難事件に挑む連作集第二弾！
（あさのあつこ）
ふ-1-66

藤沢周平
愛憎の檻
獄医立花登手控え（三）
新しい女囚人おきぬは、顔も身体つきもどこか垢抜けていた。そのしたたかさに、登は事件の背景を探るが、どこか腑に落ちない。テレビドラマ化もされた連作集第三弾。
（佐生哲雄）
ふ-1-67

藤沢周平
人間の檻
獄医立花登手控え（四）
死病に憑かれた下駄職人が過去の「子供さらい」の罪を告白。その時の相棒に似た男を、登は牢で知っていた。医師としての理想を探りつつ、難事に挑む登。胸を打つ完結篇！
（新見正則）
ふ-1-68

藤沢周平
闇の歯車
馴染みの飲み屋で各々盃を傾ける四人の男。そんな彼らを〝押し込み強盗〟に誘う、謎の人物が現れる。決行は逢魔が刻――。ハードボイルド犯罪時代小説の傑作！
（湯川　豊）
ふ-1-70

遠藤展子
藤沢周平　父の周辺
「オバQ音頭」に誘われていった夏の盆踊り、公園でブランコを押してもらった思い出……「この父の娘に生まれてよかった」という愛娘が、作家・藤沢周平と暮した日々を綴る。
（杉本章子）
ふ-1-91

文藝春秋　編
藤沢周平のすべて
惜しんであまりあるこの作家。その生涯と作品、魅力のすべてを語り尽くす愛読者必携の藤沢周平文芸読本。弔辞から全作品リスト、年譜、未公開写真までを収録した完全編集版。
ふ-1-94

文藝春秋　編
藤沢周平のこころ
没後二十年を機に編まれたムックに「オール讀物」掲載のインタビュー記事・座談会等を追加。佐伯泰英・あさのあつこ・江夏豊・北大路欣也らが、藤沢作品の魅力を語りつくす。
ふ-1-96

（　）内は解説者。品切の節はご容赦下さい。

藤沢周平
風の果て（上下）
首席家老・又左衛門の許にある日、果たし状が届く。かつて同門の徒であり、今は厄介叔父と呼ばれる市之丞からであった。運命の非情な饗宴を隈なく描いた武家小説の傑作。（葉室　麟）
ふ-1-55

藤沢周平
海鳴り（上下）
心が通わない妻と放蕩息子の間で人生の空しさと焦りを感じる紙屋新兵衛は、薄幸の人妻おこうに想いを寄せ、闇に落ちていく。人生の陰影を描いた世話物の名品。（後藤正治）
ふ-1-57

藤沢周平
逆軍の旗
坐して滅ぶか、あるいは叛くか―戦国武将で一際異彩を放ち、今なお謎に包まれた明智光秀を描く表題作他、郷里の歴史に材をとった「上意改まる」「幻にあらず」等全四篇。（湯川　豊）
ふ-1-59

藤沢周平
雲奔る　小説・雲井龍雄
薩摩討つべし――奥羽列藩を襲った幕末狂乱の嵐のなかを、討薩ひとすじに奔走し倒れた悲劇の志士・雲井龍雄。その短く激しい生涯を、熱気のこもった筆で描く歴史小説。（関川夏央）
ふ-1-60

藤沢周平
回天の門（上下）
山師、策士と呼ばれ、いまなお誤解のなかにある清河八郎は、官途へ一片の野心ももたない草莽の志士でありつづけた。維新回天の夢を一途に追った清冽な男の生涯を描く。（関川夏央）
ふ-1-61

藤沢周平
蟬しぐれ（上下）
清流と木立にかこまれた城下組屋敷。淡い恋、友情、そして忍苦―苛烈な運命に翻弄されながら成長してゆく少年藩士・牧文四郎の姿を、ゆたかな光の中に描いた傑作長篇。（湯川　豊）
ふ-1-63

藤沢周平
春秋の檻　獄医立花登手控え（一）
居候先の叔父宅でこき使われながら、小伝馬町牢医者の仕事を黙々とこなす立花登。ある時、島流しの船を待つ囚人に思わぬ頼まれ事をする。青年医師の成長を描く連作集。（末國善己）
ふ-1-65

（　）内は解説者。品切の節はご容赦下さい。

藤沢周平
霧の果て　神谷玄次郎捕物控

北の定町廻り同心・神谷玄次郎は役所きっての自堕落ぶりで評判は芳しくないが、事件解決には抜群の推理力を発揮する。そんな彼が抱える心の闇とは？　藤沢版捕物帳の傑作。（児玉　清）

ふ-1-47

藤沢周平
闇の傀儡師《かいらいし》（上下）

幕府を恨み連綿と暗躍を続ける謎の徒党・八嶽党が、老中田沼意次と何事か謀っている。元御家人でいまは筆耕稼業に精を出す鶴見源次郎は探索を依頼される。傑作伝奇小説。（清原康正）

ふ-1-48

藤沢周平
帰省

創作秘話、故郷への想い、日々の暮らし、「作家」という人種について——没後十一年を経て編まれた書に、新たに発見された八篇を追加。藤沢周平の真髄に迫りうる最後のエッセイ集。

ふ-1-50

藤沢周平
闇の梯子

若い板木師・清次の元を昔の仲間が金の無心に訪れ、平穏な日常は蝕まれていく——表題作他「父《ちゃん》と呼べ」「入墨」等、道を踏み外した男達の宿命を描く初期の秀作全五篇。（関川夏央）

ふ-1-51

藤沢周平
夜の橋

半年前に別れた女房が再婚話の相談で訪ねてくる——雪降る深川の夜の橋を舞台にすれ違う男女の心の機微を描いた表題作、「一夢の敗北」「冬の足音」等全九篇を収録。（宇江佐真理）

ふ-1-52

藤沢周平
周平独言

「私のエッセーは炉辺の談話のごときものにすぎない」と記す著者による初のエッセイ集。惹かれてやまない歴史上の人物、創作への意欲、故郷への思いが凝縮された一冊。（鈴木文彦）

ふ-1-53

藤沢周平
喜多川歌麿女絵草紙

生涯美人絵を描き「歌まくら」など枕絵の名作を残した歌麿は、好色漢の代名詞とされるが、愛妻家の一面もあった。独自の構成と手法で浮き彫りにされる人間・歌麿。（蓬田やすひろ）

ふ-1-54

（　）内は解説者。品切の節はご容赦下さい。

藤沢周平
又蔵の火
〈負のロマン〉と賛された初期の名品集。叔父と甥の凄絶な果たし合いの描写の迫力が語り継がれる表題作のほか、「帰郷」「賽子《さいころ》無宿」「割れた月」「恐喝」の全五篇を収める。（常盤新平）
ふ-1-40

藤沢周平
暁のひかり
足の悪い娘の姿にふと正道を思い出す博奕打ち――表題作の他「馬五郎焼身」「おふく」「穴熊」「しぶとい連中」「冬の潮」を収録。市井の人々の哀切な息づかいを描く名品集。（あさのあつこ）
ふ-1-41

藤沢周平
一茶
俳聖か、風狂か、俗人か。稀代の俳諧師、小林一茶。その素朴な作風とは裏腹に、貧しさの中をしたたかに生き抜いた男。底辺を生きた俳人の複雑な貌を描き出す。（藤田昌司）
ふ-1-42

藤沢周平
長門守の陰謀
荘内藩主世継ぎをめぐる暗闘として史実に残る長門守事件。その空前の危機を描いた表題作ほか、初期短篇の秀作「夢ぞ見し」「春の雪」「夕べの光」「遠い少女」の全五篇を収録。（磯田道史）
ふ-1-43

藤沢周平
無用の隠密
未刊行初期短篇

命令権者に忘れられた男の悲哀を描く表題作ほか、歴史短篇「上意討」、悪女もの「佐賀屋喜七」など、作家デビュー前に雑誌掲載された十五篇を収録。文庫版には「浮世絵師」を追加。（阿部達二）
ふ-1-44

藤沢周平
暗殺の年輪
武士の非情な掟の世界を、端正な文体と緻密な構成で描いた直木賞受賞作。ほかに晩年の北斎の暗澹たる心象を描く「溟い海」「黒い縄」「ただ一撃」「囮」を収めた記念碑的作品集。（駒田信二）
ふ-1-45

藤沢周平
白き瓶《かめ》
小説　長塚節《たかし》

三十七年の生涯を旅と作歌に捧げ、妻子をもつことなく逝った長塚節。この歌人の生の輝きを、清冽な文章で辿った会心の鎮魂賦。著者と歌人・清水房雄氏が交わした書簡の一部を収録。
ふ-1-46

（　）内は解説者。品切の節はご容赦下さい。

藤沢周平
半生の記
自身を語ること稀だった含羞の作家が、初めて筆をとった来しかたの記。郷里山形、生家と家族、学校と恩師、戦中戦後、そして闘病。詳細な年譜も付した藤沢文学の源泉を語る一冊。
ふ-1-31

藤沢周平
漆《うるし》の実のみのる国（上下）
貧窮のどん底にあえぐ米沢藩。鷹山は自ら一汁一菜をもちい、藩政改革に心血をそそぐ。無私に殉じた人々の類なくうつくしいこの物語は、作者が最後の命をもやした名篇。（関川夏央）
ふ-1-32

藤沢周平
日暮れ竹河岸
作者秘愛の浮世絵から発想を得てつむぎだされた短篇名品集。市井のひとびとの、陰翳ゆたかな人生絵図を掌の小品に仕上げた極上品、全十九篇を収録。生前最後の作品集。（杉本章子）
ふ-1-34

藤沢周平
早春　その他
初老の勤め人の孤独と寂寥を描いた唯一の現代小説「早春」。加えて時代小説の名品二篇に、随想・エッセイを四篇収める。作家晩年の心境をうつしだす静謐にして透明な文章！（桶谷秀昭）
ふ-1-35

藤沢周平
よろずや平四郎活人剣（上下）
喧嘩、口論、探し物その他、よろず仲裁つかまつり候。旗本の家を出奔し、裏店にすみついた神名平四郎の風がわりな商売。長屋暮しの哀歓あふれる人生をえがく剣客小説。（村上博基）
ふ-1-36

藤沢周平
隠し剣孤影抄
剣客小説に新境地を開いた名品集〝隠し剣〟シリーズ。剣鬼と化し破牢した夫のため捨て身の行動に出る人妻、これに翻弄される男を描く「隠し剣鬼ノ爪」など八篇を収める。（阿部達二）
ふ-1-38

藤沢周平
隠し剣秋風抄
ロングセラー〝隠し剣〟シリーズ第二弾。凶々しいばかりに研ぎ澄まされた剣技と人としての弱さをあわせ持つ主人公たち。粋な筆致の中に深い余韻を残す九篇。剣客小説の金字塔。
ふ-1-39